JN168478

MYSTERY LEAGUE

原書房

神田紅梅亭寄席物帳

「茶の湯」の密室

愛川晶
Aikawa Akira

神田紅梅亭寄席物帳

「茶の湯」の密室

目次

「茶の湯」の密室

「ご隠居さんも、朝から晩まで煙草ばっかり吸ってないで、何かしたらどうなんですか」

「うん。実はな、茶の湯をやってみようかと思っているんだ」

「茶の湯？　ああ。蔵前の若旦那がかき回して飲んでるやつですね。おやんなさい、おやんなさい！　あれはいいですよぉ。あたしも何度かお供しましたけど、甘くておいしいお菓子が出ますから」

「ただ、ずいぶん昔に習ったもので、すっかり忘れてしまった。やれば思い出すだろうが……そもそも、茶碗に入れるあの青い粉な。あれは、何の粉だったかなあ」

「なあんだ、あれですか」

「知ってるのか？」

「買ってきますから、お金ください」

「……今度の家主から手紙が来たぜ。とにかく開けてみて……いやあ、見事なお手だなあ。ええと、『前文御免下されたく候。さて、突然ながら、今日昼時より茶の湯相催し候』……えっ？　『茶の湯相催し候間、貴殿にも是非是非御出で下されたく』……お、おっかあ、大変だ！　大家の隠居が茶の湯をやるから飲みに来いとよ」

「何だね、まあ。大騒ぎをしてさ。だったら、ちょっと行って、ガブガブ飲んどいでな」

「ばかなこと言うな。茶の湯ってのは難しいんだぞ。恥をかきに行くようなもんだ！」

「……お前、茶の湯ってやつに呼ばれたかい」

「ああ。面食らったねえ。ひでえもん飲ませるな。俺ぁ、初めて口へ入れた時、とても生きては帰れめえと覚悟したぜ」

「だけど、おいらはちょくちょく行くんだよ。『茶の湯を一服いただきたい』ってんでね」

「本当かよ!?　命知らずだねえ、お前は」

「だから、飲んだふりして飲まねえで、あとで、羊羹を五切れくらい食っちまうのさ。その上、隙を窺い、二、三本袂へ入れてくる」

「うめえな、そいつは。よし。俺もやろう！」

　羊羹泥棒が始まりましたから、晦日になって菓子屋の勘定を見て、隠居が驚いた。こう金がかかってはたまらない。もとが名代の締まり屋ですから、自分でこしらえようてんで、サツマイモを一俵買ってまいります。

　よく蒸して皮をむき、すり鉢の中へ入れまして、定吉に手伝わせて、すりこ木でよくすります。そこへ黒砂糖と蜜、それもあまり質のよくないもので甘みをつけ、碗形の猪口に詰めて抜こうとしたが、べとついて、抜けない。あいにくゴマ油がございませんので、行灯の灯油を綿につけて一拭きし、詰めて、スポンとやるってえと、うまく抜けました。

ちょうど腰高饅頭（こしだかまんじゅう）のような格好で、イモが黄ばんでいるところへ黒砂糖と蜜で黒みがかり、灯油で照りがある。見ためにはうまそうですが、いったん口に入れたら、とても食べられたもんじゃない。こいつを『利休（りきゅう）饅頭』と名づけて悦に入り、来る人ごとに出しておりましたが……お客は正直で、ばったりと誰も来なくなってしまいました。

1

片や長身に黒のトレーナーとジーンズ、片やずんぐりむっくりに赤のロングドレス。

対照的な後ろ姿が高座へと吸い込まれた次の瞬間、客席でどよめきが起き、盛大な拍手の音が楽屋にまで響いた。

「はあい、いらっしゃいませえ。そよ風ダリアでーす」

「パンジーでーす」

「まあ、土曜日だけあって、紅梅亭さんの夜の部、開演早々から超満員ですねえ」

ここは東京都千代田区内神田二丁目。ＪＲ神田駅西口から真西へ延びる商店街の一角にある落語・色物定席、神田紅梅亭だ。

「ありがたいことですけど……ここで、お客様方に悲しいお知らせがあります」

「な、何よ、パンジーちゃん。急に改まって」

「実は私たち、二人とも、今年で三十三歳なんですけど」

「いきなり年の話？　うん。それで……」

「これでも、今日の出演者の中では最年少です。あとはジジイとババアしか出てきません」

「何なのよ、そのひどい言い方」

「主任(トリ)の前の出番の揚羽家(あげはや)きよ子(こ)師匠なんて、表向き七十四だなんて言ってますけど、サバ読みまくってて、本当は八十過ぎてますから」

「よしなさいって！」

コンビ登場の時点からずっとクスクス笑いが続いていたが、ここで最初の爆笑が来た。

「大したもんだねえ、ダリ・パンの二人もさ」

高座上手(かみて)にある楽屋。座卓の周りでお茶を飲んでいた席亭(せきてい)、つまり経営者の梅村勝子(うめむらかつこ)さんが言った。

年齢は七十を過ぎているはずだが、黒く染めた髪を昔風に高く結い、薄化粧をした顔は若々しい。服装は正月以外は常に洋装で、今日は白いブラウスにワインレッドのカーディガン、黒のパンツ。

「テレビにもよく出てるから、顔を見せただけで、お客様は大喜び。その上、芸もいいってんだから、売れてあたり前だねえ」

文字で書き記せばこの通りだが、『顔を見せただけで』は『カオォミシタダケデ』と聞こえる。神田生まれの神田育ち。まさに生粋(きっすい)の江戸っ子なのだ。

「このところ、毎日のようにテレビで顔を見ますよね。旅番組のレポーターなんかもされていますし」

真向かいに正座した平田亮子(ひらたりょうこ)が相槌を打つ。

「でも、これだけの人気者になってもすごく謙虚で、私みたいな者にも、会うと、丁寧に挨拶してくださるんです」

「『私みたいな者』てこたないさ。おたくのご亭主は、立派な真打ちの噺家なんだから」

「まあ、確かに四年前、皆様のおかげで昇進させていただきましたけれど……」

東京の落語界には、前座、二つ目、真打ちという三つの階級がある。

亮子自身は埼玉県草加市内の私立高校で事務員をしているが、彼女の夫の平田悦夫は、本名以外にもう一つ、『山桜亭馬伝』という名前をもつ落語家なのだ。

「でも、まだまだ下っ端ですから、私なんかが楽屋でうろちょろしていると、先輩方に叱られそうで……」

「冗談言っちゃ困るね。今日は、あたしの方で頼んで来てもらったんじゃないか。誰も何も言いやしないよ。安心おし」

「すみません。ありがとうございます」

目上の者に気に入られることは、業界用語で『はまる』。なぜかは知らないが、亮子はずっと以前からお席亭にはまっていて、頻繁にお呼び出しがあるのだった。

「……だけど、ダリアちゃん、近頃、何かと世間が物騒よねえ」

高座では、二人の漫才が続いていた。

「ほら、ついこの間の日曜日、中央自動車道のトンネルで、大事故があったでしょう」

「あ、そうそう！　山梨県笹子トンネルの事故。あれ、びっくりしたわよねえ」

「だって、お客様、いいですか。別に地震があったわけでもないのに、重さが一トンもあるコンクリートの天井板が一度に二百何十枚も落っこちちゃったんですよ。下を走っていた車は逃げようがない」

「本当に、そう。ちゃんと安全対策してもらわないと困ります」

高座に上がった漫才コンビは、その日の客層を探るため、本来のネタに入る前に時事問題をよく振る。今日選ばれたのは、日本中に衝撃を与えた六日前のニュースだった。

「あらゆる場所に危険が潜んでますけど……皆さん、ここは安全ですよぉ」

「えっ？　どうして、そう言い切れるの」

「だって、都心には珍しい二階建てで、しかも、吹き抜けになった客席の上は屋根だけ。万一落ちてきたって、命に別条ありません」

「まあ、それはそうかもしれないわね」

「危ないのは、むしろこの高座よ。だって、真上が倉庫だもの。もし崩落したら、あたし一人逃げるから、悪く思わないで」

「薄情ねえ。あっ、それで、パンジーがジーパンはいて出てきたのか！　逃げやすいように」

客席で、どっと笑いが弾けた。

「ふふふふ。面目ないけど、その通りだね」

高座の方を一瞥（いちべつ）し、勝子さんが苦笑する。

「この建物になってからは五十年弱だけど、倉庫には百年分のガラクタが詰め込まれてるわけだもの。うちは後を継ぐ者もいないから、あれ、あたしが生きてる間に始末をつけちまわないと、世間様にわらわれるねえ」

どう応じていいかわからず、亮子は口をつぐむ。娯楽が多様化する中、寄席の後継者不足は紅梅亭だけが直面している問題ではない。伝統を維持していくのに大変な労力を必要とする時代なのだ。

今日は十二月八日、土曜日。神田紅梅亭では、東京落語協会の協会員による師走上席の興行が行われていた。

2

現在、一年を通して興行を行っている寄席の定席は都内に六軒あり、場所は上野、浅草、新宿、神田、池袋、そして、神楽坂だ。

このうち、一番古いのは歴史が江戸時代までさかのぼる上野鈴本演芸場だが、同じ場所でずっと営業を続けているという意味では、大正五年創業の神楽坂倶楽部が最古である。

紅梅亭が開業したのは大正三年。だが、最初の所在地は日本橋の木原店……以前、東急百貨店があったあたりで、大正十二年に起きた関東大震災後、神田へ移転してきたのだという。

再来年には、いよいよ創業百周年。長い伝統を誇る寄席だけに、席亭である勝子さんは、演芸の世界では大変な実力者だが、亮子の前では決して偉ぶることなく、いつもやさしく接してくれた。

　話の合間に、亮子はふと室内を見回す。

　広さ十二畳ほどの縦長のスペース。高座に隣接する部分は一段高くなっていて、そこにお囃子の三味線担当の下座さんがいた。右に高座への扉があり、その脇が水回り。左手には前座さんが叩く大太鼓と締め太鼓が置かれていた。

　太鼓のそばに座り机が一つあり、ここで前座さんが『ネタ帳』をつける。部屋の中央には座卓が置かれ、周囲に座布団が並んでいた。

　楽屋の入口近くに古い柱時計があり、針は午後五時半過ぎを指している。

「ところでねえ、亮ちゃん」

　漫才がおなじみのネタに入ったところで、お席亭が言った。

「どうなんだい？　馬春さんは元気なのかね」

「え、ええ。お元気だと思います。ただ、もう一カ月以上、お会いしていませんから……おかみさんとは、電話でちょくちょくお話ししていますけど」

「あら、そう。だったら、今は浅草じゃなくて千葉にいるんだね」

「はい。九月、十月は毎週のようにホール落語の出演がありましたが、先月以降、仕事をセーブしていらっしゃるみたいで」

「向こうの方が暖かいから、体に障らなくていいだろうけど……でもさあ、うちの初席のトリに、馬春さんは欠かせないんだよ。体が悪いのに、無理させちゃって、申し訳ないんだけど」

「いえ、それは大丈夫だと思います。師匠もこちらの初席のトリは楽しみにしていらっしゃいますし、おかみさんからも、特に体調が悪いという話は伺っていませんから」

「そう。だったら、いいんだけど……」

話題の主は、彼女の夫の師匠である山桜亭馬春だった。

今年、満七十歳を迎えた馬春師匠は九年前に脳血栓で倒れ、左半身に麻痺を負って、一時は再起不能とまで言われたが、四年後の三月、紅梅亭で開かれた独演会で奇跡の復活を遂げ、それ以降、体調と相談しながらではあるが、高座に上がり続けている。

現在でも杖なしの単独歩行は無理なので、緞帳を一度閉めてから上がる、いわゆる『板つき』の形を取っているが、心配された言語障害はほとんどない。まさに落語界屈指の大看板の一人である。

ただし、十日連続となる定席への出演は体力的に厳しいため、ほとんど断っているのだが、最も縁の深い紅梅亭の初席だけは『他人任せにできねえ』と言い、五年連続で昼の部のトリを務めてきた。

東京の寄席では、一日から十日までの興行を上席、十一日から二十日までを中席、そして、二十一日から三十日までを下席と呼び、東京落語協会と落語伝統協会が交互に出演している。さらに、一月上席を特に『初席』、中席を『二之席』と呼び習わしていて、この二十日間が、寄席にとっては一年で最大の書き入れ時となるのだ。

（……なるほど。私を呼んだ本当の理由はこれだったのか）

温くなったお茶をすすりながら、亮子は考えた。

(今年の初席の楽日には『今度っ限りにしてくれ。体がもたねえ』なんておっしゃっていたから、お席亭が心配するのも無理ないわ。お節の予約だけなら、電話で充分だものねえ)

亮子の両親と兄夫婦は足立区竹の塚で食堂を経営していて、ここ五年ほど、紅梅亭の正月のお重を担当している。今日呼ばれた表向きの理由はその相談だったが、本来の目的は違っていたらしい。

「まだ日程は決まっていませんが、近々、主人と館山へお歳暮に伺うつもりなんです」

病を得た馬春師匠は浅草にあった自宅を売り払い、千葉県館山市のマンションを購入したが、カムバック以降、浅草にマンションを借り、そこを仕事場にしていた。

「本当は師走の声を聞いたら、すぐに伺わなければならないのですが、うちはなるべく二人揃って顔出しするようにしているので。その時に、初席の件も念押ししてみます」

「そうかい。助かるよ。直接きいてみりゃいいんだけど、あの人はヘソが曲がってるから、あたしが電話なんぞすると、『そんなに信用できないんだったら』なんて言い出しかねないもの」

「お気持ちはよくわかります。一番弟子も相当なへそ曲がりで、苦労させられてますから」

「師弟だからって、そんなとこまで似なくてもいいんだけどねえ。うふふふふ」

二人で笑い合ったところで、入口の方で足音が聞こえた。

紅梅亭は、正面が木戸口で、右脇の狭い路地の途中に楽屋口があり、入って左へ行くと玄関ロビー、右へ進むと、楽屋に通じる。

「はあい、おはようございます！」

現れたのはグレーのコートを着た男性。ただし、その下は真っ赤な着物に白足袋、雪駄履きという珍妙な服装だった。

若い前座さんが駆け寄って、革のショルダーバッグを受け取り、履物を預かって、下駄箱にしまう。

「悪かったねえ、亀蔵さん」

万年亭亀蔵師匠は、年齢が五十八歳。寄席を中心として活躍する実力派だ。

「神楽坂のトリのすぐあとに代演だなんて。骨折らしちゃって、申し訳ないよ」

寄席の興行に代演はつきもので、基本的には協会事務局が手配する。今日、亀蔵師匠は神楽坂倶楽部の昼の部でトリを務めたあと、紅梅亭の夜の部へ駆けつけてくれたわけだ。

「いいえ、お席亭、滅相もないこって。芸人にとって、忙しいのは勲章。お声をかけていただけるうちが花でございますよ」

小太りの体に面長の顔。眼と口が小さいが、それらとは不釣り合いなほど、鼻が大きい。インパクトのある風貌だった。

コートを脱いで、前座さんに渡す。今日の高座衣装は赤の着物に赤の羽織。色は日替わりだが、原色がこの師匠のトレードマークなのだ。

「ああ、こちらは馬伝さんとこのお内儀。すっかりごぶさたして……いや、そのまま！」

夫の大先輩の登場に、亮子はあわててお席亭の向かいの席を譲ろうとしたが、師匠はそれを手で制して、二人の中間に座布団を引き寄せ、腰を下ろす。

すると、すぐに、前座さんが盆に水入りのコップを載せてやってきた。普通はお茶だが、この師匠、胃が悪いとかで、飲み物は四季を通じて冷たい水と決まっていた。

それをちょっと口に含んでから、

「……そうだ。明日、うちの亀吉が馬伝師匠のお供をさせていただくそうで。いつも、ありがとうございます」

「ああ、水戸の落語会ですね。こちらこそ、先輩風吹かせて無理やり誘ったんじゃないかと思って、気にしていました。私はよく知りませんが、小規模な会場なので、条件もあまりよくないようですし」

「いやあ、あいつの場合、おタロなんて二の次ですよ」

『おタロ』は、いわゆる『ギャラ』のことである。

「修業中は何せ、高座に上がる回数を増やさないと。小耳に挟んだところじゃ、納豆料理屋の二階座敷なんだってね」

「ええ、まあ。郷土料理のお店で、アンコウ鍋と納豆のお料理が名物だそうですけど……あのう、明日は、私も一緒に行くことになっているんです。師匠、慰問の件はご存じでしたか」

「えっ？　慰問、ですか」

少し考えてから、亀蔵師匠は首を横に振る。

「いいえ、何も聞いちゃおりません」

「まあ、仕事とは少し違うのですが……水戸の落語会は夜なので、朝早めに出てもらい、主人と亀吉さんとで仮設住宅の慰問をしてもらうことになっているんです」

「仮設住宅？　すると、大震災で被災した方々の……」

「はい。訪問するのはいわき市内の仮設住宅ですから、原発事故で避難されてきた方が主だと聞きました。実は、私の短大時代の同級生が福島出身で、被害の大きかった故郷の町の役場に勤めていまして、その友達からの依頼なんです。『交通費程度しか出せないけど、仮設に住んでいるお年寄りの前で落語を演ってもらえないか』と頼まれたもので」

「ああ、なるほど。そうだったんですか」

亀蔵師匠が深々とうなずく。

「いや、そいつは結構。明日はあいにく仕事が入っちまってるが、体が空いてたら、あたしも一緒に出かけたいくらいですよ。だって、ほら、あたしは宮城の出身だから」

「たしか、宮城県の南部の……」

「大河原町ってとこさ。内陸の方だから津波は来なかったし、原発事故の影響もほとんどなかったけど、海沿いに住んでる親戚もいたから、去年は何だかんだで、しょっちゅう実家に帰ってましたよ。まあ、これぱっかりは……」

亀蔵師匠が口元をゆがめ、ため息をつく。亮子が初めて見る、芸人以外の顔だった。

「舞台の書き割りとは訳が違うから、そう簡単には元に戻りっこないよねえ」

千年に一度と言われた東日本大震災と、それに伴う東京電力福島第一原子力発電所の事故が起きたのが去年の三月十一日。あれから一年半以上が過ぎたが、復興への歩みはまだ始まったばかりだ。

「去年はうちもいろいろ大変だったんだよ。まあ、被災地の方たちに比べたら、大した被害じゃないんだけどね」

しみじみとした口調で、お席亭が言った。

「地震で年代物の空調設備が壊れちまって、業者に電話したけど、なかなか来てくれやしない。あの時はまだ寒かったから、お客様にも気の毒しちゃったし、結局交換するはめになって、大損害さ。そのあとも、ずっと入り(い)が悪かっただろう。あんな騒ぎの中、寄席へ足が向くはずがないよねえ。うちでも木戸のところに募金箱を置いたりして、いくらかは義援金をお送りしたけど、やっぱり、世間が平和じゃないと……」

客席から大きな拍手の音が聞こえた。

話に夢中になっている間に、高座が終わったのだ。さっき、次の出番の芸人が楽屋入りしたという合図を前座さんが送っていたから、安心して、漫才にオチをつけたのだろう。

締め太鼓が鳴り、三味線で『金比羅船々(こんぴらふねふね)』のメロディが奏でられる。亀蔵師匠の出囃子(でばやし)だ。

「お席亭のおっしゃる通りですよ」

亀蔵師匠が立ち上がり、懐から扇子と手拭いを取り出す。

「あたしも去年、避難所で急ごしらえの高座に何度も上がりました。喜んではもらえましたが、腹の底から笑えるような状況だったかというと……だから、演ってて、つらかったです」

ダリア・パンジーの二人が楽屋へ戻り、笑顔で楽屋一同に挨拶する。

それを受け、亀蔵師匠も普段通り、愛嬌たっぷりの表情を作ると、

「とにかく、目の前にいるお客様を笑わせないとね。よし！　今日は、一つ、『禁酒番屋』でもやっつけますか」

自らに気合いを入れ、高座へと向かう。

盛大な拍手で迎えられて、やがて、お囃子が止まり、

「地味な衣装で、申し訳ございません！」

お得意の台詞をぶつけると、客席がどっと沸いた。

「ただし、これも商売上、万やむを得ずしていることでして。年から年中、こんなもん着てた日にゃ、正気を疑われちまいます。

ええ、東京を江戸と申しました昔、ある藩のご家中で、酒の上での刃傷沙汰が起き、二人のお侍が命を落とすという事件がございまして……」

4

「『……掛け軸の絵がわからない？　そうかい、八つぁん。狩装束を着たこのお人こそが、足慣らしのために田端の里に狩りくらにお出かけになった太田持資公だ』
『狩りくらってな、何です？』
『猟だよ』
『リョウ……？』
『わからないかなあ、野駆けだ』
『ああ。だんだん薄明るくなってきて……』
『それは夜明け！　しょうがないなあ。つまり、山へ鳥や獣を捕りに行ったんだ』」

広間から、明るい笑い声が聞こえてきた。

代表的な前座噺『道灌』の中盤で、演じているのは万年亭亀吉さん。そろそろ、客席が適度に温まってきた感じだ。

「お忙しい中、こんなに遠くまで、プロの落語家さんにおいでいただくなんて」

広間の隣のキッチンスペース。亮子の短大時代の同級生・緑川優花さんはしきりに恐縮しながら、茶托に載せた湯飲みを差し出した。

「一人だって贅沢なのに、わざわざお二人も……ありがたすぎて、恐縮してしまいます」

中肉中背、十人並みの器量の亮子とは違い、優花さんはすらりとした長身で、顔立ちも華やか。

しかし、生真面目な性格は共通していて、入学後、すぐに親しくなり、お互いの実家を何度も訪問し合う仲になった。

優花さんの服装はクルーネックの白いセーターにベージュのジャケット。首から下げたネームプレートの所属部署は『復興支援課』となっていた。

「いいんですよ。どうせついでなんですから」

亮子の右隣の椅子に座った馬伝が答えた。三人はテーブルを挟んで向かい合っている。

「ですが、ついでがあったというのは、水戸までなわけですし……」

「いやいや。たとえそうだとしても、その昔、うちの女房がずいぶんお世話になったそうじゃありませんか。気にするには及びませんよ。池田の牛じゃねえんだから」

「はい？　イケダのウシって……」

優花さんが小首を傾げる。視線を送られ、亮子は顔をしかめた。

（八ちゃんて、いつもこうなんだから。せめて初対面の時くらい、普通に話せばいいのに）

楽屋での会話によく登場する『見立て言葉』だ。『池田』は現在の大阪府池田市のことで、昔は牛が主な輸送手段だったから、すぐ隣の兵庫県伊丹市へは頻繁に行き来していた。

「……だから、『池田の牛』で『伊丹入る』というシャレになるのよ」

「あ、ああ、『痛み入る』は『恐縮する』って意味……なるほどね。うふふふ」

眉間のしわが消滅し、優花さんが笑い出す。

「さすがは落語家さんですね。日常会話まで、一ひねりされるなんて」

『ひとひねり』ではなく、『ひとりよがり』だと思ったが、亮子は黙っていた。高座へ上がる前に機嫌を損じてしまっては元も子もない。

平田亮子の夫・悦夫の年齢は三十八歳。面長で色白、切れ長の両眼。『いかにも軽薄そうな若旦那面』と、以前は仲間内で陰口を叩かれていたが、四十を前にして、近頃は年相応の風格が出てきたようだ。

すでにお客様方への挨拶を済ませたから、服装は高座着。今日はお気に入りの二藍縞の着物に紺の羽織、博多の角帯を締めていた。

翌日の日曜日、時刻は午後二時を十五分近く過ぎている。

二人が訪れたのは、福島県いわき市の海岸線を望む高台にある応急仮設住宅。落語会会場となったのは駐車場に隣接した集会所だ。

「その上、今回は亮子まで来てくれて。会えたのはうれしいけど、雄太君、寂しがってるんじゃないかしら」

『雄太』は長男の名前。四歳になった一人息子はやんちゃ盛りで、現在、保育園の年中さんだ。

「ううん。それは大丈夫。ほら、私の実家がすぐ近くだから」

「そうか。同じ沿線だったわね。懐かしいわ。私、何度もずうずうしくおじゃまして、その度に食事をご馳走になっちゃって……」

優花さんが遠くを見る眼になる。亮子の両親と兄夫婦は、東武伊勢崎線竹ノ塚駅の近くで食堂を経営している。実家が近いおかげで、ずいぶん助かっていたが、祖父母に甘やかされ、やたらと物を買い与えられるのが問題だった。

東日本大震災のあと、亮子が親友と顔を合わせるのは、これが初めてではなかった。

優花さんが生まれ育った町は、いわき市から北へ四十キロほどの位置にあるが、昨年の三月十一日の午後二時四十六分、震度六強という激しい揺れに見舞われ、それから四十分後、巨大津波が襲いかかってきた。

優花さんが勤務する役場は高台にあったため、地震による建物の一部損壊だけで済んだが、JRの駅周辺の商店街などは津波の直撃を受け、壊滅的な被害を受けた。

それ以降の経緯は周知されている通りで、津波により、福島第一原子力発電所は全電源を喪失。原子炉の冷却が不可能な状態に陥り、同日の午後九時過ぎ、政府が原発から半径三キロ以内の住民に避難指示を出し、翌朝には、これが半径十キロの圏内へと拡大された。

その結果、全町民が家を捨てて町を出るという緊急事態となり、一万四千人が福島県内外へ散らばり、避難生活を余儀なくされた。

優花さんは、多くの人たちとともに、避難場所を転々とし、震災から四日後、郡山（こおりやま）市内のイベント会場に落ち着いた。

亮子は去年の七月にそこを訪問し、親友との再会を果たしたのだが、元けコンベンションホールだった広大なスペースを段ボールで仕切り、大勢の住民が不自由な生活を送っている姿を見て、言葉を失ってしまった。

その後、仮設住宅が整備されたおかげで、住民の大半はそちらへ移り、優花さんの職場もいわき市内にある県の合同庁舎内の臨時町役場となったが、やはり気苦労が絶えないらしい。

『確かに震災直後に比べたら、落ち着いた生活にはなってきたんだけど』

十月初めに電話した時、優花さんがため息混じりに話していた。

『以前からの地縁的なコミュニティが崩壊してしまったでしょう。仮設へ越す際にも、できるだけ元の地区ごとに入居できるよう配慮はしたつもりなんだけど、それだって、限界があるわ。人数が多いのに、一人一人の名前や家庭環境を全部覚えなくちゃならないから、こっちも大変。なかなか頭に入らなくて……。

でも、まあ、家族がいるお宅はまだいいのよ。特に男性の一人暮らしで、新たな人間関係を築くことができず、引きこもりになるケースが多発しているの。高齢者が多いから、このままの状態が続けば、問題がどんどん深刻化する。そうならないために、いろいろなイベントを企画して、参加を促してみるんだけど……年配の男性って、無趣味の人が多いのか、ほとんど興味をもってもらえないの。何か、いい手はないかしら？』

相談されても、亮子には名案など浮かばない。窮余の一策として思いついたのが、二カ月がかりで開催に漕ぎ着けた今回のミニ落語会だったというわけだ。

訪問した仮設住宅は百棟近いプレハブが整然と並び、すべての家に冷暖房はもちろん、物置や駐車場がついている。しかし、間取りは大人二人までの場合、四畳半二間だそうで、かなり手狭だった。

今回、集会所に集まったお客様の数は五十人ほど。大部分がお年寄りで、そのうち、女性が七割を占める。聞こえてくるのも、ほとんどが女性の笑い声。優花さんがずいぶん頑張って声をかけてくれたらしいが、男性の腰はやはり重かった。

「ところで、話はちょっと変わりますが」

地元の名物だという饅頭を勧めてから、優花さんが言った。

「さっき、万年亭亀吉さんのことを『ハルヘイ』とか呼んでいらっしゃいましたけど……あれは、どういう意味なんですか」

「あっ、すみません。何ね、『はる平』ってのは、やつの最初（はな）の芸名なんです。まあ、深い意味はないんですが……」

馬伝が説明を始める。実のところ、落語家の名前の約束事は非常に複雑で、最初のうち、亮子も大いに戸惑ったものだ。

例えば、落語界屈指の大看板ともなると、陰で話題にする時にも、名前ではなく、住んでいる町名で呼んだり、『何代目』とだけ言って、その下を省略してしまったりする。馬伝が自分の弟弟子を、前座時代に戻って、『はる平』と言ったのはいわばこの逆で、親しい仲間、あるいは目下の相手の場合、わざと昔の名前で呼ぶことがあるのだ。亮子もこれに習い、自分の夫のことをいまだに『はっちゃん』などと呼んでいた。

馬伝が大学を中退し、馬春師匠のところに入門したのは二十一歳の時で、もらった芸名が『山桜亭馬八（うまはち）』。この名前の時代に、職場の同僚の紹介で、亮子は夫と知り合い、やがて結婚した。

その九年前、馬春師匠が倒れたあと、やむを得ず、協会幹部の一人である寿笑亭福遊（じゅしょうていふくゆう）師匠の門下へ移籍し、『福の助（ふくのすけ）』を名乗る。

　五年後、真打ちに昇進する際、すでに馬春師匠は落語界に復帰していたが、引き取ってくれた福遊師匠への恩義もあり、改名についてはずいぶん悩んだらしい。しかし、最終的には、福遊師匠の強い勧めで元の亭号（ていごう）に戻り、三代目馬伝を襲名した。先代の馬春師匠も一時『馬伝』を名乗っていたことがあるそうで、山桜亭では由緒ある名前だ。

　一方の亀吉さんが入門したのは九年前で、前座名が『はる平』。正直なところ、あまり筋がよくなかったため、馬春師匠が倒れた時、なかなか行き先が決まらなかったのだが、万年亭亀蔵師匠が見兼ねて引き取り、『亀吉』と改名した。しかし、それ以降、本人は発奮して修業に励んで二つ目に昇進し、順調に芸の上での評価を高めている。

「『……まあ、お前にわからないのも無理はない。持資公にも娘がヤマブキの枝を差し出した訳がおわかりにならなかった』」

　亀吉さんの高座が続いていた。

「『お困りになっていると、ご家来の豊島刑部（としまぎょうぶ）という人は父親が歌人なので、この謎が解けた。「恐れながら、兼明（かねあきら）親王のお歌に『七重八重　花は咲けども山吹の　実の一つだになきぞ悲しき』というのがございます。『実の』と『蓑』をかけて、雨具のない申し訳をしたのでございましょう」と言ったな』」

『道灌』は隠居の家へやってきた八五郎が貼りまぜの屏風の絵を見ながら、他愛ない会話をするという噺で、いろいろあった末に、太田道灌の有名な逸話が登場する。

「『すると、小膝を打たれ、「余はまだ歌道に暗いのう」とおっしゃって、そのままお城にお帰りになった』

『お城なんかもってたんですか、その人は？』

『知らないのかい。千代田のお城は太田道灌公が築いたんだよ。のちに徳川様のものになったんだ』

『へえ。じゃあ、太田様から徳川様へ話をもちかけたんだね。「どうかんなんねえか」「いえやす、なら買おう」なんてんで』

『何をばかなこと言ってるんだい』」

ツボに入ったらしく、どっと笑いが弾ける。

「野郎、結構ウケてるなあ。こうなると、こっちも負けちゃいられねえぞ」

馬伝が意識し始める。普段は本物の兄弟のように仲がいいが、芸の上での対抗意識はまた別らしい。

「策を練らねえと……この際、ざっくばらんに伺った方がいいかな。あのう、緑川さん」

「あ、はい」

「今日のお客様は、どんな噺がお気に召すでしょうね」

「ええと、どんなと言われても……」

唐突に問いかけられ、相手は首を傾げる。

「湿っぽい噺は避けた方が無難でしょうから、気楽に笑っていただけるような……そうだ。『親子酒』なんて、どうですかね」

「はあ。親子酒、ですか」

復唱した優花さんがほんのわずか眉をひそめる。だが、馬伝はそれを見逃したらしく、

「どちらも大酒飲みの親子が禁酒をするって、まあ、それだけの噺で、この時期、寄席では毎日、たいがい誰かが高座にかけます。季節もぴったりだし、笑いどころも多いから……」

「あ、あのう、馬伝師匠」

優花さんがためらいがちに口を挟んでくる。

「こんなことを申し上げられる立場でないのはわかっていますが……できれば、お酒の噺は避けていただけませんか。どうか、よろしくお願いいたします」

5

「酒の噺はまずい？　さようでしたか」

一瞬馬伝は眉を寄せたが、すぐに笑顔になり、

「ご要望は遠慮なくおっしゃってください。いや、まあ、落語には、酔っ払いが出てくる噺がやたらとあるんですよ。たぶん、昔っから飲兵衛(のんべえ)ばかり揃ってたんでしょうねえ」

確かに『試し酒』『親子酒』『一人酒盛(ざかもり)』などは、登場人物が次第に酔っていく描写が最大の見せどころだし、そこまでいかなくても、『ずっこけ』『うどんや』『がまの油』など、酒が重要な役

割を果たす落語は数えきれない。

「あの、お酒の出てくる落語自体がいいとか悪いとか、そんなことではまったくないのです。お気を悪くなさらないでください」

優花さんが苦しげな表情で頭を下げる。

「お願いした理由は……今ここで、アルコールの過剰摂取が大きな問題になっていまして」

「あ、ああ、そういうことでしたか」

今度は、馬伝が少しうろたえる。

「これは、こちらが迂闊（うかつ）でした。気が利きませんで、まことに申し訳ありません」

やり取りを聞いて、亮子もはっとなった。以前、この問題を報じるテレビのニュースを見たことを思い出したからだ。

「いえ、そんな……ただ、私も、この件では本当に困っているんです」

ため息混じりに、優花さんが語り出す。

「ここに来る途中にご覧になったかもしれませんが、住宅の玄関前に空き缶で満杯の袋がいくつも重ねてあったでしょう。あれ、全部、発泡酒の缶なんです。特に男性の高齢者で、そういう例が多くて」

「なるほど。酒に溺れてしまう理由は、やっぱり、避難生活のつらさなんでしょうね」

「あと、ほかに楽しみがなくなってしまった点も大きいと思います。農作業はもうできませんし、山菜採りや川釣りも近場では無理。周りに親戚や友達はいないし、家族さえもバラバラ。そういった境遇の被災者たちの心の隙間は、テレビを見るくらいでは埋まりません」

「ははあ。おっしゃる通りでしょうねえ」

馬伝が右手を顎にあてがい、痛ましそうに何度もうなずく。

「我々の方では『三道楽煩悩』と呼んでますが、男の楽しみと言えば、酒と女と博打。お年寄りが女性へ走るのはちょいと難しそうですから、酒と……あと、ギャンブルは？」

「もちろん問題になっています。まあ、田舎なので、パチンコくらいですが……」

優花さんの表情がさらに暗くなった。

「『原発事故の避難者は金と暇をもて余して、パチンコ屋に入り浸っている』。そんな噂がネットで流れていますが、一部にそういう例があるのは否定できません。ただし、お金については、個人差がとても大きいです。東電から支払われる精神的慰謝料は全員同額で毎月十万円ですが、そのほかに休業保障を受け取っている人もいますし、高齢者の場合には年金も。『将来が不安で、遣えない』という声は多いですが、とりあえず、お金のゆとりのある人たちが一定数いるのは事実です」

「だけど、何もすることがないから、ギャンブルに入れ込んでしまう、と」

「そうならないために、何か新たな楽しみをもってもらいたいと思って、私たちもさまざまな企画をするのですが……残念ながら、男性向けの企画はすべて失敗しました。女性については、カラオケやダンスのサークルが盛んですし、手芸や生け花、茶道教室も続いています。普段でも、女性が井戸端会議的なお茶会を開いている場面をよく見かけますが、そのような場に男性はほとんどいません。こういった環境の中では、女性の人脈はすぐに広がっても、男性の人脈は広がらないということがよくわかりました」

「すると……縁起でもありませんが、最悪、仮設住宅での孤独死なんてことも起こりかねませんよね」

「残念ながら、すでに何件も起きています。仮設住宅での孤独死は福島県内だけで十数件あるはずで、八割以上が六十歳以上の高齢者でした」

「じゅ、十数件？　まさか、そんなに……」

馬伝が絶句する。実情を聞き、亮子も驚いていた。

（一応関心をもって、テレビや新聞を見ていたつもりだったんだけど、現地に来てみると、想像していたよりもずっと深刻だわ）

「『……おいおい、雨具を持ってる道灌なんてのがあるかい。この場違い道灌め！』

『何を言ってんだな。急いでるんだから、早く提灯貸してくれよ』」

亀吉さんの高座はいよいよ大詰めだ。

隠居の話を聞いた八五郎は道灌公のまねをしようと、故事に出てくる和歌を紙に書いてもらい、自分の長屋で誰かが来るのを待つ。ところが、待望の雨は降ってきたものの、家へ飛び込んできたのは夜道を照らす提灯を借りにきた客だった。

困った八五郎は、『「雨具を貸してくれ」と言ったら、提灯を貸してやる』などと訳のわからないことを言い出す。

「『変わってやがるなあ。まあ、いいや。じゃあ、雨具を貸してくれ』
『待ってました！　ほら、これを見ろ』
『えっ？　何だい、こりゃあ……ええと、ナナベヤベ、ハナハサケトモ……』
『素人はしょうがねえな。よく聞け。ななえやえ花は咲けども……山伏の、味噌一樽に鍋と釜敷き』」

八五郎が間違いだらけの和歌を口にすると、客席から大きな笑いが起きる。

「『どうだ。わかったか？』
『聞いたこたねえな。都々逸かい』
『都々逸だ？　これを知らねえようじゃ、お前も歌道に暗えな』
『ああ。角が暗えから、提灯を借りに来た』」

サゲがつくと、笑い声に加え、盛大な拍手が送られる。

寄席ならば即座にお囃子が鳴るところだが、今日はあいにく下座さんがいない。ＣＤは持参していて、亀吉さんの上がりでも流したのだが、高齢のお客様が多いので、ここで十分間のトイレ休憩を取ることになっていた。

客席がざわめく中、万年亭亀吉さんが楽屋へ戻ってきた。千葉県南房総市の出身で、年齢が二十七歳。本名は熊澤雄司で、奥様の早織さんは看護師をしていた。

小柄な体、くりっとした眼と八の字眉。笑うと、両頬に笑窪ができる。

今日の高座着は、紺地に細かい唐辛子の模様が入った江戸小紋の着物に明るい緑の角帯。脱いだ羽織を小脇に抱えていた。

「へい、どうも。お先に勉強させていただきました」

キッチンに足を踏み入れ、お辞儀をする亀吉さんに向かって、馬伝が口を開く。

「おい。前であんなにバカウケされたら、兄弟子が困るじゃねえか。少しは気を遣えよ」

「えへへへ。売り出し中の若手真打ちが、そんな弱気ことをおっしゃっちゃいけません」

兄弟弟子がじゃれ合っているところへお茶が運ばれてくる。

「こりゃ、どうも。ありがとうございます」

熱演の直後だけに、亀吉さんはすぐに湯飲みに手を伸ばし、喉を湿していたが、優花さんが饅頭を勧めると、

「あっ、そうだ。あたしも姐さんに土産のお菓子があったんです。ちょいと変わった品なんで、ここで開けてみるのも一興かと……実は昨日まで、大阪におりましてね」

自分のバッグから袋を取り出し、亮子に手渡す。

「申し訳ないわね。ご散在かけちゃって」

と、これは、馬春師匠のおかみさんの由喜枝さんの口癖だ。何度も聞いているうちに、身についてしまった。

袋の中から出てきたのは、赤白二色の縞模様の細長い箱。ピンク色の包装紙に『大阪新名物　たこ焼きようかん』とある。

「これ……ひょっとして、小豆餡の羊羹の中に、本物のタコが？」

「まさか。さすがに、タコは入っちゃおりませんよ」

亀吉さんが笑って首を振る。

「そうではなくて、たこ焼き風味。ソース味で青ノリ入りなんだそうです」

「えっ？　あの、それ、本当においしいの？」

「私もまだ食べちゃおりませんが、『日本一まずい羊羹』という評判で、口にした人が被害者の会を結成したそうです」

何だか怖くなってしまったが、説明を聞くと、『被害者の会』といっても、あくまでもシャレ。『笑える大阪土産』として、ベストセラー商品に名を連ねているという。

「へえ。いかにも浪速商人らしい力業だなあ」

箱を手にして、馬伝がしみじみ感心すると、

「ぜひ兄さんもどうぞ。甘い物はお嫌いじゃないでしょう」

「よせやい。何の因果で、被害者の会まである羊羹なんぞを……」

ふと押し黙った数秒後、三人を見回して、にっこり笑う。

「はる平のおかげで、いい噺を思いついたよ。今日は『茶の湯』を演らせてもらいましょう。この羊羹を利休饅頭に見立ててね」

6

（たこ焼き羊羹を、利休饅頭に見立てて……なるほど。それはいいかもしれないわ。仮設住宅には、茶道のサークルもあるそうだし）

亮子はうなずき、馬伝の当意即妙の反応に感心させられた。

以前、夫から聞いた蘊蓄によると、『茶の湯』のルーツは講談の『関ヶ原合戦記』のうちの『福島正則の荒茶の湯』。人気のある噺で、多くの落語家が手がけているが、三代目三遊亭金馬師匠や当代の柳家小三治師匠の口演が特に有名で、亮子もこの二人の『茶の湯』を録音で聞いていた。

客席を担当している町の男性職員から、トイレ休憩の終了が告げられる。

馬伝が立ち上がり、会場へと向かう。亮子も客席の最後尾で聞かせてもらうことにした。

集会所の広さは小学校の教室ほどで、奥に仮設の高座が作られていた。緋毛氈代わりにオレンジ色の毛布をテーブルに掛け、その上に紫色の分厚い座布団。雰囲気はなかなかのものだ。

大半のお客様が畳に腰を下ろしていたが、左右に五脚ずつ、足の弱い方用に椅子も並んでいた。平均年齢は確実に六十歳を超えている。

落語家の小道具といえば『カゼとマンダラ』、つまり扇子と手拭いだが、前者を後者で巻いて右手に持つのが夫の流儀だった。

会場に『あやめ浴衣』のお囃子が流れる。拍手に迎えられ、馬伝が高座に上がり、座布団の前に扇子を横に置いて、深々と頭を下げた。

「ええ、あと一席だけ、おつき合いをお願い申し上げます。これは、江戸は蔵前の大家の主でございますが……」

自己紹介や挨拶は前に済ませているので、マクラはなしで、すぐ本題に入る。

「若い頃から稼ぐ一方で、何一つ道楽というものを知りません。奥様は早くに亡くなり、せがれに代を譲って楽隠居ということになりましたが、新たに普請をするようなむだなことはいたしません。どこかにいい出物はないかと探しておりますと、隠居所にはもってこいの家が、根岸に見つかりました。ここは、前の持ち主がお茶人と見受けまして、茶室はもちろん、茶道具一式何もかもが揃っている。おまけに孫店の長屋が三軒ついて、そこから店賃も上がってまいります。これならよかろうと話を決めまして、お気に入りの定吉という名の小僧を一人連れ、根岸の里へと移ってまいります」

普段であれば、ここで羽織を脱ぐところだが、あえてそれをしなかったのは『茶の湯』という噺の雰囲気を出すためだろう。

前半の登場人物はご隠居と小僧の定吉の二人だけ。定吉は『八つぁん』『熊さん』『与太郎』などと並ぶ、落語界屈指の大スターだ。

さて、江戸の経済の中心である蔵前から閑静な根岸へ引っ越してはきたものの、根っからの仕事人間のこの隠居、どうやって時間を潰せばいいかがわからず、やがては小僧にまで呆れられ、『何かしたらどうなんです』と諭されてしまう。

そこで、目をつけたのが、前の持ち主が残していった茶室と茶道具。それらを活用して茶の湯を始めることを提案すると、『おやんなさい、おやんなさい！』と定吉は大賛成。『あれはいいですよ。あたしも何度かお供しましたけど、甘くておいしいお菓子が出ますから』。とはいうものの、何しろ隠居は抹茶を知らないのだから、うまくいくはずがない。

定吉が気を利かせ、乾物屋から青黄粉を買ってくると、隠居は相好を崩し、『思い出した。伝授にも書いてあったぞ。「一つ、青黄粉を入れるべし」とな』などと言う。

「隠居がお囲いに入りましたが、置き炭なんぞ知りません。消し炭をわしづかみにして炉へ投げ入れ、渋団扇でバタバタバタバタバタバタ扇ぎ始めた。もう、茶の湯だかサザエの壺焼きだか訳がわからない」

やがてお湯が沸くと、棚にずらりと並んだ中から定吉が一つ選んだ茶碗へ隠居が青黄粉を入れる。そして、ほかの道具を取りに行かせるのだが、その際、隠居が知ったかぶりをして、棗をうろ覚えで『あんず』、茶杓を『大仏様の耳かき』、茶筅を『泡立たせ』などと言ったため、会話がめちゃくちゃになってしまう。

やっと準備が整い、かき回し始めるが、もちろん泡など立たない。

これでは茶の湯らしくないと、隠居が困っていると、気を利かせた定吉が『ムクの皮』を買ってくる。『正しくは「ムクロジ」という木の実の皮だそうで、昔は石鹸の代わりに使っておりました』と、馬伝は説明したが、それを隠居が湯の中へ放り込んだから、今度はブクブク泡が立ち、釜の上まで盛り上がってしまう。

もうかき回す必要はなかろうと、隠居がその液体を茶碗に注ぎ、定吉に勧めたが、作法を知らないので、飲みたがらない。仕方なく、手本を示すことになるのだが……。

「よく見ておきなさい。茶碗の縁を二本の指でつまむだろう。それから、目八分まで持ってきて……こうやって、三べん回すんだ」

「何かのお呪いですか」

「呪いじゃない。作法だ。そいで……このまんま飲むと、鼻の頭に泡がつくから、泡を向こう河岸へフーッと吹いて、空き地を……だめだな。泡がこっちへ攻めてくるぞ。こういう時にはもう一度吹いて、隙を窺い……ごほっ、うふっ……いや、これは……」

あまりの苦さに、隠居は咳き込み、目を白黒させる。

「ご隠居さん、どうなさいました？」

「いやあ……ふ、風流だなあ、実に」

無理に我慢して喉の奥へ流し込み、『風流だ』と見栄を張ると、客席の左手後方にいた女性四、五人のグループが大声で笑い、それから、何かひそひそとささやき合う。

（茶道サークルのメンバーの方たちかもしれないわ。心得のある人たちにとっては、確かに失笑ものの……おや、あれは？）

ふと目にとまったのは、彼女たちのさらに左、窓際に一人ぽつんと腰を下ろしている人影だった。背中まで届く長い髪。服装はグレーのスタジアムジャンパー。亮子がいる位置からだと、横顔しかわからないが、どうやら若い女性らしい。ただし、上背がかなりあるようで、小柄な老人が多い中、彼女の頭だけが突き抜けていた。

（高校生かしら？　珍しいわ。若い娘が落語を聞きに……でも、何か様子が変ね）

デニムのジーンズをはいていたが、畳にきちんと正座し、まるで挑むかのように背筋を伸ばして、馬伝の高座を注視している。

（なぜ、落語を、あれほど真剣に……？）

その間にも、噺は前へ進んでいた。

「何しろ退屈でございますから、これから毎日、日に五、六度茶の湯をやる。そのうちに、二人とも腹ぁ下しちまった。

『定やぁ……定吉ぃ』

『……へーい。ご用ですかぁ』」

ひどい下痢のせいで、隠居も定吉も声に力が入らない。

「『何だ、顔の色がよくないな』

『お腹が、ずうっと下りっぱなしなんです』

『お前もか？　わしは昨夜、厠所に十六ぺんも通ったよ』

『あたしは一ぺんしか行きません』

『若いなあ。たった一ぺんで済んだんだ』

『いいえ。入ったっきり、朝まで出られなかったんです』」

定吉が泣きそうな顔で言うと、客席が爆笑した。落語の符牒で、ギャグを『クスグリ』と呼ぶが、亮子が一番好きな『茶の湯』のクスグリがこれで、誰の口演でもよくウケる。

さっきの娘は……と見ると、肩が微動だにしない。さすがに亮子は首を傾げた。

毎日腹下しが続いたのではとてもたまらないと、定吉が一計を案じ、隠居に手紙を三通書かせ、それを三軒の孫店に届ける。

最初に手紙を見た豆腐屋の主は茶の湯の誘いだと知って狼狽し、恥をかきたくないからと、店を畳んで夜逃げすることを決意する。

暇乞い(いとまごい)の挨拶をしに隣の鳶(とび)の頭(かしら)の家へ行くと、こちらも引っ越し準備の真っ最中。そのまた隣の手習いの師匠は元武士なので、『飲みようくらいなら存じておるが』と一応は言うものの、自信なさげ。しかし、三人が相談の上、師匠の乏しい経験を頼りに、とりあえず出かけてみることにする。

作法に無知な者同士の珍妙な茶の湯。三人が無防備の状態でガブリと飲んでみたら、そのまずいこと！　あわてて口直しの羊羹を頬張り、茶会は何とか無事に終わった。

さて、これで味を占めた隠居は、近所の人たちを誰彼かまわず、次から次へと招くようになる。最初は出される羊羹めあてに訪れる者もいたが、月末の請求書を見て驚いた隠居がサツマイモを材料に『利休饅頭』なる菓子を自作すると、呆れて、誰も来なくなってしまう。

「『時にご隠居、承ったところでは、近頃、こちらでお釜がかかるそうでございますな』」

いよいよ、噺も終盤。蔵前時代の知人が訪ねてくる場面だ。

「『お釜がかかる？　ああ、茶の湯のことですか。それなら、確かにやっております』

『さようでございますか。あなたがお茶をなさると存じておりましたら、もっと早くにお伺いしましたのに。で、今日はお釜がかかっておりましょうか』

『はいはい。いつでもグラグラ煮え立っております』

『ははあ、ご定釜。釜日にお定めがないというのは恐れ入りました。ぜひ一服頂戴を……』

客の方から請われたんですから、隠居は大喜び。茶室へ連れていくってぇと、青黄粉とムクの皮を普段の倍の量入れます。

『さあ、どうぞ』

『では、頂戴して……うう っ……んん!』

吐き出すわけにもいかないから、死ぬ思いで飲み込んだ。何か口直しはと見ると、例の利休饅頭があったから、欲張って二つ取ったものの、あぐりとやってみると、食べられたもんじゃない。あわてて紙へ包んで袂に隠し、『ちょいとご不浄を拝借』と、縁側へ出ます」

立ち上がる身振りをして、きょろきょろ辺りを見回し、

「どこか捨てるところは……と探しますが、庭は掃除が行き届いていて、塵一つ落ちてない。前を見ると、建仁寺の垣根越しに、向こうは一面の菜畑。ここならわかるまいてんで、思いっきり放りますと、畑仕事をしていたお百姓さんの横っ面にピシャリ!」

右手を頰にあてがった馬伝は顔をしかめ、掌の中を確認して、一転、大声で笑い出す。

「あはははは! 何だあ……また、茶の湯か」

7

「かえって申し訳ありませんでした。いろいろとお気遣いいただいて」

衣装の入ったバッグのキャリーバーを握りながら、馬伝が言った。

「こんな結構なお土産まで頂戴したら、『ボランティアです』と、胸を張って言いづらいですねえ」

「とんでもない。おいでいただいて、本当にありがたかったです」

優花さんが右手を振り、頭を下げる。

「本来ならば、出演料を差し上げるべきなのに、水戸からの交通費だけになってしまって……土産と言っても、心ばかりですし」

もらったお土産はいわき銘菓『めひかり塩チョコ』だった。『目光』はこの近辺の海で多くとれる小魚で、唐揚げが特に美味しいが、その形を模したチョコレートが存在するとは知らなかった。

これから三人揃って駅に行き、ＪＲ常磐線に乗るが、亮子だけは真っすぐ東京へ戻る。実家にいる息子の雄太を、引き取りに行かなければならないからだ。

ちなみに、馬伝は水戸市で一泊したあと、九州へ飛び、福岡市と北九州市、別府市での落語会に出演することになっていた。

荷物を手に持ち、駐車場へ向かいかけると、

「あれ……亀吉さんは？」

「い、セコ場さ。いいから、先に行ってようぜ」

『セコ場』は『はばかり』と同義語で、トイレのことだ。

建物の外へ出ると、よく晴れているせいもあって、冬の海風が肌に心地好かった。

仮設住宅の敷地が丘の上にあるため、駐車場になっている広場の中央に立つと、遠くに海が見えた。

「あっ、そうか。ごめんなさい！」

後ろを歩いていた優花さんが、急にあわてて出す。

「今日はイベント用の荷物を積んできたから、車を集会所の裏に駐めてきたんだった。ちょっと待ってて。すぐに取ってくるから」

駆けていく後ろ姿を見送ったあと、二人は駐車場の端へと移動する。その方が広範囲の景色を望めるからだ。

「今日はありがとう。皆さんに喜んでもらえて、本当によかったわ」

歩を進めながら、亮子が言った。

「ずいぶん心配していたけど、優花も思ったより元気そうだし……おや、あれは？」

広場の隅に幹の太い木が五、六本並んでいた。桜らしい。そのあたりにちらりと人影が見えたのだ。グレーのスタジャンと長い髪。しゃがんでいるため、顔はわからない。

「ねえ、八ちゃん。あそこにいるの、さっき会場の後ろにいた女の子じゃないかしら」

「あそこって、どこ……あれか。確かにいたな。オーバーオールを着た娘が」

「オーバーオール？　ああ、そうだったの」

夫の高座が終わった直後、亮子は楽屋へ戻ったため、正面からの姿は見ていなかった。

「高座の上からでも、やっぱり気になったのね」

「そりゃ、気になるさ。年寄りの中に若い娘が一人っきり。しかも、こっちを親の敵みてえに睨みつけて、クスリともしねえ。演りにくいこと、おびただしかったぜ」

「高座を睨んでいた？　なぜかしら。それに、あんなところで何を……あっ、そうか。猫がいるんだ」

立つ位置を変えてみて、納得した。その娘から少し離れた場所に一匹の白猫がいた。まだ子猫だが、かなり警戒している様子で、娘が小声で呼び、手で招いても動こうとしない。

それでも、しばらく見ているうちに、猫は少しずつ前進し、あと少しで娘の手が届くところまでやってきたのだが、

「どうもすみませーん！　遅くなっちまいましたぁ」

大音声とともに、背後から亀吉さんが駆け寄ってきて、その声と足音に驚き、子猫は一目散に逃げ去ってしまう。

長い髪の娘はさっと立ち上がり、追おうとしたが、すぐに諦め、肩を落とす。

「いや、申し訳、ございません。出がけに、お婆さんが二人、色紙なんぞ出して、『サインを』なんて言うもんですから……あれえ？」

息を切らせ、やってきた亀吉さんが、兄弟子の険しい視線に触れ、立ちすくむ。

「あのう、あたくし、何かしくじりでも……」

馬伝は顔をしかめたが、小言は口にしなかった。言いようがなかったのだろう。

亮子が歩き出すと、亀吉さんは動かなかったが、馬伝がついてくる。

立ち上がった姿を改めて見ると、驚くほどの長身だった。百七十五センチくらいあるかもしれない。

会話ができる距離まで近づき、「こんにちは」と挨拶する。娘は二人の方を向き、微かにお辞儀をしたが、声は発しなかった。

初めて相手を間近に見て、亮子は思わず眼を見張った。

(これは、男……違う。髪も長いし、女の子よね。でも、何となく、不思議な風貌だわ)

言葉で表現するのは難しいが、強いて言えば、飛びきりの美少年がロングヘアのかつらをつけ、女装しているような……いや、それとも少し違う。

顔の輪郭はやや丸みを帯び、対照的に顎の線はシャープ。肌が雪のように白いが、それでいて頬にきれいな赤みがさしているのはやはり若さだろう。化粧はまったくしていなかった。

二重の大きな眼だが、黒々とした瞳にはどこか憂いの色が感じられた。長い髪をちょうど真ん中から分け、広い額が露出していた。

年齢は十七、八だろうか。まだ女子高生のように見える。服装はスタジャンにデニムのオーバーオール、黒のトレーナーと、ひどく地味だ。

「あのう、ごめんなさいね」

恐る恐る、亮子は声をかけた。

「連れが大声を出したせいで、猫ちゃんが逃げてしまったみたいで」

「いえ……別に、大丈夫です」

娘が口を開く。やや低くて張りのある、少年のような声だった。

「野良ですけど、また来ると思いますから」

「それならいいんだけど……あのう、たしか、落語会にいらっしゃってましたよね」

「あ、はい」

「どうも、ありがとうございます。うちの主人の落語は、おもしろかったですか？」

ほんのお愛想のつもりで尋ねたのだが、なぜか相手は大きく目を見開き、うつむいて、考え込む。

脇を向くと、馬伝はしかめっ面で『よけいなことを』と声に出さずに口を動かした。

亮子が困っていると、やがて娘は顔を上げ、

「すみません。正直に言いますけど、今日の落語、全然意味がわからなかったんです」

8

「あたくしの落語がおわかりにならなかった……ああ、それは申し訳ございません。まだまだ、芸がつたないものですから」

いきなり苦情を言われ、おそらく驚いただろうが、お客様に対する礼儀として、馬伝はにこやかに応じた。

「で、腑に落ちなかったのはどのあたりでしょうか？」

「一番最後です」

ぶっきらぼうとも違う、抑揚のない、どこか虚ろな口調だった。

「最後というと、サゲ……『また茶の湯か』ってとこですか」

「そうです」

「ああ。だったら、それは……」

馬伝が苦笑する。演じた落語のオチを説明させられるのは、プロにとって、最もありがたくない仕事の一つなのだ。

「いわゆる『考えオチ』ってやつでしてね、解説するのはやぼなんですが……早い話、それ以前にも同じことをしたお客が何人かいたんですよ」

「以前にも、同じことを……？」

おうむ返しをしながら、形のいい眉をひそめる。

「はい。廊下から放られた利休饅頭なるものが……まあ、毎度うまい具合にお百姓さんの顔に当たりゃしないまでも、菜畑の畝に落ちてたりしたんでしょうな。だから、『ああ、また茶の湯のまずいお菓子を、客が捨てたんだな』と――」

「違うと思います」

「えっ、違う……ううっ」

突然言葉を遮られ、馬伝が微かにうなり、絶句する。脇で聞いていた亮子も困惑してしまった。

（どこが違うのかしら？　その通りだと、私もずっと思ってたけど……）

相手は無表情のまま、馬伝を見つめ、

「途中に『隠居が近所の人を誰彼かまわずお客として招いた』という説明がありました。だとしたら、庭のすぐ隣に畑のあるそのお百姓さんも、当然茶会に呼ばれていたはずです」

「ははあ、なるほど。確かにねえ」

うなずいた馬伝が、ふと首を傾げる。

「ただ、お百姓さんに茶の湯はミスマッチ……そうか。『誰彼かまわず』と言ったのは、ほかならぬこのあたくしでしたたね。あなたのおっしゃる方が正しいかもしれません。しかし、そこは落語をお聞きになったお客様の受け取り方次第だと思いますが」

「仮にそうだとしても、それ以外に、明らかな矛盾が山ほどありました」

「矛盾が、山ほど……」

つぶやいた瞬間、顔から愛想笑いが消えた。

亮子の夫は、落語家としてはごく理屈っぽいたちで、古典落語の矛盾が気になり、これまでに何度も改作を試みてきた。そういう性格だけに、たとえ素人からの指摘であっても、軽く受け流すというわけにはいかなかったのだろう。

「ええと……例えば、どんなところでしょう？」

「抹茶も知らない隠居が、なぜ千利休を知っていたのですか」

「はい……？」

馬伝が口元を大きく歪める。意表をつかれたらしい。

「利休饅頭の『利休』って、茶人の千利休のことですよね」

「え、ええ、まあ……」

「いくら働き者で無趣味だからといって、元は蔵前の大きな店の主人で、豆腐屋さんに『見事なお手だ』と感心されるほど達筆な字を書く隠居が抹茶を知らないなんて、あり得ないと思います。棗や茶杓については、名前自体は知らなくても、それらが抹茶を入れておく容器であり、すくう匙であることを認識していたわけでしょう。それなのに、抹茶と黄粉を取り違えてしまうなんて、荒唐無稽です。そもそも、黄粉を湯で溶いただけでは『茶の湯』になるはずがない。それくらい、小学生にだってわかります。あの隠居は幼稚園児並に愚かな人だったのですか？」

淡々とした口調だったが、それだけに、奇妙な迫力があった。

「それに、舞台設定も納得できません」

手厳しい追及はさらに続く。

「隠居は大の倹約家ですよね。いくら閑静な場所でも、茶室があって、茶道具一式が揃っている家の売り値が、けちな人物が飛びつきたくなるほど安かったなんてあり得ないと思います。そもそも、前の持ち主はなぜせっかく揃えた茶道具を放置したまま引っ越したのですか？　もし亡くなったのだとしても、遺族か親戚がいるはずです」

「え、ええと、それは……」

「『孫店』という言葉が出てきましたけど、あれは『母屋（おもや）にさしかけて作られた家屋』という意味のはずです。孫店が三軒ついているのなら、母屋自体も相当大きな家と考えるのが妥当で、値段が安かった点とさらに矛盾しますし、母屋と棟続きの家で引っ越しの騒ぎをすれば、隠居の耳にも必ず届くはず。そこもひどく不自然です」

馬伝が苦りきった顔で押し黙る。大の理屈屋が何一つ反論できないのだから、おそらく、指摘はすべて的を射ているのだろう。

(だから、あの時、高座を睨みつけていたのか。頭の中は疑問点だらけだったんだ)

「そして、これはもっと基本的な点ですが」

何と、糾弾はまだ終わらない。

「私自身、茶道の経験はほとんどありませんが、茶会では必ずお茶より先にお菓子が出るはずです」

「あ……それは、だって、本来の作法を知らずにやってるわけですから」

馬伝がここで初めて言い訳をしたが、

「でも、手習いの師匠は『飲みようくらいは存じている』はずですよね」

即座に斬って捨てられてしまう。

「小僧の定吉も隠居の息子さんのお供で何度か茶会に参加して、『甘くておいしいお菓子』を食べているわけでしょう。どちらも何の疑問をもたないのはなぜですか?

不満な点がまだあります。ここから先は矛盾ではなく、説明不足に関するものですが……『ケンネンジの垣根』は、たぶん建仁寺垣(けんにんじがき)のことだと思いますけど、だとしたら、京都の建仁寺に由来する、四つ割りにした竹を垂直に並べ、水平の竹で押さえた垣根。要するに遮蔽垣ですよね。それなのに、『向こう側が見えない』という説明がないのは不親切ではありませんか。

あと、利休饅頭を作る際、『茶碗にトモシアブラを塗った』という説明がありましたが、あれだけだと、現在の灯油……石油が原料の油を塗ったのだと誤解される恐れがあります。江戸時代、行灯の油として使用されたのは菜種油か魚油ですが、菜種油は高価だったので、庶民はもっぱらイワシなどからとった魚油を使用していました。倹約家の隠居もこちらだったはず。何の説明もなかったので、おそらく今日は大多数の方が誤解したと思います」

（この娘……一体、何者なの？　途方もない博識だわ）

亮子は完全に圧倒されてしまった。脇を見ると、馬伝も心なしか、顔が蒼ざめている。

「それから、もう一つ。前半で、隠居と定吉が下痢を起こしてしまう場面ですが――」

「ちょっと、マツムラさん！」

驚いて振り返ると、すぐ後ろに優花さんが立っていた。

親友の姿を見て、亮子はほっとした。あまりにも容赦のない指摘の連続に、立ちくらみを起こしかけていたところだったからだ。

「あなた、このお二人に、何か失礼なことを言わなかった？　もしそうなら、お詫びしないと……」

「いえいえ、そんな。滅相もありません」

馬伝があわてて首を振る。

「あたくしが演った『茶の湯』のご批評……というか、感想をお伺いしていたところでした。お若い世代からの反応ってのは、普段、あまり耳に入ってまいりませんので、とてもありがたかったです」

さすが修業の賜物で、こういう場合の対応にはそつがない。

「そうですか。まあ、感想なら、かまわないのですが」

「しかも、有益なご助言を……あのう、こちら、松村様とおっしゃるのですか？」

「ええ。やはり被災して、この仮設住宅に入居されたうちの町民で、松村……ええと、名前が……」

突然、優花さんが口ごもる。『被災した町民の数が多いから、なかなか名前や家庭環境を覚えきれない』と嘆いていたのを、亮子は思い出した。

すると、娘は改めて二人に軽く会釈をして、

「松村ミウです。ご挨拶が遅れて、申し訳ありませんでした」

「いいえ、こちらこそ。私は平田亮子といいます。ええと、『リョウ』は、諸葛亮孔明（しょかつりょうこうめい）の『亮』なんだけど……」

「あ、はい。わかります」

結構説明しづらい字なのだが、相手はすぐにうなずく。

「隣は私の主人で、平田……あっ？　あははは、ごめんなさいね」

かしこまって紹介を始め、つい笑い出してしまう。緊張のあまり、つい普段は言わないことま

で口走ってしまった。

「夫婦だから、もちろん名字は同じですけど、職業柄、周囲の誰もが芸名で呼びますから、本名なんてあってないようなものなんです」

「えっ？　そう、なのですか」

なぜか、娘が意外そうに眼を見張る。

「ええ。噺家ってのは、みんなそうですよ」

脇から、馬伝が言葉を添えてくれた。

「入門後、親からもらった名前で呼ばれるのは病院と区役所……あとは、万引きか痴漢でもして、新聞に載る時くらいでしょうかねえ」

「何よ、それ。まるで、犯罪者集団みたいじゃない。あの、ところで、『ミウ』というお名前の字は……？」

「『美しい』に『雨』です」

「美雨さん……まあ、とてもきれいなお名前ですね」

決してお世辞ではなかったが、同時に『どこか悲しげな名前だ』と亮子は感じた。

「今日はありがとうございました。失礼なことを申し上げたかもしれませんけど、お許しください」

早口でそう言うと、深々とお辞儀をして、美雨さんは仮設住宅の方へ去っていく。

「きれいなお嬢さんですが……ちょいと変わってますかねえ、あの世代にしては」

後ろ姿を見送ったあとで、馬伝が言った。

「はい。確かに」

「年はおいくつなんです？」

「十八です。本来ならば、高校三年生のはずですけど、今年の三月に辞めてしまって……」

優花さんが眉をひそめ、吐息を漏らす。

「学校の成績もトップクラスだったし、とてもやさしい、いい娘なんですけど、気の毒な家庭環境で……津波が、彼女の大切なものを根こそぎ奪い去ってしまいました」

9

「ええっ、リュウキュウ、マンジュウ？　ええと、それって……」

夫の意外な言葉に、亮子は頭が混乱してしまった。

「『沖縄』って意味の『琉球』よね。鹿児島の南の……」

「あたり前のことをきくな。蝦夷地の北にあるわけがねえ」

眉間にしわを寄せながら馬伝がそう言い、湯飲みのお茶をすする。

「だって、リキュウ……私が聞いた『茶の湯』は、みんな『利休饅頭』だったわよ」

「近頃はそうだが、昔は違ったみたいで……女房相手に講釈しても始まらねえけどな」

いかにも大儀そうに、夫が説明を始める。

それによると、隠居が自家製の菓子に黒砂糖を加えたところがポイントで、言うまでもなく、沖縄はその名産地だ。『昭和の名人』と呼ばれた六代目三遊亭圓生師匠の速記にも『琉球饅頭』とはっきり書かれているし、全国には『利休饅頭』また『利久饅頭』という菓子が実際にいくつか存在し……近いところでは、浅草にも一軒あるそうだが、それらの菓子の製法で共通しているのは、皮に黒砂糖が練り込まれている点だという。

「その逆の例だってあるんだぜ。昨夜、別府の落語会の打ち上げで、『りゅうきゅう』って料理をご馳走になったんだ」

「あっ、それ、前にテレビで見たわ。たしか、サバとかアジのお刺身をおショウユとミリン、スリゴマを混ぜたタレに漬け込むのよね」

「うん。名前の由来には諸説あるらしいが、有力なのは『ゴマ和えを意味する利休和えが訛ったもの』だと聞いた」

「じゃあ、やっぱり琉球饅頭の方が正しいのかも……えっ？　ちょっと、待ってよ」

うなずきかけた亮子が大きく眼を見開く。

「だったら、八ちゃん、なぜあの時、美雨さんに反論しなかったの？　『お菓子の名の由来は、千利休とは関係ありません』と説明すればよかったじゃない」

「だから、それは……」

言いかけた馬伝が顔をしかめ、苦い薬でも口にするように、お茶を飲み干す。痛いところを突かれたらしい。落語の言い回しだと、『おできの頭を針で突っつく』というやつだ。

十二月十三日、木曜日。時刻はあと十分ほどで、午後六時になる。

足立区北千住日ノ出町。町名の由来は荒川の土手近くにある小さな神社だが、そのすぐ西側に建つアパートの二階の部屋が自宅で、二人がいるのは六畳の居間だ。

部屋の一隅には天照皇大神宮様をまつった神棚があり、茶簞笥に柱時計、家紋を染め抜いた暖簾……と、ここまではいかにも芸人の住まいだが、床に『仮面ライダー鎧武』の絵本が何冊も落ちているのだから、あとは推して知るべし。二人きりの時とは違い、今は片づけても片づけてもすぐに散らかってしまう。自宅の掃除に関しては、亮子はほとんど諦めの境地に達していた。

馬伝は十五分前に九州の仕事から戻ってきたばかりで、まだ着替えもしていなかった。

「そりゃ、まあ、言い返してやろうかとは考えたぜ」

気を取り直したように、馬伝が口を開く。

「だけど、そのあと、連続パンチに見舞われちまっただろう。やれ、『達筆な字を書く隠居が抹茶を知らないのは変だ』とか、『それなのに、どうして棗や茶杓の役割は知ってたんだ』とかさ」

「ははあ。それで、言い返すタイミングを失っちゃったのか」

「とどめが隠居所の一件だ。あれはなあ……」

湯飲みを卓に置いた馬伝が、右手で頰杖をつく。

「『茶室と茶道具万端がついた家が安いわけがねえ。しみったれな隠居がなぜそんな家を買ったんだ』……あいつはきつかった。舌が吊って、喋れなくなっちまったもの」

亮子は吹き出しそうになった。『舌が吊り、喋れなくなる』は、古典落語の名作『火焰太鼓』に出てくる有名なクスグリなのだ。こんな時でも、ギャグが口をついて出るのは噺家の業だとしか評しようがない。

　馬伝によると、美雨さんの指摘はすべて正鵠を射ていて、実は内心、演じている本人も違和感を覚えていた点ばかりだったという。

「『孫店つき』もそうだが、ほかにも、かなり大きな家であることを窺わせる部分があって、小僧と二人で住むには確かに贅沢すぎる。だが、周りがみんなそう演ってるからなあ。変えようなんて考えもしなかったよ」

「私も、孫店の意味を初めて知ったんだけど……それは、マクラで言わなくていいのかしら」

「一から十まで講釈するのはやぼってもんだろう。学術講演じゃねえんだから。ただ、魚油だの建仁寺垣だのの説明は、この次からは、入れた方がいいかも……うーん」

　語尾を呑み込み、馬伝がうなり声を発する。やはり、落語に関してずぶの素人の女子高生に徹底的にやり込められたのは、相当なショックだったらしい。夫婦だから、心中の葛藤が手に取るようにわかった。

「だったら、まあ、『茶の湯』はしばらく寝かせておけばいいじゃない。そして、気が向いた時に、改めて練り直せば」

「ところが……そうは問屋が卸さねえんだよなあ」

　夫が力なく首を振り、深いため息がつく。

「来週の金曜、紅梅亭で琴朝兄さんとの二人会があるだろう。ついこの間、ネタ出しを頼まれたから、『茶の湯』って出しちまったんだよ」

「ええっ？　そうだったの」

来週の金曜日は十二月二十一日。紅梅亭では数年前から、十二月下席だけは通常の興行ではなく、特別に企画された会を十日間開催する。独演会、二人会、親子会、兄弟会、一門会など形式はさまざまだが、今年は馬伝が特に選ばれ、初日に出演することになっていたのだ。鶴の家琴朝は夫より六つ年上の中堅真打ちだが、気が合うらしく、東京はもちろん、地方へも二人会でよく出かけていく。

『ネタ出し』とはあらかじめ演目を発表することで、二十一日の会では、馬伝が『茶の湯』と『掛け取り』を、琴朝が『棒鱈』と『芝浜』を演じることになっていた。どうやら馬伝は大切な会で高座にかける演目を、事前に稽古しておくつもりだったらしいが、完全に裏目に出てしまった。

「何しろ宿題が多すぎるから、とりあえず今まで通りに演じるしか手はねえと思うが……矛盾してるのを知りながら喋るってのもなあ。まったく、我ながら因果な性分だぜ」

下手に相槌を打つと怒られるから黙っていたが、『因果な性分』とはまさに言い得て妙。とにかく、自分の芸に対するこだわりが異常に強く、妥協することを知らなかった。

これから一週間、『茶の湯』と取っ組み合い、もがき続けるのは間違いなかったが、その様子を間近で見る立場も結構つらく、亮子は少し憂鬱になってしまった。

「まあ、それにしても、だ」

気を取り直すように、馬伝が言った。

「ソッポがいいばかりじゃなくて、恐ろしく頭の切れる娘だったなあ。孫店の蘊蓄なんて、普通の女子高校生は知らねえはずだぜ」

『ソッポ』は『顔』や『器量』の意味の符牒で、落語の中にも登場する。

「その通りよねえ。優花の話だと、高校の成績もすごくよかったそうなんだけど、震災と津波のせいで、肉親を失い、独りぼっちになってしまうなんて……どれほどつらかったか。私には、想像もつかないわ」

10

松村美雨さんの生い立ちについて、優花さんは曖昧にしか語らなかった。公務員という立場があるせいだろう。もちろん本人以外の個人名は一切含まれていないが、整理すると、以下の通りとなる。

美雨さんが二歳の時、父親が病死し、彼女は母親に女手一つで育てられた。兄弟はいない。お母さんは水商売関係の仕事をしていたが、小学校五年生の時、突然失踪してしまった。理由は明らかにされなかったが、言い方から推すと、どうやら男性と駆け落ちでもしたらしい。

それ以降、美雨さんは母方の祖母に育てられた。お祖父さんは小さな船を所有する漁師で、経済的にはあまり豊かでなかったが、祖父母ともに、たった一人の孫をとてもかわいがり、二人の愛情のおかげで、美雨さんは明るく成長することができた。

成績は、小さな中学校ではあったものの、学年で常にトップ。担任の勧めもあり、ＪＲで北へ三十分ほどの市にある進学校の推薦入試を受験し、合格した。

高校での成績も優秀だったが……昨年の三月十一日を境に、すべてが変わってしまった。

大地震発生直後、美雨さんのお祖父さんは、妻と孫に高い場所へ逃げるよう指示して、自分は二人が止めるのも聞かず、海岸へ自分の船を見に行き、そのまま帰らなかった。遺体は発見されていない。

高台に避難して、津波から難を逃れた美雨さんとお祖母さんは、それ以降、あちこちの避難所を転々とし、今年四月、ようやく仮設住宅に入居できたのだが、わずかその一週間後に祖母が心臓病の発作を起こし、救急車で病院へ搬送されたものの、翌日亡くなってしまった。

「……震災関連死ってやつだな。ニュースではあまり報道されないが、多いらしいよ」

馬伝が暗い表情で言った。

「特にお年寄りは環境の変化に弱いから、ストレスで体をやられちまうんだ」

「本当にお気の毒よね。そして、それがきっかけで、美雨さんが高校を退学してしまうなんて……何だか、やりきれないわ」

震災以降、散り散りになってしまった避難区域の高校の生徒のために、福島県は学校ごとに何カ所かのサテライト校を開設した。

美雨さんが避難していた市にも設置されたため、通学し始めたのだが、お祖母さん一人を避難所に残しておくのが心配だったのか、高校を欠席がちになる。

今年四月、仮設住宅へ入居する際、いわき市内のサテライト校へ移る手続きだけは済ませたものの、その直後、大きな悲劇に見舞われた。

『大震災の津波でお祖父さんを、今年になってお祖母さんまで失ってしまったでしょう。もともと感受性の強い娘だから、ショックから立ち直れなくなってしまったのね』

　優花さんの声が耳元に蘇ってきた。

『東電からの賠償金が毎月入るから、とりあえず経済的には困らないので、担任の先生も何度もここに足を運んで、登校するよう勧めてくださったんだけど……全然反応がなかったわ。心が死んでしまったみたいで。結局、高校も辞めることになってしまったの』

　母親が行方不明のため、名目上、父方の遠い親戚が保護者になったが、本人とはかろうじて面識があった程度で、説得役は務まらなかった。

「でも……不思議よね」

「ん？　何がだ」

「落語会に来たのも、ふさぎ込んでばかりいるのを見兼ねた隣のお婆さんが無理に誘ったせいらしいんだけど、死んでいた美雨さんの心が、なぜ落語に対して、あれほど強く反応したのかしら？」

「そりゃ、決まってるだろう。こちとらの芸の……まあ、何だ」

　馬伝が空咳をして、押し黙る。自慢などしている場合ではないと思ったのだろう。

「もちろん芸の力もあったと思うわよ。お世辞ではなく。それにしても、過剰すぎない？」

「もともと理屈っぽい性分なんだろうな。まあ、二、三年経てば、俺の『茶の湯』もいくらか進歩するだろうが、そいつを聞かせる機会は、たぶん、もうねえな」

「また訪問する機会があるかもしれないけど、美雨さんはまだ若いんだし、いつまでもあの仮設住宅にはいないわよね」

「それと、今思いついたんだが、あの娘、多少は茶道の心得がありそうだな。『先にお菓子が出てくるはずだ』なんてのも、実体験なしじゃなかなか言えねえ台詞だぜ」

「実際の体験が……あっ、そうだ！　大事なことを忘れてたわ」

立ち上がった亮子は部屋の隅へ行き、自分のバッグを手に戻ってきた。

そして、中から縦長の白い封筒を取り出す。

「これこれ。八ちゃんに相談に乗ってもらいたかったのよ」

「何だい。値が張りそうな和紙の封筒だなあ。まさか、年上の同僚教師からもらった不倫の誘いの手紙とか……」

「ピンポーン！」

「な、何ぃ？」

「嘘よ、嘘。差出人が同僚は大当たりだったんだけど、もちろん女性。林原昭江（はやしばらあきえ）先生といって、教科は家庭科で、調理が専門なの」

年齢は五十三歳。カウンセリングの専門家でもあり、教育相談部の部長をしていた。

「一昨日、準備室の前の廊下で呼び止められて、これを渡されたの。読んでみて」

けげんそうに眉を寄せながら、夫が封筒の中へ息を吹き込む。

取り出された便箋も和紙だが、薄く紅葉の透かしが入っていた。そこに、縦書きの楷書で、まず『歳暮の茶事へのご案内』とある。『茶の湯』の豆腐屋さんではないが、まさに『見事なお手』とほめたくなるほどの達筆だ。

「『今年も無事に一年が過ぎようとしております。平田様には、お忙しい中にも充実された日々をお過ごしのことと拝察申し上げます。かねてより、心和む一時をもちたいものと考えておりましたが、ようやく思いが叶い、未熟ながらも茶事を催すことに相成りました。つきましては、暮れのお忙しい中とは存じますが、ご来籠賜りたく』……おい。これ、茶会の招待状じゃねえか」

便箋から顔を上げ、夫が眼を見張る。

「そうなのよ。お茶が趣味で、師範の免状も持っていらっしゃるの」

「だから、お前を誘ってくれたってわけか。さすがに優雅な文面だなあ。噺とは違って、『前文御免下されたく候』なんて前置きはねえが……期日が明後日の土曜日の午後四時から、会場は『拙宅』か。マンションらしいけど、住所が足立区中川一丁目。どのあたりなんだろうな、これは？」

「最寄り駅は亀有だそうよ」

「だったら近い。造作もねえこった」

「確かに、行くだけならね。『伺います』と返事をしちゃったんだけど、どうしようかなと思って」

「どうしようかなって……なぜ迷うんだ？」

「だって、私、お茶の心得がまるでないのよ。恥をかきに行くようなもんだわ」

「立派に恥をかいてきな。あぐら引っかいて、ガブガブ茶ぁ飲んでさ」

これは『茶の湯』の蔦の頭のおかみさんの台詞のもじり。夫は明らかにおもしろがっていた。

「それに、『ご連客(れんきゃく)　野村鮎美様(のむらあゆみ)』と書いてある。仮にも他人(ひと)にものを教えようてえお人だもの、飲みようくらいはご存じさ」

「もう、こんなところで噺の稽古するのはやめて」

亮子の同僚である国語科の野村鮎美は、馬伝こと平田悦夫の大学時代の同級生でもあった。

「いまさら断るわけにもいくめえ。いったん行くと約束した以上……あっ、そうだ！」

馬伝が顔をほころばせ、両手を叩く。

「お前(めえ)も噺家の女房なんだから、本寸法(ほんずんぽう)のお茶会ってやつを一度経験してみて、様子を亭主に報告してくれよ。案外そこから、活路が開けるかもしれねえ」

「ええっ？　それは……」

『とても無理よ』と言いかけ、やめる。夫の方からこんな頼み事をするのは珍しい。逆らわない方がいいと思ったのだ。

「わかったわ。ちょっと荷が重いけど、頑張ってみる。茶道の入門書でも買って、少しは勉強した方がいいかしら」

「堅っ苦しく考えるこたねえさ。雄太は、いつも通り竹の塚で預かってもらえばいいし……ああ、そうだ。明後日なんだけどな」

なぜか、馬伝が急にそわそわし出し、視点が定まらなくなる。

「その日は、夜の七時から高座が一つあるきりなんだ。だから……ちょいと、館山まで行ってこようかと思って」

「えっ、師匠のところへ？」

「だから、ほら、お歳暮だよ、お前と都合を合わせて二人で行くつもりだったんだが、早い方がいいだろう。品物は、俺が適当に見繕っとくから」

（……ははあ、なるほど。そういうことか）

口にこそ出さないが、どうやら『茶の湯』の一件を馬春師匠に相談するつもりらしい。美雨さんの指摘が相当身にこたえている証拠だ。

翌日の日曜なら一緒に行けるのだが、少しでも早くと焦っているのだろう。あるいは、厄介な相談事に女房が同席するのを嫌っているのかもしれない。

深く追及するのは禁物だと思い、亮子は紅梅のお席亭からの依頼だけを夫に伝えた。

「よし。これで、話は決まったな。話に夢中になって、ついうっかりしてたが……」

馬伝が部屋中を見渡し、柱時計に眼をやる。

「もう六時半近いぞ。うちのせがれはまだ帰ってこねえのか」

「え……？　あっ、本当だ。山口さん家へ遊びに行ったっきりよね」

たまたま同じ保育園に通う海渡君という友達が一階にいて、お互い、毎日のように行き来していたのだ。

「いくら同じアパートだからといって、そろそろ連れ戻さないとまずいわ。じゃあ、私、これから――」

腰を浮かせた時、玄関のロックが解除され、ドアが開く音がした。

「帰ってきたみたい。噂をすれば、ナントヤラね」

狭い家だから、廊下はごく短い。襖が開き、息子の雄太が居間に顔を出した。

色白の肌と切れ長の眼は父親譲り。丸みを帯びた顔の輪郭と大きな耳が母親譲りだ。服装は迷彩柄のスキニーパンツに黒のトレーナー。一際目立っているのが、腰に巻いている仮面ライダー鎧武の変身ベルトだ。

二週間前ほど前、祖父の達次（たつじ）に買ってもらって、今は大のお気に入り。普段であれば、『ただいま』も『パパ、お帰りなさい』もなしで、いきなり変身ポーズを取り、黒いバックルに付属したソードを握るのだが……今日はどうも様子が違っていた。

フラフラした足取りで入ってくると、大きく顔をしかめ、

「……ママぁ、ゆうちゃん、なんだか、きもちわるくて」

「えっ？　気持ち悪いって、どこが？」

「かいとくんと、あそんでたら……おかおが、あつくなったの」

「顔が……ちょっと、こっちへ。まあ、大変！」

抱き寄せ、額に手をあてた亮子が大声を上げた。

「すごい熱じゃない！　あなた、体温計。あっ、それより、お医者さん、まだ大丈夫よね？」

11

「雄太君、大変だったわね。ただの風邪でよかったけど、もう、すっかりいいの？」

「ご心配かけて、申し訳ありません。昨日の朝は少し熱がありましたが、午後にはケロリ。夜は普段通り、部屋中を走り回ってました」

「子供はそうよねえ。治ったとたん、元気いっぱいになるから」

「ただ……その騒ぎのせいで、事前学習がまるでできませんでした」

「事前学習って、何の？」

「もちろん、茶道のですよ。なるべく恥をかかなくて済むよう、入門書くらいには眼を通したかったんですけど……」

「いいのよ、別に。亮ちゃんは真面目だからねえ。ご亭主に似て」

鮎美先生が笑いながら左手を振る。右手には、二人分の手土産の袋を持っていた。

「大丈夫。お客は私たち二人きりなんだし、昭江先生も『ごく気楽な会だから』とおっしゃってたわ。それにね、お茶の世界では『亭主七分(ぶ)に客三分の楽しみ』と言うのよ」

「……どういう意味ですか？」

「茶会では、もてなされる方よりもてなす方が楽しいってこと。だから、ありがたーくおもてなしを受ければいいの。それだけ」

「なるほど。亭主七分に客三分、ですか」

野村教諭は三十八歳。担当は国語だが、百七十五センチの長身に加え、校内では常にジャージ姿なので、よく体育の教員に間違えられる。女子バレーボール部の監督で、自分自身も高校・大学時代はエースアタッカー。ベリーショートの髪形のせいで、どこか中性的な印象を受ける。

彼女は、馬伝が三学年の途中まで在学した私大教育学部の同級生で、夫婦が出会うきっかけを作ってくれた恩人でもあった。

二日後の土曜日、時刻は午後三時二十五分。

亀有駅南口を出て、南東へ向かう道の途中。空は快晴で、初冬とは思えない暖かさだった。

亮子は今日の服装で悩んだが、結局選んだのは白いブラウスに茶のカーディガン、ベージュのフレアスカート。上に、黒のショートコートを羽織っている。

一方の鮎美先生はグレーのセーターにアイボリーのパンツ、紺のジャケットで、こちらも普段よりはよそ行きだった。

「鮎美先生は、お茶会に参加された経験がおありなんでしょう?」

一応、確認してみると、

「他人の子に読み書きを教える立場ですから、飲みようくらいは存じておりますよ」

何と即座に、『茶の湯』の手習いの師匠の台詞が返ってきた。専門が国語ということもあって、かなりの落語通なのだ。

「やっぱり。私一人が無知で……じゃあ、私、何から何まで先生のまねをしますね」

「うふふふ。残念ながら、そうはいかないのよ。決して脅かすわけじゃないんだけど」

『鳶の頭作戦』を宣言した亮子を、先生がいたずらっぽい眼で見る。

「何もかも右へ習えで済むのは、四人並んでいるうちの三客、三人なら次客。亭主から一番離れた位置に座る末客、俗に『おまつ』は器を亭主に戻したりとか、いろいろ後始末をする役だから、簡単そうに見えて、正客に負けないくらい難しいのよ」

「そうなんですか。客が二人だと……私がおまつだ！　うわあ、弱ったなぁ」

鮎美先生はかなり茶道の心得があるらしく、亮子はどっと気が重くなってしまった。

「だから、習うより慣れろよ。私も昭江先生のお宅へ伺うのは初めてだけど、一度参加すれば、要領がわかると思うわ」

「だけど、ずぶの素人の私なんかがなぜ誘われたんでしょう？　お茶が趣味の先生方なら、ほかに誰かいらっしゃるはずなのに」

「実はねえ、それにはちゃんとした理由があるの」

「理由……何ですか？」

「それは行ってみてのお楽しみ。とにかく、そんなに神経質にならなくたって大丈夫よ。それより、これから行く先生のご自宅。おもしろいらしいわよ。何たって、マンション内に本格的な茶室を作っちゃったんだから」

「マンションに、お茶室を……？　それって、改装したということですか。分譲マンションなら可能だとは聞いてますけど」

「六百万かかったらしいわ。３ＬＤＫのうち、六畳の和室とその周辺を改装するのに」

「ろ、六百万円⁉　そんなに、高いんですか」

金額を聞き、亮子は声が裏返るほど驚いたが、

「いや、別に高くはないわね」

鮎美先生は軽く受け流す。

「茶室の普請に熱中すると、一千万くらいはあっという間よ。床柱一本、腰板一枚だって、銘木を使えば何万円、何十万。専門の大工さんを頼む必要があるし、普通の建築よりもはるかに割高なの」

（……美雨さんが言っていた通りだわ）

解説を聞き、亮子は心の中でつぶやいた。

（いくら昔の話でも、茶室のある家が、茶道具一式つきで安売りされていたなんて、どう考えても不自然よ。八ちゃん、この矛盾をどうやって解消するつもりかしら？　馬春師匠が何かいい知恵を貸してくださるといいんだけど……）

右手に巨大なショッピングモールを眺めながら歩く。目指すマンションは葛飾区との境を流れる川沿いに建っていると聞いた。

「それにしても、この近辺だと、分譲マンションだけでも相当値が張るはずなのに、その上、大金をかけて改装するなんて……」

自らの住環境と比べると、自然とため息が漏れてしまう。

「お金って、あるところにはあるんですねえ。ご実家がお金持ち……それとも、ご夫婦が力を合

わせ、しっかり貯金されてきたということなのかなあ」

「えっ……？　あの、亮ちゃん」

鮎美先生が急に足を止め、眉をひそめながら亮子を見た。

「事務室にいるから、とっくに知ってるはずだと思ってたけど……昭江先生のお宅の事情について、何か噂を聞いてない？」

「いえ、特に何も。ご主人がいらして、お子さんはいない。それくらいしか……そうだ。今年の、たしか五月に、お義母様が亡くなられたんですよね。実母ではなく、義母を扶養親族にされていたので、なぜなのかなと、年末調整の書類を見ながら、ちらりと考えたことはありましたけど」

「へえ。十年選手の亮ちゃんが知らないなんて。事務長はじめ、みんな口が堅いのねえ」

鮎美先生は感心してから、困ったように首を傾げる。

「ただねえ、今日はお酒も出るわけだし、うっかりおかしな話題に踏み込んだりしないように、あらかじめ大体の事情を知っておいてもらった方が安心だわ。その代わり、誰にも言っちゃだめよ」

「は、はい。もちろんです。ほかで喋ったりはしません」

一体何が出てくるのか。少し怖くなったが、そう持ちかけられれば、断れない。

「昭江先生には、確かにご主人がいらっしゃるわ。私と同業というか、高校の国語の教員をしていたから、何度か面識もあるの。ただしね、現時点で、その人と昭江先生とは完全に戸籍の上だけの夫婦なのよ」

「つまり……愛情がなくなってしまったということですか」

「もっと深刻。四年前に失踪して、それ以来、ずっと行方不明なの」

「ええっ？　まさか、そんな……」

最初に仰々しい前振りがあったが、それでも亮子は驚愕した。

説明によると、昭江先生の夫・林原優市氏は妻よりも六つ上の五十九歳。以前は埼玉県川口市内の私立高校で国語の教員をしていた。

「名前通りの優男でねえ、若い頃は結構イケメンだったわ。ただ、一人っ子で、中学校時代にお父様が亡くなったせいか、マザコンの気味があったみたいで、ずうっと独身。同じ高校の先生から聞いた話によると、二十代の終わり頃、お母様の強い勧めで見合い結婚が決まったんだけど、挙式直前になって、あまりにも母親とベタベタする様子を見て、相手が呆れ返って逃げちゃった……まあ、あくまでも、噂だけどね」

昭江先生との出会いは十二年前。キューピット役は、またしても母親だった。

「その時、優市先生は五十の坂の少し手前で、お母様の華代さんは七十二、三。そりゃ、将来に対して不安を覚えるわよ。そんな時、お茶の稽古で昭江先生と出会い、母親の方が一目ぼれしてしまったわけ」

当時、林原家は葛飾区金町に一軒家を構えていて、二人が通っていた茶道教室もその近辺にあったらしい。

「自分と共通の趣味をもち、職業は息子と同じ教員。この人ならばと見込んだんでしょうね。まあ、年齢的にみて、孫の誕生は期待薄だけど、贅沢を言ったらきりがない。かなり強引に話を進めたみたいで、お見合いから挙式まで、三カ月もかからなかったそうよ」

十二年前といえば、昭江先生は四十一歳。こちらも、いい縁談には心が動いただろう。

最初、夫妻は川口市内のマンションに住み、将来は母親と同居する予定だったが、金町の一軒家が手狭なため、建て増しできない。そこで、新築の分譲マンションを購入する案が浮上したらしい。

「優市先生のご両親はどちらも都の職員だったから、蓄えがかなりあったみたいで、それに元の自宅の売却代金を足せば、3LDKの分譲マンションが余裕で買える。息子夫婦はどちらも趣味にお金を注ぎ込む傾向があって、手元不如意だったんだけど、お義母様が『いずれ面倒をかけるんだから、気にしないで』とおっしゃったそうよ。

自分自身のための茶室をもつというのは、茶人にとって生涯の夢なの。同じ夢をもつ者同士が計画に邁進したんだから、嫁・姑の仲が悪かろうはずがない。四年前の秋、亀有駅近くに新築マンションを購入し、大金をかけて、一部を茶室に改装。二人にとっては、まさに幸せの絶頂だったでしょうね」

「ああ、はい。その時のことは、私もよく覚えています。昭江先生、よほどうれしかったらしくて、『皆さんをご招待するつもりだから、平田さんもぜひ来てね』なんて言われましたけど、その後は何も。社交辞令だったんだと思って、気にもしてしませんでしたが、ひょっとすると、私だけじゃなくて……」

「そう。あの時は、結局誰一人呼ばれなかったのよ。だって、ねえ」

鮎美先生が空を仰ぎ、深いため息をつく。

「引っ越しが済み、三人での同居が始まった直後、とんでもない事件がもち上がった。優市先生が、二十歳も年下の女性と、突然駆け落ちをしてしまったの」

12

（……駆け落ち、かあ。落語の中にはよく出てくるけど、平成の時代になっても、結構あるのねえ）

鮎美先生の背中を見つめながら、亮子は心の中でつぶやいた。

（まあ、昭江先生のご主人の場合、本人の気持ちをよく確認しないで、お母さんの方が突っ走っちゃったのがいけなかったんでしょうけど……）

『要するに、親の言うことを何でもよく聞く、いい子ちゃんだったのよ。そのまんま、五十いくつまで来ちゃったのね』

鮎美先生の声が耳元で聞こえた。

『お見合いから結婚まで、全部母親の言いなり。それを二度くり返して、五十五の時、生まれて初めて、自分が本当に愛する女性と巡り会った……そりゃ、夢中になるわよ。すべてを捨ててでも、この愛を貫こう。そう決心したのも、わからないことはないわね』

駆け落ちした相手は、高校の職員室に毎月顔を出していた保険の外交員だという。年齢は三十三歳で、バツイチ。ただし、子供はいなかった。

説明を聞き、『なぜそこまでご存じなのですか?』と質問してみると、『だって、向こうの高校に知り合いがわんさといるもの。その直後は、バレーの練習試合に行っても、空いてる時間はこの話題でもちきりだったわ』。

学校事務職員にはあまり横のつながりがないため、噂が聞こえてこなかったのだろう。思い返してみると、確かに四年前、義母の扶養親族の認定をした記憶があるが、その際にも、特に家庭の事情を詮索したりはしなかった。

『昭江先生の方にも多少の責任はあったと思うのよ。お義母さんと二人で茶室造りに熱中して、優市先生はそっちのけ。だから、寂しかったのかも……弁護してあげるつもりなんてないけどね』

また、鮎美先生との会話が蘇ってきた。

『その後、昭江先生がお義母さんと同居を続け、死に水まで取ることになった。優市先生が一人っ子だったことに加え、これといった親戚もなかったから、面倒をみざるを得なかったんでしょうね。ご葬儀は身内だけでされたから、詳しい事情は聞いてないけど』

『なるほど。そうだったのですか』

『お義母さんもお亡くなりになったし、失踪後何年か経てば離婚訴訟を起こせるはずだけど……離婚されたという話は聞かないわね』

『年末調整の書類に家族構成を記入する欄がありますが、ついこの間見た時にも、ご主人のお名前が書いてありました』

『配偶者が行方不明だからといって、必ず離婚しなくちゃいけないという決まりはないけど……それにしても、これから伺うマンションの名義は誰のものになっているのかしら？』

『ああ。それは昭江先生ご本人の名義です』

『えっ？　なぜ、わかるの』

『月にほんの数千円ですけど、「自宅手当」というのがあって、確認書類として登記簿謄本の写しを提出していただくことになっています。七月か八月頃、昭江先生から預かって、私が手続きしました』

（……あっ、まずい。相手が鮎美先生だから大丈夫と思って、よけいなことまで喋りすぎた）

振り返ってみて、亮子は大いに反省した。特に問題になる内容ではないものの、職務上知り得た個人のプライバシーは口外すべきでない。さっきも一応口止めはしたが、あとで、もう一度念を押しておく必要がある。

「ほら、あそこに見えるのが江戸川の堤防」

鮎美先生が立ち止まり、前方を指差す。

「あれを少し左へ行ったところが、昭江先生のマンション。あと、もう少しだから……あ、そうだ。亮ちゃんに、水屋見舞いのお釣りを渡すのを忘れてたわ」

「ミズヤ、ミマイ……？」

「ほら、これのこと」

右手の袋を持ち上げて見せる。中には、先生が八潮市内の老舗和菓子店で買った干菓子の詰め合わせが入っていた。

「三千円預かったけど、頭割りで二千六百円だった。ああ……ごめん。今は細かいお金がないから、あとで四百円返すわね」

「お手数かけて、申し訳ありませんでした。ええと、水屋というのは……」

「『茶室に隣接した茶事の準備をする小部屋』ってとこかしら。昔は水瓶だったでしょうけど、今は水道の蛇口があって、茶碗や茶筅を入れておく水屋棚が置かれているの」

『茶の湯』にも、隠居が定吉に茶碗や茶杓、茶筅などを棚へ取りにいかせる場面があるが、きっとそこが水屋なのだろう。

「あと、これ、あげるから、カーディガンのポケットにでも入れておくといいわ」

手渡してくれたのは懐紙だった。

「あっ、すみません。ええと、これのお代は……」

「いいのよ。それくらい」

堤防が間近に迫り、川風を感じるようになった。冬ではあるが、穏やかに晴れているため、微風が肌に心地好かった。

目指すマンションは何棟かあるうち最も川に近く、周囲より小高い土地に立っていた。

やや青みがかったグレーの外壁の七階建て。周囲を緑豊富な生け垣で囲まれ、手前に三段式の機械駐車場がある。まだ新築から四年しか経過していないため、建物全体が日光を浴び、輝いていた。

やがて、すぐそばまでやってきて、エントランスへ向かおうとすると、

「違う、違う！　そっちじゃないの」

鮎美先生に止められた。

「普段は玄関から入るけど、今日は違うのよ。だって、お茶会だもの」

言われた意味が汲み取れず、亮子はぽかんとしてしまった。

鮎美先生はエントランスとは逆の方へ歩き、たたずんでいる亮子に手招きをする。

小首を傾げながらあとを追うと、川沿いに小道があり、左手はコンクリートの土台に載った生け垣。よく見ると、金属柵の手前に常緑樹が並び、防犯を考えた構造になっていた。

柵の途中のあちこちにアルミ製のドアがあり、そのうちの一つの前で、先生が立ち止まる。

「着いたわ。ここが昭江先生のお宅。今日のお茶会の会場よ」

13

かなり大きなマンションで、ワンフロアに十二、三の住宅がならんでいた。林原家は奥から二軒め。

ドアがあるのは右隣の家との境で、鮎美先生がスマホで時刻を確認し、

「四時十五分前か。そろそろ頃合ね」

いきなりドアノブに手をかけたので、亮子は驚いた。

「ええっ？　勝手に他人の家の庭に入ったりして、かまわないのですか」

「大丈夫よ。だって、ほら、手がかりが」

「はい……？」

　見ると、ドアが三センチほど開いていた。

「これは、『準備が整っていますから、お入りください』というお客への合図なの。正式には引き戸なんだけどね。ここを入ると、またどこかに手がかりがあって……というふうに、一寸幅の隙間のある戸を捜していけば、初めて訪問するお宅でも、迷う心配がないってわけ」

「ははあ。うまく考えられていますねえ」

　手がかりを次々に追って、目指す場所へ到達する。ミステリー好きの夫が聞いたら、大喜びしそうな話だ。

　ドアを開くと、コンクリートの階段が三段。小高い土地に、さらにそれだけ基礎をかさ上げして建設されていた。

　亮子が先に入る。背後で鮎美先生がドアをロックした。

（……うわあ、すごい！　何なの、これ）

　マンション一階のテラスと専用庭といえば、コンクリートタイルに芝生が一般的だが、目の前の光景は、それとはまったく趣を異にしていた。

　タイルがはがされ、生け垣との間は赤土の地面になり、枯れた下草やススキに交じって、赤い実をつけたマンリョウの木が一本植えられていた。

右は隣家とのパーテーションだから風情も何もないが、反対側を向くと、竹を編んだ垣根と枝折戸があった。

「亮ちゃん、シチュウノサンキョって、聞いたことがある？」

「いいえ、ありません」

「茶室の理想の姿のこと。まあ、私も聞きかじりなんだけど……」

漢字で書けば『市中の山居』。都会にありながら、深い山奥に居を構えたような風情を言い表している。茶室に付随する通り庭は『露地』と呼ばれ、深山の清浄な世界を作り出すことにより、訪れた客を俗世間の喧騒から逃れさせるという意味があるのだそうだ。

（『茶の湯』の隠居所にも、露地があったのかしら？　だとしたら、ますます割高になっちゃいそうだけど……）

建物へ眼を転じると、アルミサッシのテラス戸が二部屋分並び、どちらもカーテンが閉まっていたが、右端に上半分が曇りガラスのアルミドアがあり、手がかりが開いていた。

鮎美先生がドアを手前へ引く。

靴脱ぎにサンダルが二つ置かれていたので、脇にパンプスを脱ぎ、上がると、そこは二畳ほどの狭い空間。木のテーブルを挟み、ソファが向かい合わせに置かれていた。リビングダイニングの空間をほぼ直角に交わる背の高い衝立二つで仕切っているらしい。

「あっ！　これ、建仁寺垣の衝立ですね」

「へえ。物知りねえ。私も落語で名前だけは聞いてたけど、実物は知らなかったわ」

初めてほめてもらえたが、亮子の心中は複雑だった。美雨さんの指摘通り、『茶の湯』の描写の不親切さが証明された気がしたからだ。

隙間なく竹を並べて作った衝立を眺めていると、気分はまさに市中の山居。リビング全体の様子はわからなかったが、おそらく、さっき開けた扉が勝手口で、衝立の向こう側に流し台があるのだろう。

鮎美先生の解説によれば、本日催されるのは『夕去りの茶事』で、夕方のまだ明るいうちに始まり、暮れていく景色を愛でながら料理とお茶を楽しむ。当然暗くなるため、途中から行灯や手燭が使用され、それらが格別な風情を醸し出すのだという。

茶事の流れで言うと、最初に入ったこの部屋が『寄付』で、客が着衣の乱れを整えて身支度をする場所。正式には、ここを出て、『待合』と呼ばれる別の部屋に入って案内を待つのだが、今日は一部屋で両方を兼ねているため、『寄付待合』などと呼ぶのだそうだ。

卓上に平たいかごがあり、木製のハンガーが入っていたので、コートを衝立に掛ける。

テーブルにはほかに、小さなポットと湯飲みが二つ。本来は『半東』と呼ばれる亭主の補佐役が現れ、客に白湯を勧めるのだが、今回は人手不足なので、鮎美先生が両者を兼任してくれる。

とりあえず、白湯を飲んでいると、

「ところで、亮ちゃんは猫は好き？」

「猫、ですか。嫌いではありませんけど、飼ったことがないから……」

「だったら、気をつけた方がいいわ。このお宅には雄の白猫がいるの。チビ太君といって、もともとはお義母様のペットだったんだけど、猫だから、いつの間にかやってきて、亮ちゃんの膝に乗るかもしれない。びっくりして、高価なお茶碗を割ったりしたら大変でしょう」

「ああ、なるほど。ありがとうございます。充分注意します」

話をしているうちに午後四時を過ぎ、二人はサンダルに履き替えて露地へ下りる。すでに辺りには夕暮れの気配が漂っていた。

道路からの入口のアルミドアの脇に木製の三人掛けのベンチがあり、煙草盆と円座(えんざ)が置かれていた。『腰掛(こしかけ)待合』と言うらしい。

円座の上に腰を下ろし、しばらく待つうち、

「いらっしゃったわ。亮ちゃん、立って」

腰を上げ、右を向くと、勝手口とは反対側のテラス戸から昭江先生が露地に下りてきた。

「『迎付(むかえつ)け』といって、亭主と客が最初の無言の挨拶を交わすわけ」

服装はもちろん着物。右手には手桶(ておけ)を携えていた。

昭江先生は手桶の水を柄杓(ひしゃく)で周囲に撒き、残りを何かに注ぎ入れる。

そして、枝折戸の手前まで来て、二人にほほ笑みかけ、

「ようこそ、いらっしゃいました。今日は何もかも略式で、堅苦しい作法は抜きですから、存分にお茶をお楽しみくださいね」

『略式』と聞き、亮子は少しだけほっとした。

先生の今日の装いは濃鼠(こいねず)の江戸小紋の着物と白地に金泥(きんでい)でイチョウの葉の模様を描いた帯。『濃

鼠』はくすんだ濃い紫のことだ。

小柄な体に丸顔。亡くなったご両親のどちらかが九州出身だと聞いた覚えがあるが、確かにどこか南国風の華やかな顔立ちで、それに加えて、今日はメークもしっかり決めていた。

「少しだけ蘊蓄をご披露しますね。ここから向こうが外露地、手前が内露地。内露地は山居に至る道すがら、内露地の方はいわば深山幽谷の世界を表現しているの」

さすがはお茶人だけあって、立て板に水の解説だった。

「この枝折戸が中門(ちゅうもん)で、両者の境。敷地が狭い場合には、途中に丸竹を一本横に通して、『見立ての中門』にすることもあるのよ」

「なるほど。つまり、象徴的な門ですね」

落語家は扇子を刀にも釣竿にも見立てるが、いわば、それと同じらしい。

内露地にあったのは落葉樹の低木と苔に覆われた地面、そして、飛石(とびいし)。

一定の間隔で配された石を伝って歩き、途中に置かれた陶器の手水鉢(ちょうずばち)と柄杓を使い、手を清める。『蹲踞(つくばい)』である。

そして、やっと茶室の入口までたどり着く。一番端のテラス戸の向こうに、狭い廊下を挟んで『躙口(にじりぐち)』を見つけたのだ。地面から五十センチほどの高さにあり、縦横の寸法は七十センチほど。こういう入口を設ける理由は『誰もが自然に頭を下げた謙虚な姿勢で茶室に入るため』と、高校の日本史の授業で習った覚えがあった。

ところが、履物を脱いだ二人は躙口を無視し、廊下を右へ歩いていく。

驚いた亮子がその場にたたずんでいると、鮎美先生が振り返り、

「亮ちゃん、早く。今日は略式だから、茶立口から席に入るんですって」

（チャタテグチ？　お茶室って、いくつも入口があるのか。私、そんなことも知らずに……でも、落語の『茶の湯』にも、入口の描写はなかったわ。ご隠居さんと定吉は、一体どこから入ったのかしら？）

戸惑いながら手前の平石の上でサンダルを脱ぎ、上がりかけて、

（おや？　これ……ファスナーロックのレールじゃない）

ふと目を止めたのはテラス戸のアルミサッシの下部で、引き違う部分にスチールの部品がビスで固定されていた。『ファスナーロック』と呼ばれるストッパーの一種で、レール上に錠を取りつけ、キーで施錠することができる。友人の家で同じ製品を見せてもらったことがあるから間違いなかった。

（普通は、これ、クレセント錠を補強する意味で、窓やサッシ戸の内側に取りつけるんだけど、なぜ外側に……？）

その時、「平田さん、かぎをかけてもらえる？」と昭江先生の声がした。

「あ、はい。わかりました」

クレセント錠を下ろして廊下へ上がり、その直後、亮子は思わず「あっ！」と叫んだ。

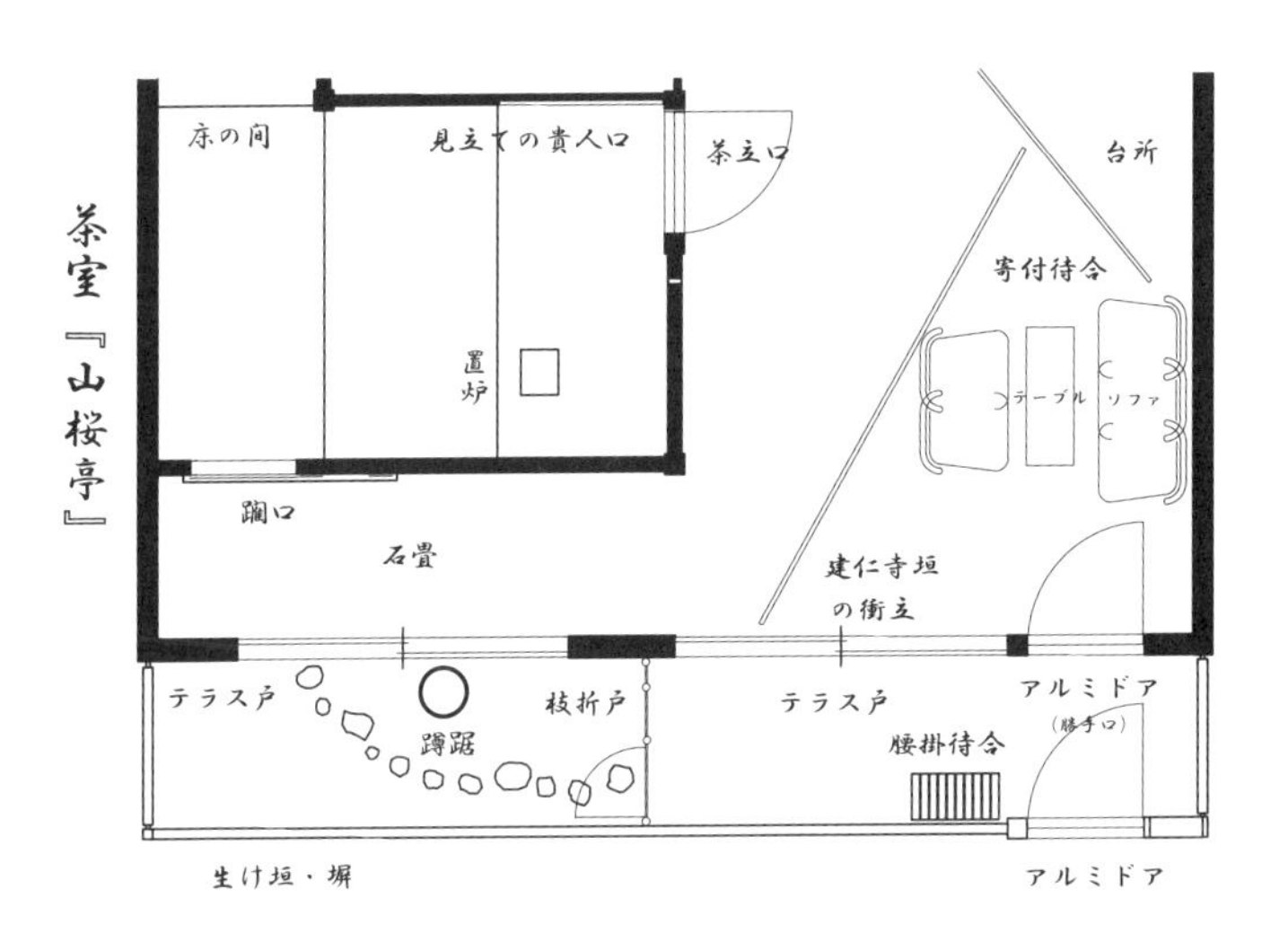

茶室『山桜亭』
床の間
見立ての貴人口
茶立口
台所
寄付待合
置炉
テーブル
ソファ
躙口
石畳
建仁寺垣
の衝立
テラス戸
蹲踞
枝折戸
テラス戸
アルミドア
(勝手口)
腰掛待合
生け垣・塀
アルミドア

躙口のすぐ上に障子の格子窓があり、さらにその上と左右は聚楽壁、いわゆる砂壁だったが、壁の上部に横長の扁額が掲げられていて、そこに書かれた文字が、何と『山桜亭』だったのだ。

驚いた亮子がその場に立ち尽くしていると、戻ってきた昭江先生がいかにもうれしそうに、

「平田さん、びっくりしたでしょう」

「えっ……ええ、まあ」

「今まで内緒にしてたけど、うちの茶室の名付け親はあなただったのよ」

「は、はい……？」

亮子はきょとんとしてしまったが、理由を聞き、納得した。

馬伝の真打ち昇進が四年前の五月。茶室の完成が六月。校内の噂で『山桜亭』という亭号を初めて耳にした昭江先生は、『自宅の茶室の名前はこれだ！』と即決したのだそうだ。

「ああ。確かにお茶室の名前って、『ナントカ庵』とか『ナントカ亭』が多いみたいですね」

「だから、本当はもっと早く平田さんをお呼びしたかったのよ。いろいろな事情で遅れてしまって、ごめんなさいね」

「いえ、そんな。滅相もありません」

廊下を歩き出す。そこは何とも不思議な空間だった。

右手の壁は一面に杉皮が貼られ、竹を水平に四段渡して押縁にした、いわば杉皮の垣根。外か

ら見ると、普通のカーテンが閉じられていたから、取り外しが可能なのだろう。床も石畳風で、戸外を歩いている雰囲気だった。

目の前に建仁寺垣の衝立が現れる。ただし、こちらは明らかに裏側だ。

寄付にいる際には二枚だと思った衝立だが、実はもう一枚置かれていて、こちら側から見ると、リビングダイニングを『く』の逆の形に区切っていた。

「この向こう側にソファがあって、隣が水屋……とは名ばかりの台所なんだけど、散らかり放題だから、覗かないでちょうだいね」

振り返ると、茶室の外観が確認できた。『山桜亭』の床は、マンションの本来の床よりも三十センチ高い位置にあった。つまり、床組みがかさ上げされている。

四隅の角柱や敷居、鴨居は通常の日本間と同じだが、欄間はなく、鴨居と天井の間が空いていた。説明によると、鉄筋コンクリート構造の梁が部屋の内側に張り出している部分があるため、欄間は断念したのだという。梁自体に手を加えることは、法律上許されない。

茶室の寸法はリビング側が一間、廊下側が一間半。一間は六尺で、畳一枚が三尺と六尺だから、三畳間ということになる。

外側はすべて聚楽壁だが、リビング側は塗り方の問題なのか、少し色が淡く、右端に障子の入口があった。幅六十センチ、高さが一メートル五十センチほど。これなら、大人でも立ったまま通れる。上部は丸く、金閣寺や銀閣寺の上階の窓と似通っていた。

これは『茶立口』または『茶道口』と呼ばれ、亭主のための出入口だそうだが、今日は客もこちらを使う。躙口と比べれば、なるほど、初心者向きで、亮子はまた少し安堵することができた。

「外側から拝見しただけでも、ため息が出てしまいますね」

鮎美先生が感嘆の声を上げた。

「しかもこれは、マンションの一階だからこその趣向。そのために、わざわざ一階の部屋を購入されたのでしょう」

「感心してもらって申し訳ないけど、別にそれだけの理由ではなかったのよ」

昭江先生が苦笑しながら、首を振る。

「義母（はは）が高齢だったし、私ももう若くはないから、一階の方が何かと便利だし、安全なの。例えば地震の際にも一階は揺れが小さいし、避難だって楽。うちは茶室の改装工事と同時にバリアフリー仕様の工事もやってもらってね、普通のドアはほとんど外して、引き戸か折り戸に交換したの。敷居をなくせるし、デッドスペースも減るでしょう。実際、義母（はは）は車椅子移動になっちゃったから、本当に助かったわ。『転ばぬ先の杖』よね」

「なるほど。一階のメリットって大きいですよね。表千家（おもてせんけ）の『不審庵（ふしんあん）』をはじめとして、開き戸を取り入れたお茶室はいくらもありますし……あのう、ところで、先生」

鮎美先生は辺りを見渡しながら、

「今日、チビ太君はどうされたのですか」

「えっ、チビ太って……」

昭江先生は微かに眉をひそめる。

「野村先生、猫がお好きなの？」

「いえ、それほどでも……ただ、ちょっと気になったもので」

「実はねえ、義母が亡くなった翌月……七月の末くらいだったかしら。突然死んじゃったのよ。獣医さんに連れていく暇もなかったから、原因はわからないんだけど、急に吐いたりなんかして」

「まあ、そうだったんですか」

「トイレも、水洗の便器の上で自分でするくらい利口な猫で、私にもよく慣れていたから、長生きしてほしかったんだけど……生き物って不思議。飼い主のあとを追ったんでしょうね。さて、それでは」

昭江先生は両手を体の前で揃え、軽く会釈をして、

「そろそろ始めたいと思いますので、どうぞ、席へお入りくださいまし」

開始宣言を聞いて、亮子は緊張した。

昭江先生が茶立口に手をかける。驚いたことに、ここは蝶番をつかった開き戸で、手前に引いて、『山桜亭』へと入る。

さっき、鮎美先生が『開き戸を取り入れた茶室がある』と言っていた意味がやっと呑み込めた。両側から障子紙が貼られた珍しい構造の戸で、それを含む半間（はんげん）と左隣の半間の壁はパネルを建具溝にはめ込んであり、どうりで聚楽壁の色がやや淡かったのだと思いあたった。

茶室の広さは想像通りで、茶立口から入ると、畳が三枚横向きに並び、一番手前の畳の左手に炉が置かれていた。

鮎美先生の腰巾着になって奥の壁際まで進み、回れ右して畳に腰を下ろす。並び方は末客が左で、正客が右。さらに、その右に躙口があった。

亮子の左手には床の間があり、床畳の上の備前焼きの花入れに赤い寒椿が一輪、床壁には雪笹の絵の掛け軸。

茶室内の壁も聚楽壁で、天井は薄くそいだ杉板を網代に編み込んだ平天井、そして、茶立口の開き戸は両側から奉書の一枚紙を張った太鼓襖……そんなことまで亮子にわかるはずがない。茶立口を背にして座った昭江先生と、鮎美先生の会話を懸命に聞き取り、ようやく理解できたのだ。

「あのう、昭江先生、一つだけ伺っても、かまいませんか？」

二人の話が一段落したところで、怖々、口を開く。

「床の間と同じ並びの壁にも、杉板を斜めに……ええと、網代に編んだ戸がありますけど、あそこにも出入り口があるのですか」

「ああ、これ」

昭江先生は自分の右手にある板戸を軽く指差しながら、

「お目にとまったら光栄ね。これは、見立てのキニングチなの」

字の見当がつかないので尋ねると、『貴人口』だそうだ。

「貴人口はもともと高貴な客を招き入れるための入口だけど、一般には躙口だけでは詫びすぎてしまう時などに設けられるの。ここでは壁の一部をこうして、入口に見立てているわけ」

「ははあ。つまり、ダミーの戸ですね」

外露地と内露地の間に横に竹棒を一本通し、中門に見立てるという話を聞いたが、おそらく、それに似た趣向なのだろう。

昭江先生がほほ笑み、畳に両手をついて、

「それでは勝手を見繕いまして、ソハンを差し上げます」

挨拶を受け、亮子もあわてて頭を下げた。

数秒後、『粗飯』という漢字が頭に浮かぶ。お茶事の最初に懐石料理が出ることくらいは、さすがに知っていた。

『懐石』とは、僧侶が寒さや空腹をしのぐため、温めた石を懐に入れたことに習い、せめてものの空腹しのぎにと亭主から出される料理を意味する。具体的にどんなものかは知らなかったが、最初に運ばれてきたのは、小さなお盆に載った三品。手前に塗り椀が二つ並び、奥の平皿には刺身。

しかし、『お盆』と思ったのは亮子の無学のせいで、黒塗りの四角い板は折敷（おしき）と呼ばれ、脚のついていないお膳なのだそうだ。

茶立口から入ってきた昭江先生は正客の前へ真っすぐ進み、正座してから折敷を差し出す。

両手で受け取った鮎美先生は折敷を自分の前の畳の上に置くと、亮子の方を向き、「お先に」と挨拶する。

二度めに入ってきた亭主が、今度は亮子に同じものを手渡す。

緊張しながら受け取り、一礼すると、昭江先生は茶立口に戻り、二人の方を向いて座り直してから、「本日のお料理ですが、向付（むこうづけ）は甘鯛の昆布締（こぶじ）め、汁はまめ麩汁の白味噌仕立てでございます。どうぞお箸のお取り上げを」とお辞儀をして、茶室を出てから、襖を閉めた。

「それではいただきましょうか」

挨拶されたが、返す言葉を知らない。すると、先生は小声で、

「『ご相伴いたします』よ」

「……あ、なるほど。ご相伴、いたします」

鮎美先生のまねをして、二つの碗の蓋を両手で一度に取り、大きい方を下にして向かい合わせに重ね、折敷の右の端に置く。

右手で箸を取り上げ、隣を見ると、

「あとは、とにかく食べればいいの。ご飯、お汁、またご飯という順で、交互にね。『炊き上がりをとりあえずお召し上がりください』という意味で、三口で食べられる分だけ盛られているわけだから」

「そうなのですか。わかりました」

飯椀を取ると、横一文字に形を整えられた少量のご飯から、確かに湯気が立っていた。それを箸の先で切って、三分の一食べ、小さなお麩の入った白味噌の汁を飲む。

すぐになくなってしまったので、今度はワサビが添えられた甘鯛の刺身に箸を伸ばす。しょうゆ皿はなかったが、口に入れてみると、ちゃんと塩味がついていた。

これも三口で、あっという間に食べ終えると、茶立口が開き、亭主が茶室に戻ってきた。

燗鍋と朱塗りの盃が載った黒い台を両手に持った昭江先生は、亮子の前に折敷を一目見るな

り、口元を歪め、

「あらあ、平田さん、それ、食べちゃったの？」

「ええっ？　あのう、それって……」

「甘鯛よ。向付は、お酒の肴なの」

「あっ！　そうだったのですか。も、申し訳ありません」

「別に謝ってもらう必要はないわ。気にしなくて大丈夫だから」

亭主は慰めてくれたが、ここまで無知な客がいては、さすがにお茶事はぶち壊しだ。

（最初のお料理で、もう恥をかいちゃった）

亮子は小さなため息をついた。

（困ったなあ。いまさら逃げ出すわけにもいかないし……お茶って、やっぱり難しいわねえ）

15

先生方二人はさかんに慰めてくれたが、懐石料理のいの一番で大失敗をしでかしてしまい、亮子は落ち込んだ。

昭江先生が茶室へ持ち込んだのは南部鉄の燗鍋と引盃（ひきさかずき）、そして、黒漆りの盃台（さかずきだい）だった。お正月にお屠蘇（とそ）を祝う時のように、朱塗りの盃を二枚重ねてある。『引盃』という言葉は初めて聞いたが、『客が台から自分の方へ引く』という意味があるのだそうだ。

正客が台から盃を取って、亭主から注がれた酒を飲み干し、向付の皿の右隣に置く。

続いて、亮子の番。もともと下戸なので、普通なら辞退するところだが、今日は直前の失敗があったため、断るとは言えず、『一杯だけなら』と思って酌を受け、喉の奥へと流し込んだ。

ご飯と汁のお代わりが運ばれ、そのあとが煮物椀。『胡麻豆腐と蒸し鮑のすまし汁仕立て』に、おろしショウガが吸い口として添えられていた。

焼物は『鮭の幽庵焼き』で、『箸洗』とも呼ばれる小吸物には梅肉とユズ……と言うと順調のようだが、実際には失敗の連続だった。

懐石では、箸を置く場合、必ず箸の先を折敷の左端の縁に立て掛けておくのが礼儀で、そのため、食事を終える時には一斉に箸を落とし、食事を終えた合図とするそうだが、動揺した亮子は、その件だけで、三回も注意を耳打ちされてしまった。

もちろん鮎美先生は好意で教えてくれているのだが、その度に背中がピクンと跳ね上がり、料理を味わう余裕などなかった。

やがて、『八寸』が運ばれてきた。縦横の長さが八寸の板に海と山の珍味が盛られてくるもので、今日は『蠣の薫製と串銀杏』。亭主自ら取り分け、客の小吸物の蓋に盛ってくれる。

それらは酒の肴だそうで、亭主がまた燗鍋を傾ける。実は煮物の時に『二献目』を受けていたため、今度こそは固辞するつもりだったのだが、『三献目』は『千鳥の盃』といって亭主と客が盃をやり取りすると聞き、結局、また飲むことになってしまった。

料理も終盤に入り、小さめの長盆に載った湯斗と香物。

湯斗はごく淡い塩味の湯にあられを浮かべたもので、小さなお玉ですくい、飯椀と汁椀の中へ注ぎ入れる。使い終えた器を清めるという意味があるらしい。鉢に盛られた香物は厚く切られたたくあんと野沢菜漬だった。

懐紙で器を拭いたあと、本当は『おまつ』の亮子が湯斗と鉢を茶立口に返すそうだが、ずっと正座していたため、足がしびれて立てず、正客に役を代わってもらった。

戻ってきた鮎美先生が座り直すと、今度は箸の根元の方を折敷の右端に掛け、「それではご一緒に」。

「え……ああ、はい。わかりました」

亮子も同じようにして、呼吸を合わせ、右手で突いて箸を落とす。すると、次の瞬間、茶立口の太鼓襖が開いて、昭江先生が顔を出し、「不加減(ふかげん)でございました」と挨拶。これに対し、二人の客は「ごちそうさまでした」と頭を下げ、その後、折敷を亭主に戻して、懐石料理はついにフィナーレを迎えた。

(よかった。やっと終わって……違う。お茶がまだだった。つまり、これからが本番なんだ！)

亮子は目まいを感じたが、どうやらそれは最前摂取したアルコールのせいらしい。ほんの少し気を抜いたとたんに、急速に酔いが回り出した。

まずはお菓子が運ばれてくる。『縁高(ふちだか)』と呼ばれる黒漆の器に入れられた、黄身餡をツクネイモのきんとんで包んだ生菓子。白いきんとんを雪に見立てているらしく、懐紙に取り、黒文字(くろもじ)で切っていただく。『黒文字』は本来木の名前で、この場合は黒文字の木を削った楊枝のことを指す。『酢豆腐（すどうふ）』という落語があるおかげで、これはかろうじて知っていた。

菓子を食べ終え、いよいよお茶……かと思ったが、そうではなく、正客から順に茶立口から退出し、腰掛待合へ。亭主が『席を改める』のを待つらしい。いつの間にか、足のしびれがなくなっていた。

テラス戸から露地へ下りると、すでに辺りはとっぷりと暮れていた。月明りが辺りを照らし、さらにベンチの脇に小さな行灯が置かれている。

時刻を確認すると、午後五時五十分。山桜亭に足を踏み入れてから、あっという間に二時間近くが経過していた。

腰掛待合に座る。冬だが、少しも寒くはなかった。

「ねえ、亮ちゃん、大丈夫？」

ふと隣を見ると、蠟燭の光に照らされた、心配げな鮎美先生の顔があった。

「大丈夫って……何がですか」

「酔って、気分が悪くないかってきいているの。お酒に弱いはずの亮ちゃんが、やけに飲みっぷりがよかったから」

「あ、ああ、なるほど。それは別に……」

言いかけて、寒くないのは酔いのせいかもしれないと思いあたる。

「ええと、たぶん、平気だと思います」

「だけど、何となく様子が……」

その時、鈍い金属音が聞こえた。『後座』、つまり、茶会の後半の開始を知らせる銅鑼の音だそうだ。

鮎美先生は盛んに気遣ってくれたが、ここで帰れば完全な食い逃げ。亮子は立ち上がり、茶室に戻ろうとしたが、足がもつれ、危うく転びそうになってしまった。

テラス戸から入ると、廊下の明かりは消され、待合にあったのと同じ行灯が等間隔で置かれていた。『足元行灯』と呼ぶらしい。

（……家の床がゆっくり回転してる。まるで『親子酒』だわ、これじゃ）

リビングの照明も行灯のみで、薄暗い。茶立口から山桜亭に入ると、こちらはいくらか明るかったが、雰囲気はさらに神秘的だった。

室内の照明は行灯ではなく、竹檠と手燭。『竹檠』という燈具を初めて見たが、長さ四十センチほどの太い竹を立てた上に平たい陶器の鉢を置き、油に芯を浸して火をつける。ちっともくさくなかったから、灯油はたぶん魚油ではないだろう。

客の前に一つずつ置かれた手燭は鉄に黒漆を塗ったもので、火皿の左右に短い足が二本、手前に長い足が一本ついていた。

先ほどと同じ位置に正座する。

炉は電気式だが、載っているのは菊桐地紋の真形釜。信楽の水指に唐三彩の茶入れ、千羽鶴の蒔絵が施された輪島塗の棗……もちろん、これらも二人の会話から読み取ったものに過ぎない。

「どれも立派なお道具ですねえ。下世話ですけど、これだけのお道具を揃えるとなると……」

「確かにお金はかかります。うちの場合、義母から譲られた分で、どうにか格好がついてますが、『茶道具一通り揃えるには三代かかる』とよく申しますね」

後座が始まり、まずは干菓子が出てくる。紅白二色の砂糖をスズメの形に固めたものと、薄焼きの甘い煎餅だった。

それらを懐紙に取り、口へ運ぶ。このあたりから、亮子は急速に酔っぱらってきて、薄茶を入れる亭主のお手前もただぼんやり眺めているだけ。

由緒ありげな黒楽茶碗（くろらくぢゃわん）を差し出されたが、

（ええと、目八分に持ってきて、お呪いに三遍回し……じゃないか。茶碗の正面を避けるんだったな）

とにかく、取り落として割らないよう気をつけるのが精一杯だった。

亮子が茶碗を返すと、鮎美先生が畳に両手をつき、「本日は、まことにありがとうございました」と挨拶をして、亮子もそれに習う。

「こちらこそ、ありがとうございます。さあ、これで無事にお開きですよ」

少しくだけた口調で、昭江先生が言った。

「本当は亭主だけが茶室に残って、手燭を持った正客を先頭に露地から寄付（よりつき）へ帰すんだけど……まあ、今日はあくまでも略式。到来物のおいしいエクレアがあるから、向こうで紅茶でもいかが？」

「わお！　やった……そうか。あんまり露骨に喜ぶと、失礼ですよね」

両手で万歳をしかけた状態で、鮎美先生が苦笑する。

「まあ、本音を言わせてもらえば、干菓子よりもエクレアの方が好物なんですけど、今日のお料理はお世辞抜きで最高でした。特に胡麻豆腐は完全に料亭の味ですねえ」

「まあ、お上手。野村先生は何でもよくご存じで、感服いたしました。でも、ここからはお気楽に……そうだ。飲み直しても結構よ。胡麻豆腐がまだ残っているから、それを肴にして、ワインでも」

「えっ？　ご馳走になっちゃって、かまいませんか」

「どうぞどうぞ」

手燭を携えた昭江先生を先頭に茶室を出て、リビングから廊下へ。

そして、テラス戸から露地へ下り立ち、飛び石の上を歩き出した瞬間、

（……しまった。これは、まずいわ）

亮子は思わず顔をしかめた。茶会が終了して、体の緊張が解けたとたん、猛烈な尿意が襲ってきたのだ。とても我慢できそうにない。

「あ……あのう、先生、すみません」

「えっ？　どうしたの、平田さん」

「申し訳ありませんけど、お手洗いを使わせていただきたいのですが」

「あら、そう。トイレはリビングから本来の廊下へ出てすぐのところだから、寄付から……行くのは、ちょっと面倒か」

昭江先生が困り顔になる。

「建仁寺垣の衝立、あれ、結構重いのよ。そのまま動かすと床が傷つくから、外枠から竹垣を外さなくちゃいけないの。遠回りになっちゃうけど、戻ってもらった方が早いわね」

「そうですか。わかりました。では、失礼して……」

早速向かおうとすると、鮎美先生に制止された。

「昭江先生、平田さんはお酒に弱くて、かなり酔っているみたいだから、暗い廊下を歩くうちに、行灯を蹴り倒したりすると大変ですよ」

「あら、そう。ごめんなさい。無理にお勧めしたつもりはなかったんだけど……じゃあ、ちょっとだけ、ここで待っていて。行灯を片づけて、照明をつけてくるから」

そう言い置いて、燭台を手に、昭江先生はテラス戸の中へと入っていった。

16

ところが、昭江先生はなかなか戻ってこなかった。

実際の時間にすれば五分足らずだったろうが、亮子は次第に焦り出した。

(そんな……早く来てもらわないと、困るんだけど……)

やきもきしていると、廊下を駆け戻ってくる足音がした。

「ごめんなさい！　なぜだかわからないんだけど、家の電気がつかないのよ」

テラス戸から顔を出し、ひどくあわてた様子で、昭江先生が言った。

「知らない間にブレーカーが落ちたんだと思うけど、配電盤を調べたりしているうちに時間が経っちゃうから、とりあえず、これを持ってきたわ」

見ると、小さなランタンを二つ提げている。真っ白な光を発しているから、LEDライトだろう。

受け取ったランタンを右手に持って、家へ上がる。

足元行灯が取り払われたせいで、廊下は漆黒の闇で満たされていた。

先生のあとに続き、ランタンの明かりを頼りにリビングに入る。

「平田さん、あそこだから、さあ、どうぞ。私、ここで待ってるから」

「す、すみません」

茶立口の右隣の半間の壁。その隣にトイレがあって、入口が開いていた。急いで飛び込み、ドアを閉めようとしたが、

(あれ？　ない……あっ、そうか。折り戸だと言っていたな)

開口部の右端に折り畳まれた扉があった。ドアレバーを握り、一気に閉める。引き出された折り戸は茶色い木製で、レバーのついている方が七、蝶番のある方が三に分割されていた。

レバーの下のつまみを右へ回し、ドアをロックする。

足元にランタンを置いて、淡い光の中、大急ぎで便座カバーを上げる。

スカートと下着を下ろして、洋式便器に座り……亮子は安堵のため息をついた。

（よかった。もう少しで、大恥をかくところだった）

切羽詰まって飛び込んだため、トイレ用のスリッパを履いていなかった。遅ればせながら足先を突っ込む。

（これで、あとは帰るだけ。何とか無事に……いや、ずいぶん恥ずかしい思いをしたから、全然無事ではないわよね）

便座にお尻を乗せたままで、ぼんやりと考える。

（とにかく、終わってよかったけど……八ちゃんに、どう報告すればいいかしら？）

まだ酔いが醒めていないから、うまく考えをまとめられないが、それでも、本物の茶会を覗き見た経験により、『茶の湯』という落語の矛盾がさらに鮮明になった気がした。

（後座のお手前で見せられた茶道具はどれもこれも値が張りそうで、昭江先生自身も『揃えるのに三代かかる』と話していた。根岸の家の以前の住人の説明はないけど、お茶人であれば、それなりの品を揃えていたはず。そんなものが一通りついている借家が安いはずないわよねえ。

それに、お茶会で、お茶より先にお菓子が出るくらいは、いくら何でも常識だわ。青黄粉の一件もそうだけど、確かに登場人物が揃いも揃って無知すぎる気はする）

けれども、今の感想をそっくりそのまま伝えたら、それでなくても悩んでいる夫をさらに混乱させてしまう恐れがあった。

（困ったな。二人会は来週の金曜日に迫っているのに。本当にどうすれば……こんな場所で考え込んでいても始まらないわね。そろそろ出よう。じゃあ、水を……）

自宅と同じ要領で、座ったままで右後方を探ってみたが、手は空を切るばかり。左手を伸ばしてみても、やはり同じだった。

（そうか。最近の水洗トイレは、水をためるタンクがないタイプが多いんだった。水を流すレバーはどこに……あら？　こ、これは、やばいかも……）

立ち上がった直後、胃と胸元にこれまで経験したことのない不快感を覚えた。

カーディガンのポケットに鮎美先生からもらった懐紙の残りが入っていたので、急いで取り出し、口元にあてる。床で小さな金属音がしたが、かまう余裕がなかった。

（あっ、こんなことしなくても、便器に吐けば……ちょっと、どうしたのよ、今度は）

視界がぐらりと揺れ、よろけそうになってしまった。どうやら、頭を動かすのがよくないらしい。こんなに酔ったのは初めてだから、何が起きるのか、自分でもまったく予測できなかった。

吐き気は何とかこらえることはできたが、とにかく、一刻も早く退散した方がいい。そう判断した亮子は下着とスカートを上げると、床からランタンを取り上げ、折り戸のレバーに手を伸ばそうとした。

すると、その時、すぐ足元で、「ニャー」というか細い泣き声がしたのだ。

（ええっ⁉　な、何よ、今のは……）

怖々視線を向けた次の瞬間、亮子は驚愕した。青いスリッパを履いた自分の右足のすぐ脇に、全身真っ白な体毛の猫が行儀よくお座りしていたからだ。

猫は青みを帯びた両眼で、じっと亮子を見上げている。

（これが、チビ太君……？　いや、そんなはずないわ。昭江先生が『飼い主のあとを追うように、七月に死んだ』って……）

背筋にさっと悪寒が走る。悲鳴を上げかけたが、他人の家だと気づき、左手を口に押しあて、かろうじて我慢をした。

そして、もう一度同じ場所を見下ろすと……ほんの一瞬の間に、白猫の姿は煙のように消えてしまっていた。

（えっ、そんなばかなことあるわけないわ。猫は狭い隙間へ入り込んでしまうから、きっと、どこかに……）

背後を見ると、思った通り、タンクのないタイプの便器だった。腰を屈め、ランタンを這わせながら、フローリングの床の隅々にまで視線を送ってみたが、懸命に目を凝らしても、どこにも猫の姿は見つけられなかった。

（じゃあ、やっぱり、ゆ、幽霊……うわっ！）

激しい恐怖に襲われ、必死でドアレバーを動かそうとしたが、動かない。

（どうして……あっ、ロックしたんだった）

つまみを左に戻して解除すると、戸を開け、亮子は大急ぎでトイレの外へと飛び出していった。

17

「……何だよ、それは。ばかばかしいにもほどがあるぜ」

眉をぐいと寄せながら、馬伝が言った。

「そんなもの、夢に決まってるだろう」

「勝手に決めつけないでよ。『芝浜』じゃないんだから」

二人会で琴朝師匠が演じる予定の人情噺の名作『芝浜』では、『金を拾った』という亭主の言葉を、女房が『夢だ』と否定するが……今回は、なぜか立場が逆転してしまっていた。

（ずっと黙っていたから、真剣に聞いてくれていると思ったのに……汗かいて説明して、損しちゃったわ）

翌日の日曜日、時刻は午前八時半を少し過ぎている。場所は自宅の居間で、一人息子の雄太はまだ隣の部屋の布団の中で熟睡していた。

昨夜、トイレを出た亮子は、昭江先生に寄付まで連れていってもらい、二人掛けのソファで横になり、一時間ほど休ませてもらった。それから、タクシーで亀有駅まで行き、電車に乗ったのだ。

途中、竹の塚の実家に寄って息子を引き取り、そこでも一休みしたため、北千住に戻ったのは午後十一時過ぎ。雄太が寝坊するのも、まあ、無理からぬ話ではあった。

おまけに、自宅に到着し、さて入ろうとすると、鍵がどこを探しても見あたらない。子連れで長時間戸外にいるわけにもいかず、蒼（あお）くなっているところへ、池袋の落語会の打ち上げを終えた馬伝が帰ってきて、ようやくことなきを得た。

その時は夫も酔っていたし、亮子もくたびれきっていたので、事情を話すのを諦め、今朝顔を合わせたとたん、待ってましたとばかりに切り出したのだが……まるで信じてはもらえなかったようだ。

「そりゃあ、昔っから化け猫の怪談ならいくらもあるぜ」

お茶をすすりながら馬伝が言った。噺家らしい縁起担ぎで、卓袱台には梅干が載っている。

「長生きした猫が化け猫になるんならわかるけど、死んじまった猫が幽霊に姿を変えただなんて、そんな話、聞いたこともねえぜ」

「それはそうだけど、私は確かに見た……ような、気がするのよ」

不意に弱気の虫が顔を出す。何しろ酔っていたし、場所は暗がり。状況を考えると、あまり強くは主張できなかった。

「そもそもお前、なぜその場できいてみなかったんだ？　そいつが何よりも肝心だろう」

「それが、どうしても口に出せなかったのよ。もちろん、後悔はしてるんだけどね」

猛烈な勢いでトイレから飛び出した亮子を、昭江先生は大きく眼を見開いて迎えた。

その時、『猫が……』と言いかけたのだが、『どうかしたの？』と問われ、反射的に『いいえ、別に』と答えてしまった。さんざん世話になり、迷惑もかけていたから、騒ぎを起こしたくないと、つい遠慮が出たのだ。

ちなみに、電灯がともらなかった原因はやはりブレーカーで、亮子が横になっていると、間もなく復旧した。

「確かに記憶が少しあやしいし、見間違いがあったかもしれない。だけど、今までにだって、幻に違いないと思った体験を馬春師匠に聞いていただいたら、事実だと証明されたことが何度も……ああ、そうだ。うっかりしてたけど、八ちゃん、昨日、館山へ行ったんでしょう。例の件、相談に乗ってもらえたの？」

問いかけてみると、馬伝はすぐには答えず、小鉢の梅干を指でつまみ、口へ放り込む。大きく顔をしかめたのは、酸っぱさや塩気のせいばかりではないらしい。

夫の不機嫌の原因がやっと亮子にも呑み込めた。起き抜けのせいばかりではなかったのだ。

「……『どの口で言ってるんだ』、だとさ」

「えっ？　馬春師匠がそうおっしゃったの」

「ああ。『唐茄子屋』じゃあるめえし、十七年も前の居候の件を蒸し返されるとは思わなかったぜ」

意味が汲み取れなかった。『唐茄子屋』は、これも人情噺の名作である『唐茄子屋政談』のことだろう。確かに噺の中に、三年前の居候時代のことを蒸し返され、苦りきる『半ちゃん』なる人物が登場する。

昨日、何があったのかを尋ねてみると、夫は梅干の種をしゃぶりながら渋々説明してくれたのだが……それを聞き、亮子は笑いをこらえるのに苦労した。

馬伝がいわき市での出来事を話し、『まさか、女子高生にあんなことまで言われるとは思いませんでした』とぼやくと、馬春師匠は呆れ顔になり、『一体、どの口で言ってるんだ？』。

馬伝自身すっかり忘れていたのだが、何でも、入門して間もない見習いの頃、小さな会場での独演会に頼んでいた前座さんが来られず、シャレのつもりで、馬春師匠が開口一番『寿限無』を演じたことがあるのだという。

終演後の打ち上げで、酔った師匠が、当時はまだ芸名さえなかった平田悦夫青年に『久しぶりに演ってみたが、俺の寿限無はどうだった？』と何気なく尋ねたところ、『親兄弟はともかく、あんな長い名前、友達が覚えられるはずがありません』という答えが返ってきて、師匠は内心、『とんでもねえバカを弟子にしちまった』と後悔したそうだ。

「……そ、それで、『茶の湯』の疑問点については、どうなったの」

腹筋の揺れを無理やり押さえつけながら、亮子がきいた。

「師匠から、いい知恵は借りられた？」

「そんなこた、今までの流れでわかりそうなもんじゃねえか」

馬伝が種をぺっと皿へ吐き出す。

「まともに取り合ってもらえなかったよ。『その話なら、俺のとこなんか来ねえで、稲荷町へでも行きな』だとさ」

「イナリチョウ？　それって……先代の正蔵師匠のことよね」

落語家を自宅の所在地で呼ぶ習慣があり、すべて故人だが、八代目桂文楽師匠が『黒門町』、五代目柳家小さん師匠が『目白』、三代目古今亭志ん朝師匠が『矢来町』、そして、『稲荷町』といえば晩年『彦六』という隠居名を名乗った八代目林家正蔵師匠を指す。

芝居噺・人情噺の名人であった先代の正蔵師匠は昭和五十七年に亡くなったが、馬春師匠はこの師匠を非常に尊敬していて、晩年の一時期、身内同然になり、足しげく稽古に通っていたことがあると聞いていた。

「でも、なぜ……ああ、そうか。つまり、正蔵師匠の『茶の湯』を参考にしろって意味なんでしょう?」

「俺も、最初はそうだろうと思ったよ」

馬伝の眉間のしわがいよいよ深くなる。

「ただ、稲荷町の『茶の湯』は一度も聞いたことがねえ。生の高座には間に合わなかったけど、ずいぶん録音を集めたつもりだったんだがな。そこで、昨夜、池袋の仕事で林家の直弟子である大先輩にちょうど会ったから、天の助けだと思って、きいてみたんだよ」

その先輩の名はもちろん亮子も知っていた。大御所と呼ぶにふさわしい地位にある噺家だ。

「そうしたら、『うちの師匠は「茶の湯」を演ってない』とさ」

「ええっ? だったら、なぜ馬春師匠は『稲荷町へ行け』なんて……」

「そんなこと、知るもんか」

吐き捨てるように馬伝が言った。

「わざわざ館山まで出向いたのに……なんて言うとバチがあたるか。そもそもお歳暮を届けるのが目的だったんだし、紅梅亭の初席も意欲満々の様子だから、別に無駄足というわけじゃなかったんだが、それにしても、なあ」

湯飲みを取り上げ、お茶をすすり、深いため息をつく。

（あてが外れて、がっかりしてるのね。無理もないわ。自分自身で納得できない噺を高座にかけるのは、性格的に耐えられないだろうし……）

亮子は心の中でつぶやいた。

（だけど、こっちの謎もどうにかしてもらわないと……よおし。私も、伊達に噺家の女房を十年もやってないわよ）

18

「あのねえ、こんな時に、本当に申し訳ないんだけど……」

慎重に言葉を選びながら、亮子は切り出した。

「もし仮に、昨夜の私の体験が夢じゃなかったとしたら、どう合理的に解釈すればいいか、八ちゃんの明晰な頭脳で少しだけ推理してもらえないかしら？　すみません。何とかお願いします！」

両手で拝むと、仏頂面が微妙に変化した。自尊心をくすぐられたらしい。

馬春師匠は仲間内で有名な博覧強記で、若い頃には『クイズ王』と呼ばれていたが、そればかりではなく、鋭い洞察力をもつ名探偵でもあった。

その一番弟子は、師匠が釣鐘なら、せいぜい風鈴程度だが、何かというと、推理を披瀝したがるところはよく似ていた。

「もち上げられたって、別にうれしかねえが……まあ、しょうがねえ。気晴らしのつもりで、ほんの少しだけ、つき合ってやるか」

そう言いながらも、口元が少しゆるんでいるのを亮子は見逃さなかった。『寝床』に出てくる義太夫好きの旦那そっくりだと思ったが、そんなことは口に出さない。

「お前が本当に見たのなら、そりゃ、幽霊なんぞじゃなくて、ピンシャンした猫だったんだろうな」

「ピンシャン……つまり、生きてたってこと?」

「ああ。だとしたら、猫は普通にドアから出入りしたとしか考えられねえ」

「でも、ちゃんとロックしたわよ。出る時に確認したから、間違いないわ」

「そのこと自体は大した謎じゃねえさ」

「えっ、なぜ?」

意味不明の宣言をされ、亮子は困惑したが、馬伝は妻の問いをはぐらかすように、

「まあ、いいから。とにかく、一番の問題はなぜ死んだはずの飼い猫が生きていたかだ」

「それは……そうよね。だって、昭江先生からは『七月に死んだ』と、間違いなく聞いたもの」

「きっと、そいつが嘘だったんだろうな」

「嘘? でも、どうして嘘なんか……」

「何かあったはずなんだ。猫がまだ生きてるってことを、お前たち二人に隠さなくちゃならねえ訳が」

「……全然、思いつかないわ」

　頭が混乱してしまい、亮子は力なく首を振るしかなかった。

「とりあえず、その件もいったん脇に置くとして……さっき聞いた話の中で、ちょいと引っかかったとこがあった。マンションの所有権についてなんだが、今年の夏に、お前の同僚の先生の名義になったんだろう」

「ええ、そうよ。お義母様が亡くなったのが五月で、その三カ月後くらいに書き換えられたように、登記簿上はなっていたわ」

「そりゃ、おかしい。考えてみろよ。実の息子がずっと行方知れずなのに、なぜ名義変更ができたんだ？　義理の娘には相続権なんてねえはずだぜ」

「ああっ……！　そ、そうか」

　ごく基本的な点を指摘され、亮子は衝撃を受けた。そこはまったく考えていなかったからだ。

「もちろん、赤の他人である嫁だって、義母と養子縁組すれば相続権が発生するが、実子である亭主の権利を無視はできない。だから、ええと……」

　馬伝が微かにうなりながら腕組みをする。

「失踪後、たしか七年間過ぎると、家庭裁判所に申し立てれば、死亡宣告が受けられるはずだ。そうなれば遺産処理は可能だが、まだ、そんなに経っちゃいねえんだろう」

「四年と数カ月のはずよね」

「だったら、やっぱり変だ。何か特別な手でも使わねえ限り、名義を変えられるはずが……ん？

待て、よ」

滔々と自説を開陳していた馬伝が、ふと顔をしかめ、口ごもる。

「親のマンションを子が乗っ取る……なんてことがあるのなら、その逆だってないとは言えねえよな」

「え……それ、どういう意味？」

「だから、言葉の通りだよ。『逆もまた真なり』ってことさ」

長年連れ添ってきた相手ではあるが、何を考えているのか、まるで見当もつかなかった。こういう場合、亮子がきいても、まともに答えてくれないところも、残念ながら師匠譲りなのだ。

「『待てば海路の日和あり』。どうやら風向きが少し変わってきたぞ。ふふふふ」

意味深な含み笑いをすると、馬伝は亮子の方を向き、

「実は、折り入って頼みがあるんだ」

「……な、何よ、改まって」

「お前、今日もう一度、亀有のマンションへ行ってみちゃくれねえかな。俺はこれから浅草の菓子屋へ行って、利休饅頭を何個か仕入れてくるから、そいつを持って」

「ええっ？　どうして、また行かなきゃならないの」

「その先生がどんな饅頭の食い方をするか、見てきてもらいてえんだ。黒文字をどう使うか、とかさ。二人会は今度の金曜だから、今から手頃なお茶人を探してる暇はない。近いところで、間に合わせようってわけだ」

「あ……ああ、なるほど。そういうことか」

いかにも凝り性な夫らしい注文ではあった。

「だけど、『茶の湯』には、茶道の心得のある登場人物なんて誰も……いないことないか。最後に出てくる、ご隠居さんの知り合いはたしなみがあるのよね。意味はわかったけど……でも、行く口実がないわ」

「口実はあるじゃねえか。鍵をトイレで落としたんだろう」

「トイレで……確かに、そうね。ポケットから懐紙を取り出す時、チャリンと音がしたのを微かに覚えているから、キーホルダーごと落としてしまったんだと思うわ」

「だったら、一石二鳥。行かなきゃ損だ」

「一石、二鳥って……？」

またまた変なことを言い出した。

「トイレを調べれば、『茶の湯の密室』の謎の解明につながる可能性があるってことさ」

「ええっ？　まあ、それは、そうかもしれないけど……」

「頼むぜ。もう、あと一歩。これで、残った難問は青黄粉の一件だけになったんだから」

「青黄粉の一件……ご隠居さんも客も抹茶を知らないのはおかしいって、あれのこと？　じゃあ、残りは……」

（山ほどあった宿題のうち、ほとんどの点に解決のめどがついたという意味よね。だけど、いつの間に……？）

いくら考えてもわからなかった。

「昨日の今日で行きづらいだろうけど、何とか頼むよ。この通りだ。かかぁ大明神様！」

何と、馬伝は亮子を両手で拝み始めた。

「そんなこと言われたって……もう、困ったなぁ」

気づかないうちに、立場が逆転してしまっていた。相手はヨイショのプロだけに、アタックをかわし、断るのは容易ではなかった。

19

結局、亮子は押し切られてしまった。ほかのこととは違い、『芸のため』と言われると、噺家の女房は立場が弱い。

馬伝はすぐさま菓子屋へと出向かう。ため息をつきながら、とりあえず電話しようと、固定電話の受話器を握り……亮子は困惑してしまった。

鍵を紛失したのは事実だったから、普通に考えれば、『なくしたようなので、捜しにお伺いしてもよろしいでしょうか』と言うべきところだが、その場合、昭江先生に『じゃあ、私が捜すわ。どこでなくしたの？』と返されると、完全に行き詰まってしまう。

悩んだあげく、これは手土産を隠れ蓑にするしかないと考えて、『利休の名をつけた珍しいお菓子をいただきました。たまたま今日、お宅の近くまで伺う用事があるので、お届けしたいのですが』と電話すると、昭江先生はあっさり承知してくれ、訪問は午後二時と決まった。

今日も穏やかな晴天で、約束の時刻の五分前にマンションに着く。

茶会ではないので、セキュリティのあるエントランスから入ろうと思ったのだが、川沿いの道路を歩いていると、生け垣の脇で、昭江先生が手を振るのが見えた。

今日は着物ではなく、アイボリーのツインセーターとグレーのパンツ。

「平田さん、いらっしゃい。運動に、ちょっと散歩してたの。さあ、どうぞ。遠慮しないで、庭から上がってちょうだい」

呼び込まれ、昨日と同じテラス戸から入ると、当然ながら、家の中の様子が一変していた。

杉皮の垣根は取り払われ、明るい光が石畳風の廊下の床へ射し込んでいる。

建仁寺垣の衝立も撤去され、ごく普通のマンションのリビングの雰囲気。ソファに腰を下ろすとすぐに、亮子は菓子折を差し出した。

「ありがとうございます。へえ、これが利休饅頭。そういう名前のお菓子があるという話は聞いてたけど……東京にあったなんてねえ」

「あのう、先生は落語はあまりお聞きにならないのですか？」

一応確認しておくべきだと思った。もちろん昨日は、茶道を笑いの種にした落語があるなどとは言っていない。

「落語ねえ、昔は結構聞いたんだけど、近頃はあんまり……でも、あの噺は好きよ。ええと、『長屋の花見』」

「ああ、そうですか。私も大好きです」

貧乏長屋の大家が店子（たなこ）を誘い、上野の山へ花見に出かけるという、春の季節の代表的な噺だ。寿笑亭福遊師匠の十八番で、馬伝も前の師から習い、得意ネタにしていた。

「あの落語の中で、煮出して薄めた番茶をお酒の代わりにしたり、タクアンを卵焼きの代わりにしたりするじゃない。あのあたりは、お茶の精神に通じるものがあるわね」

「えっ？　おちゃけと、嚙むと音のする卵焼きが茶道の精神に通じるのですか」

噺家に聞かせたら泣いて喜びそうなご発言だが、意味がわからない。

「つまり、『見立ての精神』だと思ったのよ。昨日もあったでしょう。ほら、竹の横棒一本を露地の中門に見立てたり、とか」

「思い出しました。確かに似ているかもしれません。あと、それから、このお饅頭の名の由来には別の説もあって……」

『利休』ではなく、『琉球』が正しいのではという夫の説を受け売りで紹介すると、先生はすっかり感心した様子で、

「さすがは落語家の奥様ね。お話を伺っていると、勉強になるわ。確かに懐石料理でも、ゴマ和えのことを『利休和え』って言うの」

「ああ、なるほど。そうなのですね」

大分名物の『りゅうきゅう』も、そこに名前の由来があると聞いていた。

「お茶の世界では神様だから、利休の名を冠したものが山ほどあるのよ。このお菓子、せっかくだから、ここでお薄をたてて、一緒にいただきましょうか」

「あ、はい。ありがとうございます」

願ってもない展開になった。昭江先生は早速キッチンに入り、食器棚の戸を開ける。本当に高価な品は別にしまってあるのだろうが、そこにも抹茶茶碗や茶筅がずらりと並んでいた。

「あのう、その前に、お手洗いをお借りしたいのですが……」

「ええ。ご遠慮なく、どうぞ」

背中を向けたままで、昭江先生が言った。

亮子は立ち上がり、室内を見渡しながら歩き出す。

(昨夜は暗くて、よくわからなかったけど、茶立口の右隣に半間の壁があって、そのまた右に木製の折り戸が……あったあった。間違いないわ)

リビングダイニングの出入口の引き戸が開け放たれていて、狭い廊下を挟んだ向かい側にトイレの入口があった。

同様の戸が右隣にもあるのは、おそらく洗面所と浴室だろう。視線を右へ向けると、左右にも部屋があり、その先に本来の玄関が見えた。

折り戸を開け、中へ入る。右手の壁の照明のスイッチをオンにすると、狭い室内は明るい光で満たされた。

戸を閉め、ドアレバーから手を離して、亮子はため息をつく。

それから、改めて内部を見回してみた。

畳一枚分ほどの広さのフローリングの床に白い洋式便器。タンクはなく、便器の後ろに四角い張り出しがあった。そこにためた水を一気に流し、洗浄する仕組みのようだ。

紛失した鍵は張り出しの右脇の床で見つかった。カーディガンの右ポケットから落ちれば、ちょうどそのあたりに落下する。訪問の目的の一つを呆気なく達成し、亮子はとりあえずほっとした。

角部屋ではないため、もちろんトイレに窓は存在せず、バリアフリーなので、段差もなかった。ゴミ箱や掃除用具、ラバーカップなども置かれていない。

(うちのとは違って、じゃまなタンクがないから、広く感じるけど……あれ？　これは何かしら？)

目が止まったのは右手の壁。床も天井もアイボリーなのだが、そこに不思議なものがあった……というより、立て掛けられていた。

縦に木目が走った戸板である。上部に釘が打たれ、山水を描いた小さめの掛け軸が吊されていた。

(これはまた、風流なご趣向ね。トイレに掛けておくんだから、安物のお軸だろうけど。それにしても、こんなもの、昨夜、ここに……あったわ。思い出した！)

突然記憶が蘇ってきた。暗い上、酔ってもいたので、きちんと見定める余裕などなかったが、たぶん、壁に同じ戸板が立て掛けられていたはずだ。

後ろはごく普通の壁で、何かを隠す意図は感じられなかったが、念のためと思い、板の裏側を確認して、亮子は眼を見張った。そこにびっしりと杉皮が張られていたからだ。昨日、廊下に並べられていたのと同じもの。どうやら一枚余った戸の有効活用だったらしい。

昨夜、掛け軸を見た覚えはなかったが、墨の濃淡だけで描かれた絵だから、ランタンの明かりくらいでは見逃す可能性もあった。

（なるほど。これ、たぶん実用的な意味合いもあるわね。こうしておけば、壁に直接釘を打ち込まなくて済むから。そうだ。そんなことより、消えた猫の謎を解明しなくちゃ。ええと、床は別に問題ないし、折り戸だって……ああっ！　な、何よ、これ）

危うく大声を出すところだった。

七・三に分割された茶色い折り戸の『七』の方の最下部に、周囲とは少し色合いの違う四角形があるのに気づいたのだ。

縦横が二十五センチほど……いや、縦の方が少し長いので、二十五、六センチと二十二、三センチといった寸法だろうか。

姿勢を低くし、指先で軽く叩いてみたところ、材質はプラスティックで、周囲に二センチほどのフレームがあり、中央には一回り小さな板が。さらに観察してみると、上部には蝶番（ちょうつがい）らしきものがあるのもわかった。

（これって……ペットドア？　何だ、そんなことだったのか）

全身が一気に脱力してしまった。実際に見るのは初めてだったが、雑誌などの広告で何度か見た覚えがある。

（そういえば、チビ太君は独りで水洗トイレで用が足せるんだった。そのためには、自分でトイレへ入る必要がある。だから、ペットドアをつけたのね）

折り戸とよく似た茶色いペンキが塗られていたため、ちょっと見た程度ではわからない。

（だから、八ちゃん、『普通にドアから出入りした』と言ってたんだわ。いじわるねえ。もったいつけずに教えてくれればいいのに。

昭江先生がなぜ『猫が死んだ』なんて嘘をついたのかという謎は残るけど……もしかすると、本当に死んでいて、私が見たのは別の猫だったのかな。白猫なんて、みんな似ているから……ああ、これ、なかなかよくできているわ。ロックまでついているんだ）

ペットドアはどちらの側からでも猫が押せば開く構造になっていたが、この製品には内側から扉をロックする機能がついていた。テラス戸などに取りつけた場合に、ほかの猫が室内へ入り込むのを防止するためだろう。

フレーム下部の左右にある小さなつまみを中央へスライドさせれば、板が固定される仕組みになっているようだ。

（どうりで、板を押したって開かないはずよ。昨日、猫が出ていってから、昭江先生がロックを……あれえ？　つまみが動かないわ）

試しに解除してみようと思い、指先にありったけの力を込めたが、歯が立たず、ちょうど持っていたボールペンの先で押しても、滑り止めのついたつまみは微動だにしなかった。

（おかしいわねえ。ここまでやっても動かないなんて……）

心の声がふと止まる。

右手を見て、亮子はぎょっとした。彼女の指先にかなりの量の白い埃が付着していたからだ。

20

「えっ、お饅頭の食べ方？　あのね、それどころじゃないのよ。そっちは、帰ってから説明……どうしても、今聞きたいの。もう、しょうがないわねえ」

午後三時過ぎ。ショッピングモールの駐車場まで移動した亮子は、自宅にいる夫に電話をかけた。勢い込んで話そうとする亮子に対し、馬伝はまず『茶人の饅頭の食し方』を知りたがった。芸の虫の面目躍如である。

「今日は本格のお茶会じゃなかったけど、尋ねてみたから間違いないわ。菓子椀か縁高から黒文字を使って懐紙に取り、手で二つか四つに割っていただくの。楊枝で切ると、懐紙や黒文字に餡がついて汚くなるから、そうするんですって」

『なるほど。聞いてみるもんだな。これで一つ、わかったことはわかったんだが……』

「あのう、そろそろ、白猫が消えた密室の謎について話してもいい？」

『ああ。だけど、そっちはとっくの昔に見当がついてたよ。キャットドアがあったってんだろう』

「えっ……そ、そう。確かにあったわ。ペットドアがね」

『だったら、何の不思議もねえだろうが』

迷う気配はまったくなく、確信に満ちていた。そこまできちんと見抜いていたのかと、普通ならば感心するところだが、今回に限っては、そうは問屋が卸さない。探偵役の推理を拝聴する前に、大どんでん返しを食らっていたのだ。

「あのね、八ちゃんの推理は間違いじゃなかったんだけど、事はそう単純じゃなかったみたい。いい？　よく聞いてね」

亮子が自分の体験を語ると、最初のうち、馬伝は気乗り薄の様子だったが、途中から明らかに意外そうな反応を示し始めた。

「……というわけなのよ。よく確認してみたら、そのペットドアはロックが解除できないよう、スライド式のつまみが接着剤で固定されていたの。ねえ、おかしいと思わない？」

『いや……まあ、お前はそう言うけどさ』

さっきとは違い、困惑ぎみの声で、馬伝が応じた。

『そりゃ、今日はそうなってたって話なんだろう。昨夜(ゆんべ)は、違ったかもしれねえぜ』

「つまり、私たちが帰ったあとで固定されたってわけね。可能性がゼロではないけど……だったら、指についた大量の埃はどう説明するつもり？」

『……そいつがあったか。まあ、接着剤で固めた意図自体はわかるけどな。猫がいなくなれば、そんなものは無用の長物。戸は簡単に交換できねえから、とりあえず、フフップが開かないようにしたんだろうけど』

「フラップ……？」

『中央の板のことさ。「パタパタと開閉するもの」って意味らしい』

「そうなんだ。確かに固定した意図はその通りだろうけど……じゃあ、肝心の猫が密室から消えてしまった謎は？」

　ぐるりと回って、また振り出しに戻ってしまう。

『だから……三方の壁のどこかに、もう一つ、ペットドアでも隠されていたんじゃねえのかい。今度はアイボリーのペンキが塗られていて、ごまかされちまった、とかさ』

「それは絶対にないわ。昨夜なら見逃した可能性も充分にあるけど、今日、明るいところで時間をかけて探したんだもの。もしそんなものがあれば、確実に発見できたはずよ」

『もう、よしな。猫がいたり、いなかったり……頭が変になりそうだ』

　落語マニア以外にはわからないだろうが、馬伝が口にしたのは『よかちょろ』という噺の中の有名なフレーズだ。どうやら、真面目に考えるのが面倒になったらしく、明らかに投げやりな口調だった。

『別にうちで何か困るわけじゃあるめえし、そんなこと、どうだっていいじゃねえか。こっちは大事な会を目の前に控えてるんだぜ』

　そう開き直られれば、女房としては黙るほかない。

『饅頭の食い方はわかったが、青黄粉の一件ではさっぱりいい知恵が出ねえ。もういっそ、恥を忍んで、違う噺をかけようかとさえ考えてるんだ』

　肝心の落語の話題になると、馬伝はかなり落ち込んでいて、今朝の上機嫌が嘘のようだ。二人会のプレッシャーから情緒不安定に陥っているのかもしれない。

『どうだい。お前、『茶の湯』に代わる、何かいい噺を思いつかねえか』

「えっ？　そんなこと言われても……ああ、だったら、『長屋の花見』なんかどうかしら」

頭に浮かんだ演目名をとりあえず口に出してから、『しまった！』と顔をしかめる。師走に春の噺では、季節が合わない。当然、即座に一蹴されると思ったのだが、

『「長屋の花見」……ふうん。どこから、そんな噺が出てきたんだ？』

意外なことに、夫は興味を示してきた。

「昭江先生がお好きなんですって。『見立ての精神が茶道に通じる』とおっしゃってたわ」

『見立ての精神？　何だい、そりゃあ』

夫の質問に対して、亮子は『竹棒一本の中門』や『見立ての貴人口』を説明してから、

「……だから、茶道のそういった部分が、タクアンの卵焼きや番茶を薄めたおちゃけに共通しているんですって」

『なるほど。見立て、か。番茶をいったん煮出したあとで……ううむ』

うなり声を発した馬伝がじっと考え込む。

（あれえ、どうしたのかしら？　何か、特に意味のある話をした覚えはないんだけど……）

沈黙が予想外に長く続いたので、亮子の方で焦れ、探りを入れてみようかと思った時、

『わかったぁ！』

「うわっ……！　び、びっくりした。一体、どうしたのよ？」

『謎が解けたのさ。いやあ、まさに天の助けだ』

先ほどまでとは打って変わって、喜々とした声だった。

「謎がって……落語の方よね。まさか、密室の謎が解けたんじゃないでしょう」

『だから、両方さ』

「りょ、両方？　まさか、そんな……密室の謎が、本当に解けたっていうの？」

『ああ。それだって、わかってみればどうってこたねえ。「茶の湯」をちゃんと聞いてりゃ、誰だって気づく程度の謎だった』

「は、はあ……？」

亮子はキツネにつままれたような気分になった。

『わからねえかい？　ふふふ。お前も紅梅亭へ来て、俺の噺を聞けば、「ああ、そうだったのか！」と小膝を打つはずだぜ』

（落語の『茶の湯』を聞いていれば、密室の謎に気づいてあたり前……そんなこと、本当にあるのかしら？）

明快な説明を要求したかったが、これまでの経験で、きいてもむだなことはよくわかっていた。もったいをつける探偵ぶりも、師匠譲りなのだ。

よほどうれしかったらしく、馬伝はさらに喋り続ける。

『この際、一つつけ加えるとな、昨夜、マンション内に別の誰かがいやがったんだぜ。そいつが白猫を連れてきた。そうとしか考えられねえもの』

「えっ、まさか……そもそも、なぜそんなことがわかるの？」

『まあ、いいさ。お前のその同僚も、落語は嫌いじゃなさそうだから、今度の二人会にご招待しようじゃねえか。それで万事解決だ。大船に乗ったつもりで、俺に任しときな！』

21

「平田さんに誘われて、久しぶりに寄席に来てみたけど、やっぱりいいわねえ」

缶コーヒーのプルトップを引きながら、昭江先生がほほ笑む。

「まず、雰囲気がいいもの。高座の上にずらりと吊された寄席提灯を見ただけで、心が浮き立ってくるわ」

「本当に、そうですよね」

左隣に腰を下ろした亮子が相槌を打つ。

十二月二十一日、土曜日。神田紅梅亭暮れの特別興行の初日夜の部は『鶴の家琴朝・山桜亭馬伝二人会』。現在中入りの最中で、緞帳が下りていた。時刻は午後七時四十分を過ぎたところだ。

土曜日のせいか、客足がよく、一階はほとんどの席が埋まっていた。二人が座っているのは、前から十二、三列めの中央付近である。

「ご主人の一席めの落語もおもしろかったわよ。ええと……何という噺だっけ？」

「『掛け取り』です」

「そうそう。お芝居のまねをするところなんか、いかにもそれらしくて。私は歌舞伎を知らないから、何のパロディかはよくわからなかったけど」

『掛け取り』は暮れの代表的な演目の一つである。

大晦日。借金取りが大勢長屋へ押しかけてくるが、懐（ふところ）に銭はない。心配する女房に、亭主は『好きなものには心を奪われるから、相手の好きなもので言い訳をしよう』と言い、狂歌好きの大家に喧嘩好きの魚屋、芝居好きの酒屋と、次々にうまく追い返してしまう。

本来は最後に三河万歳（みかわまんざい）を演じる場面があり、そこまで行けば『掛取万歳』という演目名になるが、時間の関係で、途中で切ってしまうことの方が多かった。

今日の二人会は、前座さんの開口一番に続き、まず琴朝師匠の『棒鱈』、馬伝の『掛け取り』。中入り後は馬伝の『茶の湯』のあと、ゲストの色物として亀川鏡太夫（かめがわきょうだゆう）社中の太神楽が入り、トリが琴朝師匠の『芝浜』だ。

『掛け取り』もかなりウケてはいたが、琴朝師匠の『棒鱈』にはかなわなかった。江戸の料理屋で、酒に酔った江戸っ子と田舎侍が喧嘩をする噺だが、琴朝師匠の口演は酔っ払いの描写が秀逸で、客席は大いに沸いた。

今日はコンクールではないので、全体としてお客様に楽しんでいただければ、それでいい。馬伝が二席めにやや地味な『茶の湯』を選んだのも、先輩が人情噺を演じるじゃまにならないよう配慮したためだと考えられた。

（とにかく、言われた通り、昭江先生を二人会に連れてきたけど……これから、一体どうなるのかしら？）

心配しながら、亮子も缶コーヒーを飲む。

（密室の謎が解けたと言ったのも、口から出任せだったかもしれない。美雨さんからもらった宿題を解決していく過程で、『茶の湯の密室』の謎が自然に解明されるなんて、そんなこと、本当にあり得るのかしら？）

何度かそれとなく尋ねてみたのだが、例によって、何も教えてはくれなかった。

（それに、お茶会のあったあの日、『もう一人、別の人物がいた』とか言ってたけど、あの言葉の意味は……あっ、そろそろ始まるみたいね）

前座さんの叩く太鼓の音に続いて、二つ目時代からの出囃子である『あやめ浴衣』が聞こえてきた。

緞帳が上がり、上手から馬伝が登場した。今日は鉄紺の合わせの着物に紫の半襟をつけ、同じ色の羽織、細めの角帯を締めていた。

座布団に座り、丁寧にお辞儀をすると、

「おあとを楽しみに、もう一席、どうかおつき合いのほど、よろしくお願い申し上げます」

満面の笑みで客席を見渡してから、話し始める。亮子は緊張した。

（まずはマクラだけど、この前、いわきで演った時と同じ……それとも、違うのかしら？　まずはそこに注目よね）

「これは、江戸の蔵前の大店の主でございますが、若い頃から稼ぐ一方で、何一つ道楽ということを知りません」

どうやらマクラは変わらないらしい。そう思い、油断した直後、

「奥様は早くに亡くなり、せがれに代を譲ることになりましたが、息子さんは江戸生まれでございますから、贅沢も風流も何でも心得ている。根岸の里にございました、さるご大家の別荘を居抜きでお求めになり、すっかり自分好みに手を加えました」

(ええっ？　最初から、違ってるわ。普通は、父親の方が家を買うんだけど……)

思わず座り直し、高座に注目する。

「息子さんは暇を見ては、この別荘にまいりまして……この人が若いに似合わず、お茶のたしなみがある。そこで時折、自慢の造作をした茶室にお客を招き、お茶を立てて、お楽しみになります。

父親の方は、そんな風流な心のもち合わせがないので、普段から苦々しく思っておりましたが、さて自分が楽隠居ということになった時、頭の中で算盤の玉が動き出します。隠居所を買えば、その分、金がかかる。別荘が一軒あるにはあるんだから、ここは一つ、そいつで間に合わせようと考えました」

(……なるほど、こういう手があったんだ)

前回の口演と比較してみて、亮子は感心した。これなら何の矛盾も生じない。美雨さんの疑問が解消されるのは間違いなかった。

「父親から別荘をよこせと言われ、息子さんはもちろん嫌がりましたが、『元は俺がこしらえた身

上だ』と言われれば否も応もない。茶室から茶道具一式揃った別荘が、そのまんま隠居所ということになりました。まあ、これは……」

馬伝はそこで間を置き、咳払いをすると、

「今も昔も、世間によくある話でございましょう。普通は、親が丹精した家を子供が譲り受けますが、このお宅の場合にはその逆。ご隠居にとって幸いだったのは、この息子さんがまだ独り身だったことですな。奥様がいれば、そう簡単には行かない。女は欲がふか……いや、その、しっかりしてらっしゃいますから、いざ相続という際には目端が利きます」

はっと息を呑み、恐る恐る右隣を見る。昭江先生の表情は特に変わっていなかったが、亮子には夫の意図が手に取るようにわかった。

（今の変な言い回しは、きっと、昭江先生のことが頭にあるんだわ。あれほどトゲのある言い方をするということは、ひょっとすると、何か非合法な手でも使って、マンションを自分の名義に変更したのかしら……？）

周囲の客は気楽に笑っていたが、亮子にとってはとんでもなく波乱含みで、気の休まらない『茶の湯』になってしまった。

隠居が定吉を連れ、根岸へ移り住むあたりは同じだったが、なぜか『孫店の長屋が三軒ついている』とは言わなかった。忘れたとは思えないから、おそらくこれも、いわきから持ち帰った宿題を意識してのことだろう。

定吉に促され、隠居が暇つぶしに茶の湯を始めることになる。

「『ただ、ずいぶん昔に習ったもので、すっかり忘れてしまってな。やれば思い出すだろうが……そもそも、茶碗に入れるあの青い粉だ。あれは、何の粉だったかなあ』

『なあんだ、あれですか』

『知ってるのか？』

『買ってきますから、お金（あし）ください』」

（あれぇ？　ここは絶対に変えると思ったんだけど……まるで同じだな）

美雨さんの指摘のうち、最も馬伝を苦しめたのは『隠居が抹茶を知らないのは不自然だし、黄粉を湯に溶いただけでは茶の湯にならないことくらい、子供だってわかる』というものだった。

しかし、定吉はすんなり乾物屋へ行き、青黄粉を買ってきてしまった。

そのうちに、湯がグラグラ沸き立つと、

「『さて、定吉や、湯は沸いたが、茶はどうすればいいんだろう。茶の湯というくらいだから、入れないわけがないが……』」

亮子は思わず眼を見張った。

「『私も若旦那がなさるのを脇でちょいと覗いたことがあるくらいなので、よくは存じませんが、たぶん、お湯の中へぶち込んで、そのあと、青黄粉を入れてドロドロにしたんだと思います』

『なるほど。葛湯（くずゆ）を作る要領だな。じゃあ、やっぱり、まずは番茶を煮出せばいいんだ。おい、お茶を持っといで』」

（……だから、『長屋の花見』と聞いて、大喜びしたのか！　確かにこれなら、何の問題もない

わ）

　つまり、節約家の隠居は『お茶』と言えば番茶だと思い込んでいたから、そこに何かを足すのだと安易に考えてしまった。そういう解釈である。

（『長屋の花見』のおちゃけもいわば番茶の加工品だから、あれからの連想でしょうけど、うまく考えたわね。これなら、充分納得でき……ちょっと、待ってよ）

　亮子は首をひねった。

（この調子で、ずっと聞いていって、途中のどこかで『茶の湯』の密室の謎が自然と解ける……いくら何でも、そんなことあり得ないと思うんだけど）

　亮子の懸念をよそに、口演は順調に進んでいく。

『大仏様の耳かき』『泡立たせ』などのクスグリや、ムクの皮を放り込んだせいで泡が立ちすぎ、飲む際に苦労する場面はいわき市で演じた時とまったく同じだった。

　やがて、茶の湯に凝りすぎて、二人とも腹を下してしまう。

「『定やぁ……定吉ぃ』

『……へーい。ご用ですか』

『何だ、顔の色がよくないな』

『あのう、お腹（なか）が下りっぱなしで……』

『お前もやられたか？　わしは昨夜（ゆうべ）、はばかりに十六ぺんも通ったよ』

『あたしは一ぺんしか行きません』

『若いなあ。たった一ぺんで済んだのか』

『いいえ。入ったっきり、朝まで出られなかったんです』

期待通り、客席が爆笑する。本当に、このクスグリは秀逸だ。

前回は、このあと、すぐに店子に手紙を出す展開になったのだが、

「『そうかい。そりゃ、かわいそうなことをしたなあ。そうと知ってれば、薬くらい呑ましてやったのに。離れていて、気配もしなかったから、わからなかった』

『ねえ、ご隠居さん。こうして二人で、毎日、腹を下していてもつまりませんから、誰かほかの人を呼びましょうよ』

『ほかの人といっても……』

(……あれえ？　変だな。ここは前と違うぞ)

高座から視線を逸らし、亮子は考えた。

(定吉の台詞は同じだけど、ご隠居さんの方が……ああっ！　そうか。わかった。やっぱり、私の見間違いなんかじゃなかったんだ)

全身に電流が走るのを意識した。三毛猫が忽然と消えた密室の謎が、自分の目の前に極めて露骨な形で示されたのがわかったからだ。

右を向くと、昭江先生は高座を見つめ、無邪気に笑っている。

(本人が気づかないのも無理ないわ。私も、何て迂闊だったんだろう。何十回もこの噺を聞いたのに……想像力の欠如ね。恥ずかしい。それと、八ちゃんが『別の誰かがいた』と言っていたけ

ど、たぶん、あれも……）

　頭脳が目まぐるしく回転を始める。

（あの時に……そうか。だから、密室が生まれたのか）

　白猫は、夫が言った通り、折り戸などではなく、『三方の壁のどこかにあるペットドア』から出ていったのだ。それ以外の可能性は考えられない。

『『冗談じゃないよ、お前さん。茶の湯に呼ばれるのが嫌だからって……そんなことで引っ越しなんかできるもんかね』』

　高座では、大家からの招待状に狼狽する豆腐屋の主と女房との会話。ふと気づいたが、今日、馬伝は『見事なお手だ』とも言わなかった。

「『これだけお得意を増やすのには、並大抵（なみたいてい）じゃなかったんだよ。よその豆腐屋よりがんもどきや生揚げを少しでも大きくして売ったりして。茶の湯くらいで引っ越ししたら、今までの苦労が水の泡じゃないか』

『何だとぉ。おもしろくねえな。亭主が恥をかこうってのに、お前（めえ）はがんもどきや生揚げの方が大事だってのか？　それほど大事なら、俺と別れて、がんもどきと夫婦（みょうと）になれ！』」

　客席が次第に暖まり、笑い声が大きくなっていった。

房総半島の南端にある館山市。

ＪR内房線の駅前から、町のシンボルにもなっている灯台が有名な洲崎（すのさき）岬行きのバスに乗り、約二十分。五階建てのマンションの三〇五号室に、亮子はいた。

ベランダに出れば、眼下に館山湾が広がり、よく晴れた日には遠く富士山を望むことができる。気候は温暖で、しかも、このマンションはすべての部屋が天然温泉つき。老後の住まいとしては最適の環境だった。

リビングルームには、左手の壁に手摺（てすり）があり、そこに介護用ベッドが置かれていた。部屋の中央に応接セット。三人掛けのソファに、馬伝と亮子が並んで座っていた。翌日の日曜日、午後三時過ぎである。

亮子の斜め向かいのソファに馬春師匠がいた。ベッドの脇には車椅子もあるが、高座復帰後、懸命にリハビリに励んだ成果が出て、現在では、杖をつきながら何とか歩けるところまで快復していた。

ただし、そんな姿をお客様に見せるわけにはいかないため、いわゆる『板つき』……いったん幕を下ろし、スタンバイを終えたところで上げるという形で、高座を務めてきた。

ややえらの張った顔の輪郭、ぎょろりとした両眼と太い眉、左頬には大きなほくろ。深川（ふかがわ）生まれ、深川育ちが自慢の江戸っ子である。

テーブルの上には紅茶のポットと、カップが人数分置かれていた。

「……というわけなんですよ、師匠」

長い話を終えて、馬伝がカップを取り上げ、紅茶を口に含んだ。

「おかげさまで、琴朝兄さんとの二人会での『茶の湯』は自分なりに満足できる出来でして、お席亭からもおほめの言葉を頂戴いたしました。もちろん、師匠からみれば、まだまだでございましょうが……」

「いや。別に、謙遜しなくたっていい」

馬春師匠が言った。こちらもリハビリが功を奏し、病気の影響は感じられなかった。

「さっき、録音を聞かせてもらったが、よくここまで練ったなと、しみじみ感心したぜ」

「えっ……？　ほ、本当でございますか」

「弟子に向かって、世辞を言うわけねえだろう」

「それは、まあ、確かに……」

言い淀んだ馬伝は、困惑ぎみに眉根を寄せ、すぐ脇にいる妻を見た。

無理もなかった。芸に厳しい師匠なので、ここまでの賛辞は、もしかすると、初めてかもしれない。

「だって、全部自分で考えたんだろう。他人の芸なんか参考にせずに」

「あ、はい。その通りでございます」

「だったら、大したもんだ。まず、『前の持ち主がお茶人だ』なんて言うから矛盾が生じるんで、せがれが買った別荘なら、何の問題もない。あらかじめ釜の湯へ番茶を入れたのもよかったし、あとは……ああ、そうだ。『孫店』を抜いたのも悪くねえ工夫だと思ったな」

「あの……ありがとうございます」

昨日は別のことを考えていたため、耳に届かなかったが、宿題の一つである『孫店』の部分を、録音で馬伝はこう演じていた。

『息子さんが別荘とともにお買い求めになった土地の中に、家作が三軒ございまして、一軒が豆腐屋、隣が鳶の頭、そのまた隣が手習いの師匠。その時分の根岸はまだ田舎でございますから、母屋と棟(むね)は別で、少し離れた場所に建っておりました』

なるほど。これなら引っ越しで大騒ぎをしても、隠居に悟られる心配はない。

「琉球饅頭の由来が黒砂糖で、灯油(ともしあぶら)は魚油。あとは、建仁寺垣の説明……くどくなくまとめたのはお前(めえ)の手柄だな」

耳を疑うような絶賛ぶりに、馬伝は相槌を打つことも忘れ、ひたすら頭を下げ続ける。

「それはそうと……今回は、ヒョウタンから駒だったなあ」

馬春師匠は紅茶で喉を潤してから、

「まさか『茶の湯』なんて噺がきっかけで、亮子の同僚の悪事が露見するなんて」

「まあ、『悪事』と呼べるかどうかわかりませんけど……これから、ご主人ともめる可能性は充分にありますね。マンションを相続するために、昭江先生が取った行動が少し強引すぎましたから」

終演後、会の打ち上げに行く前に、馬伝が亮子たち二人をお茶に誘った。何も知らない昭江先生は大喜びでついてきたが、紅梅亭裏の喫茶店でコーヒーを飲みながら話をするうち、突然、風向きが変わった。

そのあたりの経緯も、すでに師匠には報告済みだが……馬伝が『あんな噺が茶道をたしなまれる方のお耳に入ったら、お気を悪くされるかなと心配しておりましたが、喜んでいただけて、ほっといたしました』と言ったあと、何気ない口調で、『ところで、どのあたりで一番お笑いになりました？』と尋ねたのだ。

昭江先生の答えは、案の定、『ご隠居と小僧さんがお腹を壊し、夜中に何度もお手洗いに通ったって話をするところですね』。

昨夜の会話が耳元に蘇ってきた。

『ああ、なるほど。皆さん、そうおっしゃるんですよ。確かに、あそこはどこで演っても、よくウケます。ただ……あれは、現代のマンションではあり得ないことでしょうねえ』

『えっ？　あり得ない……それ、どういう意味かしら』

『おわかりになりませんか？　では、ここで、一度なぞってみましょう。「顔の色がよくないな」「お腹が下りっぱなしで」「わしは昨夜、はばかりに十六ぺんも通ったよ」「あたしは一ぺんしか行きません」「たった一ぺんで済んだのか」「入ったっきり、朝まで出られなかったんです」』

その瞬間、昭江先生の態度が豹変した。顔面が蒼白となり、おびえた眼で馬伝と亮子を代わる代わる見つめる。半ば予想できた事態ではあったが、あまりの変化の大きさに、亮子は驚いた。

『ほら、いかがです？　いかにも昔のお宅ならではでございましょう』

馬伝は間違いなく、内心ほくそ笑んでいたことだろう。

『ただし、女房からちょいと小耳に挟んだだけなので、詳しいお話を伺ってからでないと何とも申せませんが……先生のご自宅のマンションですと、似たようなことが起きても不思議はないのかもしれませんねえ』

23

「私、何だか、恥ずかしくなってしまって……」

亮子は思わず顔をしかめた。

「だって、今までに『茶の湯』を何十回も聞いてるのに、あの家には独立したトイレが二カ所……隠居用のと小僧用のが違う場所にあったなんて、まるで気がつかなかったんですもの」

「別に恥ずかしがることたねえさ。たとえ百回聞いたって、気づかねえお人もあるだろう」

ため息をついていると、馬春師匠が慰めてくれた。

「ただし、まあ、ちゃんとした修業をした噺家ならば誰もが知ってることだけどな」

昔のお店などでは、主人とその家族が使う便所と奉公人用の便所が区別され、少し離れた場所にあるのが普通で、根岸の別荘もそういう構造になっていたのだ。でなければ、『わしは昨夜、十六ぺん通った』『あたしは入ったきり、朝まで出られなかったんです』などという会話は成立しない。

つまり、馬伝が昭江先生に言った言葉の裏の意味は、『あなたのお宅にはトイレが二カ所あって、うちの女房は違うトイレに案内されたのでしょう。だからこそ、とんでもない勘違いをしているんですよね』。

（結局、『茶の湯』の密室なんて、単なる幻だったんだわ。昨日入った本物のトイレは、以前、猫のためにペットドアを設置したものの、その後使わなくなったので、接着剤でフラップを固定したと聞いた。だから、折り戸を閉めた状態では、どう頑張っても猫は脱出できない。

ところが、一昨日の晩に入ったトイレはあくまでも仮設のもので、しかも壁に一カ所、目立たないようにペットドアが備えつけられていた。だから、猫が簡単に姿を消すことができたのよ）

『マンションにトイレは一カ所だけ』と思い込んでいたのが、そもそもの間違いのもとだった。場所が隣り合っているとはいえ、本来のトイレは廊下に面した位置にあるのだが、一昨日は暗い中だったし、あわててもいたため、きちんとした位置関係が把握できなかった。

昭江先生は自ら進んで事情を話してくれた。おそらく、亮子におかしな噂を立てられるよりは、正直に打ち明け、同情を買う方が得策だと判断したのだろう。

説明によると、トイレが二カ所に増えてしまった理由は以下の通り。

茶道という共通の趣味があったおかげで、昭江先生と義母の華代さんの関係は極めて良好だったのだが、四年前、林原優市さんがほかの女性と駆け落ちをして以降、次第にぎくしゃくし始めた。

優市さんからは自分の印鑑だけを押した離婚届が郵送されてきたが、やっと完成した山桜亭と高価な茶道具の数々に未練があった昭江先生は、いつまで経ってもそれを役所に提出しようとしない。その様子を見た華代さんが『自分の財産を狙っている』と感じ、露骨に警戒し始めたのだ。とはいうものの、もともと自分が勧めた結婚だし、悪いのは百パーセント自分の息子の方なので、嫁を非難したくても、我慢するほかない。不満が鬱積し、嫁と姑の間で言い争いが絶えなくなった。

家庭内がそんな状態では、お客を招いて茶会など開けるはずもない。大金を投じて完成した茶室もしばらくは無用の長物と化してしまった。

そして、一昨年の七月、些細(ささい)な原因からの大喧嘩を機に、華代さんは昭江先生と顔を合わせるのを嫌い、山桜亭に引きこもるようになった。

もちろん外出することもあったが、その際、通常の玄関は使用せず、出入りはすべてテラス戸から。リビングダイニングを建仁寺垣の衝立で仕切り、茶室の周囲を自分のテリトリーにして、キッチンや浴室を使用するのは昭江先生が不在の間だけ。買い物に出る時もわざわざ遠回りして、嫁と顔を合わせるのを避けるという徹底ぶりだったそうだ。

けれども、家庭内別居生活をする上で、何といっても困るのがトイレだ。いくら注意していても、夜中などに鉢合わせをする危険性が常にある。きれい好きだから尿瓶(しびん)やおまるでは我慢できないし、まさかいちいち外へ出ていくわけにもいかない。

そこでついに、華代さんは介護用に販売されていた仮設の水洗トイレの購入を決意したのだ。場所は山桜亭の水屋……躙口から入って、突きあたりにある床の間の右脇にある一畳ほどのスペースだ。そこにあった水屋棚を取り払い、トイレを設置した。

これは便器の背後にあるユニットで汚物を細かく粉砕し、圧力をかけて細い配水管へ送る構造になっていて、床板をはがせば、簡単に設置できる。もとが水屋なので、水道は来ていたから、工事は半日で終了したという。

（振り返ってみると……手がかりは山ほどあったんだ。見逃してしまったのは、私がぼんやりしていたからだわ）

自分の目に触れた順で言えば、まずはテラス戸のファスナーロック。防犯のために使用する場合もあるが、寄付に入る方のテラス戸にはなかった。片方だけというのは、やはり不自然だ。

鮎美先生の説明によれば、水屋は茶室に隣接しているのがあたり前なのに、昭江先生は離れた場所から料理などを運び込んでいた。だとすれば、本来の水屋が別の目的で使用されているのでは……と疑問を抱いて当然だった。

さらに、決定的なのが、床の間の右脇の壁にあった『見立ての貴人口』だ。そうとでも言うしか取り繕いようがなかったのだろうが、この説明はいかにも苦しい。あれはもちろん、亭主にとっての水屋への出入口……つまり、茶立口だったのだ。

あの説明を聞いた時、鮎美先生は何も言わなかったが、それは亭主に対しての気遣いで、相当な違和感を感じていたはずだ。

「さっき聞いた説明で、大体は呑み込めたんだが、まだちょいと曖昧なところもあるなあ」

と、馬春師匠。

「なあ、亮子。一昨日の晩、問題のマンションで何があったのか、頭の回転が鈍くなった俺でもわかるように説明してくれねえかな」

「そ、そんな、師匠、滅相もありません。まあ、うちの主人と昭江先生の会話を脇で聞いていたので、自分が体験したことの意味が、一応は理解できたつもりなのですが……」

躊躇したのは、自分の頭の悪さをさらけ出すことになると思ったせいだが、この期に及んで、まさかそんなことも言っていられない。

意を決し、亮子は口を開いた。

24

「私が『お手洗いを貸してほしい』と頼んだ時、鮎美先生のアドバイスに従って、昭江先生が行灯を片づけに行かれたのは妥当な判断だったと思います。廊下が狭い上、あの時はかなり酔っていたので、蹴飛ばして火事を起こす危険性がありましたから。

ところが、すぐに戻るはずの昭江先生がなかなか帰ってこない。たぶん、先生はトイレットペーパーが切れていないかどうかとか、ちょっと確認するつもりで行ってみたのだと思います。そして、空のはずのトイレに誰かが入っているのに気づき、びっくり仰天しました」

「その『誰か』がテラス戸から入ったとは考えにくい。庭と道路との境にあるドアとテラス戸が両方ロックされていたわけだからな」

女房の話っぷりを頼りなく感じたのか、馬伝が手助けしてくれる。

「となると、『誰か』はセキュリティのあるエントランスを何なく突破して、玄関から入ってきたことになります。早い話、ちゃんと鍵を持っていた人物……となると、該当者は一人にほぼ限定されちまう。失踪していた亭主が、何の前触れもなく、戻ってきてたんだ。

失礼だと思ったから、詳しくは詮索しませんでしたが、どうやら駆け落ちした相手に別の男ができて、捨てられちまったみたいです。手持ちの金もなくなり、恥を忍んで舞い戻ってきたってわけ。色男も、末路は何とも哀れですねえ」

馬春師匠に同意を求めたようだが、師匠は唇を歪めて笑い、返事はしなかった。

「来客があるのが声でわかったので、優市さんは私たちが帰るまで寝室あたりに潜んでいるつもりだったらしいのですが、風邪ぎみでお腹を壊していて、どうにも我慢しきれず、トイレへ駆け込んだところへ、最悪のタイミングで、昭江先生が来てしまいました」

『まさに疫病神だったな』と、話しながら、当の本人である亮子は考えた。

「驚いた昭江先生はとりあえず追い出そうとしましたが、下痢と腹痛が激しくて、それどころではない。困り果てた先生がふと思い出したのが、お義母さんが残していった仮設のトイレでした。けれども、しばらく使ってない上に、天井の電球を外してしまっていたので、仕方なく、『ブレーカーが落ちてしまった』と嘘をついて、私に使わせようとしたわけです」

「ははあ。そういうことだったのか」

馬春師匠がうなずいた。

「電球が切れた時に、買い置きがなかったから、あまり使わないとこから外して転用する。よくある話だな」

「おっしゃる通りです。普段、仮設トイレ……本来は水屋の入口である折り戸は、壁と同じ色のパネルをはめて隠していたのですが、それを取り去り、さらに、茶室のリビング側の壁も半間ずつのはめ込み式だったので、いったん外して、茶立口のある方とない方を逆にしました。これはもちろん、トイレと周辺の位置関係を誤認させるためです。その上で、私を案内し、これで大丈夫と思ったのでしょうが……そこで、問題が起きました」

「白猫がひょいと遊びに来たってわけだ」

「はい。昭江先生の告白によると、チビ太君が死んだというのはやっぱり嘘で、本当は川の向こう岸まで連れていき、捨てたんだそうです。ところが、帰巣本能というのは恐ろしいもので、橋を渡って戻ってきてしまい、この近辺に野良猫として住み着いていた。それをあの日、マンションの周囲をうろついていた優市さんが見つけ、部屋へ連れてきたというわけです」

「なるほど。すると、猫が消えた謎ってえのは……？」

「師匠はとっくの昔に見抜いていらっしゃるでしょうが、躙口から見て床の間の右手の壁にもペットドアが取りつけられていて、お義母様の生前、チビ太君はそこからトイレに出入りしていました。茶室で飼われていたわけですから、ちょっと考えれば、見立ての貴人口……ではなくて、本来の茶立口に取りつければよさそうですが、せっかく網代に組んだ戸にペットドアなんかつけ

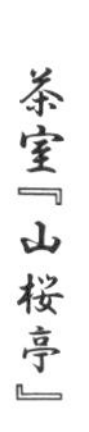
茶室『山桜亭』

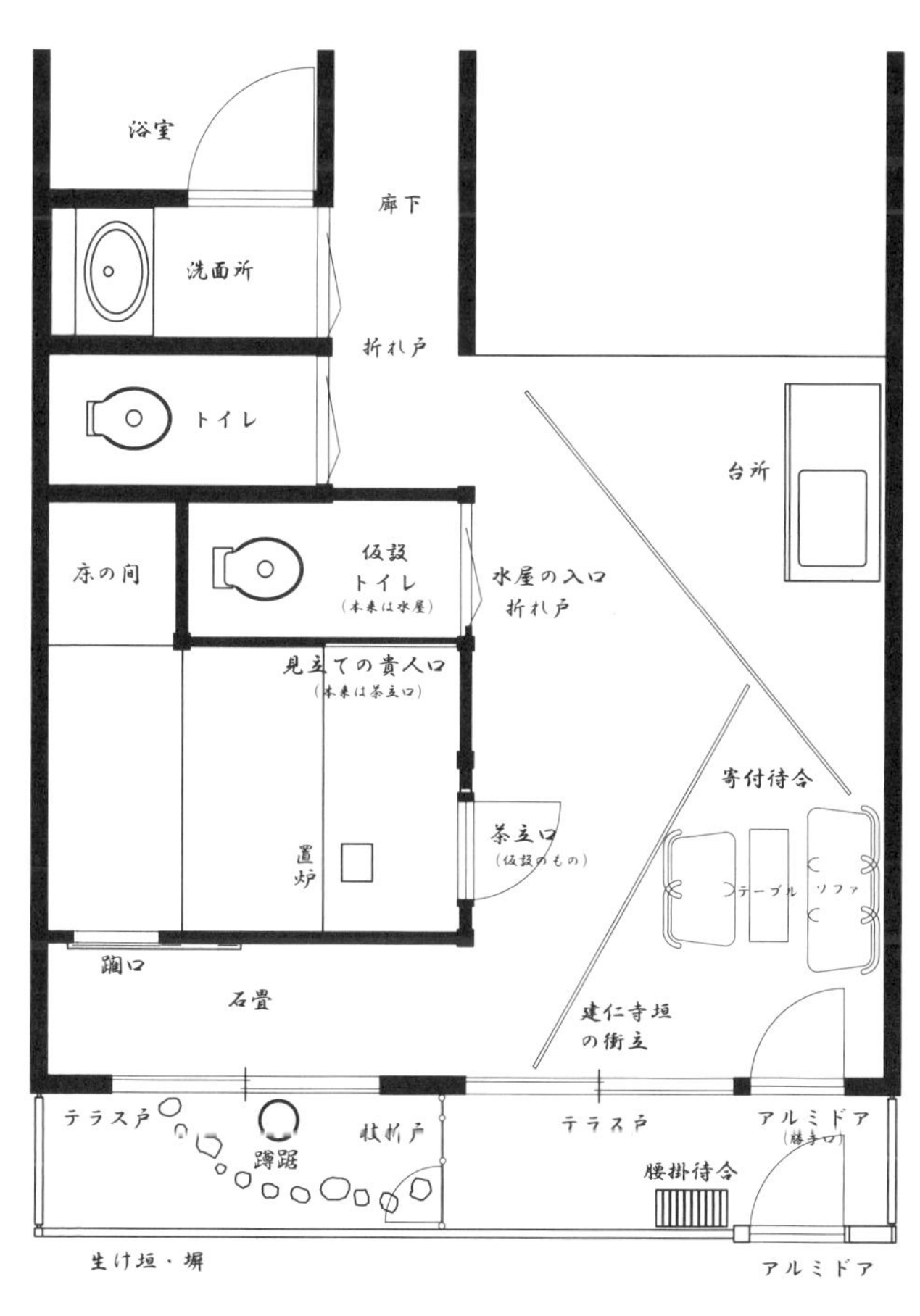
浴室
廊下
洗面所
折れ戸
トイレ
台所
床の間
仮設
トイレ
（本来は水屋）
水屋の入口
折れ戸
見立ての貴人口
（本来は茶立口）
寄付待合
茶立口
（仮設のもの）
置炉
テーブル
ソファ
躙口
石畳
建仁寺垣
の衝立
テラス戸
蹲踞
枝折戸
テラス戸
アルミドア
（勝手口）
腰掛待合
生け垣・塀
アルミドア

れば、茶室としての美観を損ねてしまいます。華代さんにはそれが耐えられなかったのでしょうね。

昨日、私が『もう一度伺いたい』と電話をした時、昭江先生はとても困ったそうです。一昨日の晩、私が『猫が』と口走ったので、先生も事情は呑み込んでいました。『用事があるから』と断ろうと思ったのですが、おかしな噂を立てられても困る。それよりはかえって、今度は本物のトイレへ招き入れ、抜け穴などないことを示した方がいい。そうお考えになったようです。

幸い、トイレは貯水タンクのないタイプでしたし、便器の形も似ていましたが、問題は本来の茶立口です。仮設トイレではその裏側が見えていたはず……まあ、暗かったので、私にはよくわかりませんでしたが、先生はそのままではまずいと考えたみたいで、同じ位置に杉皮の戸板を裏返しに立て掛け、ごまかそうとしました」

「なるほど。『策士、策に溺れる』ってやつだ」

馬春師匠は右手で自分の顎の下をなでながら、

「ところで、そこまでしなきゃいけなかった理由は何だったんだい？　つまり、悪事露見の『悪事』の具体的な中身だな」

「マンションの名義変更が強引だったせいらしいです」

法律的に面倒なところは、また馬伝が手助けしてくれた。

「本来ならば、家庭裁判所から失踪宣告をもらうまで待つべきなのに、待ちきれなかった昭江さんは『死因贈与』という奥の手を使ってしまいました」

「死因贈与……？」

「はい。いわゆる遺言が、それをする者の一方的な意思表示によって行われるのに対し、死因贈与は『自分が死んだら、あなたにコレコレをあげますよ』『じゃあ、いただきます』という両者の契約によって成立します。

今回の場合、マンションの名義変更が可能だったのはお義母さんが存命のうちに、義理の娘とこの契約を交わしたことが書面で確認されたためらしいのですが、華代さんは認知症を患っていたそうなので、実際に本人の意思だったかどうかはあやしいですね。まあ、何か心にやましいことがあったからこそ、登記簿の写しを見たうちの女房を異常に怖がったのでは……と考えるのは、あながち下衆の勘ぐりとも言えないと思います」

「なるほどな。で、これから先、家庭科の先生と亭主はどうなるのかな」

「それは……わかりません」

少し考えてから、亮子が首を横に振る。

「元の鞘に戻るかもしれませんけど……どうでしょう。私が心配するのは、むしろ、せっかくマンションのところに戻ったチビ太君の行く末ですね」

「その通りだな。猫には何の罪もねえんだから。ところで……おい、馬伝」

馬春師匠が一番弟子を軽く手招きした。

「あ、はい。何でございましょう？」

「お前、さっき、昨日の『茶の湯』は誰の芸も参考にしてないと言ったよな」

「ええ。確かに、申しました」

「だったら、こいつを見てみな」

あらかじめ用意していたらしく、師匠は脇の小机からＡ４版の茶封筒を取り出し、弟子に手渡す。

「中を見ても……よろしいのですか。承知をいたしました」

会釈をした馬伝が袋に手を入れる。取り出されたのは綴じられたコピー用紙の束だった。

「これは、落語の速記でございますね。演目が『茶の湯』で、演者が五代目蝶花楼馬楽……え、ええっ⁉」

馬伝が大声を出す。よほど驚いたらしい。

「五代目の馬楽というと、先の林家……稲荷町の師匠のことじゃありませんか。まさか、そんなことが……」

先代の正蔵師匠の前名は蝶花楼馬楽、そして、その前名は三遊亭圓楽だということは、亮子も聞いていた。噺家の亭号や家号は結構ころころ変わるものなのだ。しかし、さすがにそれぞれ何代目なのかまでは知らなかった。

「私が伺ったところでは、稲荷町は『茶の湯』をお演りにならなかったと……では、若い時分には高座にかけていらしたということですか。私、これは目にしたことがありませんでしたが……」

むさぼるように速記を読む馬伝。そのうちに、見る見る、顔色が変わってきた。

そして、突然、弾かれるように顔を上げ、

「こ、これは、どういうことなのでしょう？　私のものと、そっくりですが……」

「不思議なことがあればあるもんだよなあ。先の林家に、知らず知らずのうちに似ちまうなんて。あの師匠は茶道の心得があって、毎朝、自分でお茶を立てて飲んでたそうだから、まあ、それにのっとって演じたんだろうな」

「で、ですが……今、この形は誰一人踏襲しておりませんよね。茶釜の中へあらかじめ番茶を入れておくなんて『茶の湯』、一度も聞いた覚えがございません」

「俺だって、ねえさ。ある時期から、稲荷町はこの噺をまるで演らなくなっちまったらしい」

「えっ、なぜですか？」

「そんなこと知るもんか。たぶん、先代の金馬師匠の『茶の湯』が売れに売れたんで、嫌になって高座にかけなくなったんだと思うけど、的外れな邪推かもしれねえよ。

　今お前が持ってる速記を手に入れたのは病気になってからなんだ。いわば暇つぶしの成果だが……なぜ、ここまで理にかなっている林家の形が廃れちまったのか。それが最大の謎だなあ。もうじき俺もあの世とやらで会えるだろうから、そしたら、いの一番できいてみようと思ってるんだ」

　一つの謎の解決が、さらに大きな謎を引き寄せてしまった。

　自力で問題を解決したと信じ、うぬぼれていた馬伝だったが、実際には、お釈迦様の掌の上で遊ばされていた孫悟空とまるで同じ立場に過ぎなかった。八代目正蔵という名人を通じて、落語という芸のすごさを、亮子はまざまざと見せつけられた気がした。

当の本人の馬伝は、もちろん茫然自失の状態。虚ろな眼で、口を半開きにしていると、

「はあい、お待たせ！」

四角いお盆を手に、師匠のおかみさんの由喜枝さんがリビングにやってきた。浅草雷門で江戸時代から続く老舗の足袋屋の一人娘で、まさに竹を割ったような気性。師匠より三つ年下だが、還暦を過ぎてもかわいらしい印象は変わらなかった。

由喜枝さんは盆をテーブルの上に置き、

「空っ茶なんか出して、申し訳なかったね。やっと焼き上がったんだよ。見よう見まねだから、おいしいかどうかわかんないけどさ」

一人分ずつ皿に載せられていたのは、おかみさん手作りのカステラだ。この近辺は房州ビワの産地として有名で、今は時期外れなので、生の実はないが、加工品はたくさん売られていた。今回はその中からピューレを生地に練り込んだのだという。

「わあ、おいしそう！　いただきます」

亮子は努めて明るい声を出し、フォークの先で切って、口へ運ぶ。

甘酸っぱさが最初に来て、続けて豊潤な香りが鼻をくすぐる。焼き上がりもしっとりしていて、絶妙な味だった。

「すごくおいしい。高級洋菓子店で買ったみたいです」

お世辞抜きで絶賛すると、おかみさんは少し照れて、

「うふふふ。亮ちゃんも口がうまくなったねえ。噺家の女房だから……あれえ？　どうしたんだ

い、八ちゃん。カステラ、嫌いだったかね」

「えっ……？　いえ、あの……」

馬伝はようやく我に返った様子だったが、前後の脈絡がわからないため、返事ができない。

するとと、あっという間に一切れを食べ終えた馬春師匠が、

「おい。薬箱にヨーチンがあったろう。取ってきて、馬伝に貸してやりな」

「えっ、ヨーチン……？」

由喜枝さんがけげんそうに眉をひそめる。

「一体、どうしたの？　指でもけがしたのかい」

馬伝と亮子も何事かと見つめる中、師匠はカップの紅茶をぐいと飲み干してから、にやりと笑い、

「だから、こいつは茶道に暗えから、ヨーチン貸してやりなって言ってるのさ」

横浜(はま)の雪

（一月三十一日）


「もし、近江屋のご隠居様」

「ん……ああ、三蔵親分じゃないか」

「ご隠居様、この度はとんだことでございましたねえ」

「まったくだよ。まさか、猫殺しの浪人者がうちのすぐ裏までやってきて、お玉と顔を合わせちまうなんて。ただ猫を殺しただけなら、大したおとがめはないかもしれないが、血まみれの首を異人さんの家の庭先へ投げ込んでたんだろう。外国奉行様にでも知れたら、下手すりゃ、自分が打ち首だ。たとえ子供でも、顔を見られた以上、口封じをしなきゃいけないと思ったんだろうねえ」

「ええ、おっしゃる通りなんで。都合のいいことに、見回り中のお役人がすぐに駆けつけてきてくれて、とっつかまえ、今、番所で取り調べてる最中ですがね。なあに、勤王も攘夷もあったもんじゃねえ。ただの食い詰め浪人でさあ。異人さんの贅沢な暮らしぶりを見て、むかっ腹を立て、酒に酔っちゃあ、あんなことをしでかしてたんです」

「人の上に立つ侍だってのに、何て軽弾みなことを……そんなやつに、あとちょいとでお玉が殺されるところだったのかと思うと、背筋がぞっとするよ。四郎吉が飛び出してきてくれなかったら、どうなっていたか。本当にありがたいと思って、今もこうやって、手を合わせていたところさ」

「いや、ご隠居さん、何もそこまでしなくたって……四郎吉なんてやつは、この近所の厄介者ですぜ」

「親分、何てこと言うんだい。いくらお上から十手を預かる身だからといって、言っていいことと悪いことがあるよ。四郎吉はうちのお玉の命の恩人……いや、違う。命の親だ。本来であれば、うちとは縁もゆかりもないけれど、これから菩提寺へ連れていき、ご住職にお願いして、うちの墓地の隅にでも葬ってやるつもりなんだ。うちのお玉の命の親を悪く言うと、たとえお前さんでも、あたしゃ、容赦をしないからね！」

「へ、へい。こりゃ、どうも、申し訳ねえこって……」

「……ああ、空模様がおかしいと思ったら、とうとう白いものが落ちてきたね。親分、悪いが、今晩中に四郎吉の亡骸をお寺に運びたいんだ。うちの者に、誰か、すぐ来るように言ってくれないかい」

「へい。承知いたしました。では、ご隠居様、もう暗うござんすから、この提灯をお持ちになって」

「ありがとう。頼んだよ。何だい。ちらちら舞うくらいかと思ったら、結構な降りだね、こりゃ。

おや、お前、まだそこにいたのか？　異人さん……ええと、マクドナルドさんだったな。もう夜だから、そろそろマックさんのところへ戻った方がいいんじゃないのかい。それにしても……お前の毛は変わってるな」

1

「では、お正月にふさわしく、末に広がると申しまして、まことに縁起のよろしい傘の曲芸でございます」

高座の声が楽屋にも聞こえてきた。

格子に開いた小さな窓から下座さんが覗き、三味線を構え直す。

「傘調べよりご覧に入れます。まずは、『親指試し』から」

その台詞をきっかけに、ゆるやかなテンポのお囃子が流れ出す。

「額に傘の柄を立てて……野中に立ったる一本杉。続いて、鼻の頭。これを演る度に、低い鼻がますます低くなっちまう。おいおい、だからって、やめちゃいけないよ！」

客席からは、笑い声。

「うちのせがれはまだ独り身で、二十八の色気盛りだから困ります。もっと芸に身を入れなさい。次は、顎に立てて……肩へ落とす。『吉原は戻り駕籠』でございます」

「いくつになったかねえ、鏡太夫さんは」

お席亭がふと首を傾げた。

「たしか、六十五じゃねえかな。俺より五つ下だと思ったけど」

馬春師匠が答えた。足が不自由なため、一人だけパイプ椅子に腰を下ろしている。

「そうかい。で、息子の鏡之進さんが二十八か。芸の受け渡しをするにはちょうど頃合だね。マルガシワの太神楽もお家安泰で結構だ」

年が変わって、今日は一月五日、土曜日。時刻は午後五時過ぎ。

お正月は寄席にとって最大の書き入れ時なので、どこの席でも特別興行を組む。神田紅梅亭の初席は通常の昼の部、夜の部ではなく、開始が十一時、十四時半、十八時の三部構成で、そのうち、第二部のトリを馬春師匠が取っていた。

現在の高座はヒザを務める太神楽の亀川社中。『ヒザ』は『膝代わり』とも呼ばれ、トリの一つ前の出番のことで、東京の寄席では、漫才、奇術、音曲、紙切りなど、落語以外の芸人が務めるのが慣例となっていた。

初席の期間、太神楽の社中が合同で各寄席を回り、獅子舞を披露するため、曲芸を演じることはほとんどないのだが、トリの馬春師匠のたっての希望によって、二人は時間を何とかやりくりし、紅梅亭に出演してくれていた。

「傘調べが済みましたので、続きましては、いろいろな品物の回し分け。最初は毬でございます。はあい。回り始めました。ええ、そのうちに、だんだん縁の方へと寄ってまいります。『小縁渡り』。さらに、傘を回しながら、毬を天井へ向けて放り、受け止めて……これが『義経は八艘跳び』でございます」

お囃子がアップテンポの曲に変わり、毬が傘の骨にあたる音、さらには、超満員のお客様の拍手の音が混じる。

太神楽は、もともとは『代神楽』、つまり、神社に参詣できない人たちのために獅子舞の出張サービスをしたのが起源とされるが、普段寄席では主に曲芸を披露している。

亀川社中のメンバーは親子二人で、息子の鏡之進さんが『太夫（たゆう）』として曲芸を演じ、父親の鏡太夫親方は『後見』として、脇で口上を述べる。『マルガシワ』は、亀川家の紋に由来する屋号だ。

「なあ、亮子。悪いんだが、ちょいと肩をもんでもらえねえかなあ」

馬春師匠の初席の高座着は黒紋付の羽織と着物に決まっていた。

「定席は久しぶりだから、どうにも疲れて、いけねえ。いや、しゃあねえんだ」

「あ、はい。わかりました」

後ろへ回り、着物に手垢をつけないため、広げた手拭いをかけてから、肩につかまる。初日から由喜枝さんが付き添っていたのだが、風邪ぎみで熱があるため、今日から亮子が代役を務めることになった。周囲も事情を知っているので、気を遣わずに楽屋にいられるのがありがたかった。

「顔見せ興行なんだから、別に本気で演ることたねえんだよな」

初席は普段よりも一人あたりの持ち時間が短く、出演者の数が多い。一部から三部まで通せば、六十組以上が高座に上がるはずだ。

「だから、今日は一つ、『からぬけ』か何かでごまかして――」

「ちょいと、師匠。無理させてるのは申し訳ないと思ってるけど、寄席でお前さんが見られるのは年に一度っきり。それを楽しみにうちへ来るお客様がほとんどなんだから、気合いの入った高座をお願いしますよ」

「へいへい。わかっております。つい本音が出ちまっただけで……」

師匠がペロリと赤い舌を出す。その姿を見て、亮子は笑ってしまった。

来月の十日で七十一歳になるが、チャーミングな笑顔は最初に会った時から変わらなかった。

ちなみに『からぬけ』とは、『あなごでからぬけ』という名の前座噺で、山桜亭では入門後、最初に師匠からこれを教わる。マクラを除けば、五、六分で終わる短い噺だ。

「それでは、お開きに枡の回し分けをご覧いただきます」

高座ではいよいよ亀川社中の曲芸が大詰めを迎えていた。下座さんの弾くお囃子がさらにハイテンポの『四丁目』に変わる。

「四角い枡が丸く回って見えます。はあい。『淀の川瀬は水車』。皆様のお宅が今年、マスマス繁盛いたしますように、今日は出血大サービスを……それ、もっと、頑張って！」

2

ヒザの高座が終わると、緞帳が下ろされ、鏡太夫親方が楽屋へ帰ってきた。太神楽師の尊称は『師匠』ではなく、『親方』だ。小柄で痩身。髪も眉も完全に白くなっている。

続いて、息子の鏡之進さん。こちらは背が高く、がっしりとした体付きだ。

前座さん二人に付き添われ、馬春師匠が高座へと向かう。

一応杖をついて歩けるようにはなったが、楽屋が狭く、段差もあるため、用心する必要があった。一番弟子の馬伝は三本めの出番を終えたあと、他の寄席を回り、連日、第二部のトリの高座の最中に駆け込んでくる。

亮子は階段の手前まで行き、高座に注目した。上手（かみて）袖に衝立が置かれているため、客席から彼女の姿は見えない。下手（しもて）には、お正月らしく、大きな門松が飾られていた。

高座中央に座が定まると、太鼓の音（ね）とともに師匠の出囃子『さつまさ』が流れ、緞帳が上がり始めた。師匠が深々とお辞儀をする。

「よお、山桜亭！　待ってました」

「たっぷり！」

客席のあちこちから声がかかる。

やがて、馬春師匠がゆっくりと顔を上げ、場内を隅々まで見回して、

「あけまして、おめでとうございます。本年もまた紅梅亭で初席のトリを任されました。これもひとえに皆様のお引き立てのおかげと、心より御礼（おんれい）申し上げます」

丁重に挨拶したあと、がらりと口調を変え、

「まあ、建て前はそうだけど、有り体（ありてい）に言やあ、ここの席亭のお勝（かっ）つぁんに脅迫されたのさ。体の具合（ぐええ）が悪（わり）いのを知ってるくせに……鬼だね、まったく」

たったこれだけで、客席が馬春師匠のペースに引き込まれてしまう。

「年も年だし、十日間はちょいと荷（に）だよ。テレビからも時々座敷がかかるんだが、リハーサルだ何だって振り回されるから、みんな断ってる。そうすると、世間てな、厄介だねえ。ついこの間も往来で知り合いに会ったら、いきなり俺にきくんだよ。『師匠、近頃テレビに出てませんけど、生活の方は成り立ってるんですか』……これ、冗談じゃなくて、本気（マジ）で言いやがった。大きなお世話さ。だったら、心配する前に祝儀を切れってんだ！」

場内が沸き、盛大な拍手が送られた。

実はこの口調は、復帰の独演会の時点で、まだ言語機能の快復が万全ではなかったため、毒舌で知られた先代の鈴々舎馬風（れいれいしゃばふう）師匠の芸風を一時的にまねたつもりだったのだが、辛辣（しんらつ）な批評と巧みな警句が評判を呼び、今では馬春師匠の売り物の一つになっていた。

「今日も快調だねえ。あたしを『鬼』と呼ぶ声に一段と張りがあるよ」

お席亭が苦笑しながら言った。

「そこで見張らなくても大丈夫だから、亮ちゃん、こっちへおいで」

「あ、はい。わかりました」

座卓の近くに腰を下ろしかけた時、入口の戸が細めに開き、表方（おもてかた）の飯村（いいむら）さんが顔を出した。『表方』は、たぶん『裏方』に対する言葉だと思うが、木戸口やその表で、主にお客様の案内をする従業員のことで、どこの寄席にもいる。

飯村幸吉（こうきち）さんは六十代半ば。襟に白く『神田紅梅亭』と染め抜かれた半纏（はんてん）を常に着込み、足には雪駄を履いていた。

黒縁で、度の強い眼鏡をかけた飯村さんは軽く会釈をすると、

「神楽坂のお席亭が見えましたが、お通ししてもかまいませんか」

「寅市っつぁんが？　あら、そう。珍しいね。もちろんかまわないよ」

演芸の世界で『神楽坂』といえば、毘沙門様で有名な善國寺のそばにある神楽坂倶楽部のことに決まっていた。岸本寅市席亭には、夫の真打ち昇進披露パーティの席で一応挨拶はしていたが、招待客が大勢いたので、おそらく相手は覚えていないだろう。

亮子が席を外そうとすると、

「今帰っちゃいけないよ。通路の途中で鉢合わせしたら、失礼じゃないか」

「あ……その通りですね」

仕方なく、座卓から少し離れた位置に正座する。

「『さあさ、お立ち会い。ご用とお急ぎのない方はゆっくりと聞いておいで。遠目山越し笠の内、ものの文色と理方がわからぬ』」

高座では馬春師匠がマクラを終え、噺の本題に入っていた。

「『山寺の鐘はごうごうと鳴るといえども、童児一人来りて鐘に撞木を当てざれば、鐘が鳴るやら撞木が鳴るやら、とんとその音色が……』」

今日の演目は、どうやらおなじみの『がまの油』らしい。

3

次の出番の迫っている亀山社中の二人が大急ぎで楽屋をあとにし、入れ違いで姿を現したのが神楽坂倶楽部の岸本寅市席亭だ。年格好は、たぶん、鏡太夫親方と同じくらいだろう。まるでお相撲さんのような体付きで、禿げ上がった頭、左右へせり出した頰、ぎょろりとした両眼。さすが、貫禄は充分だった。

寅市席亭は首に巻いていたマフラーを取ると、畳の上に正座して、

「神田さん、あけましておめでとうございます。本年もどうぞよろしく」

「こちらこそ、よろしくお願いしますよ。寅市っつぁんも、お達者で何よりだね」

型通りに挨拶を済ませ、お互いの寄席の客の出足とか、天気の具合とかの話題がひとしきり続いたあとで、

「今日はどうしたのさ。初席で忙しい最中(さなか)、わざわざ挨拶に?」

「いや、それもありますが、たまたまこっちへ来る用があったもんで、こいつを返しにね」

寅市席亭が布製の手提げから取り出したのは一冊の古いノートだった。話によると、これは、紅梅亭の前席亭である故・梅村昭一(しょういち)氏が書き残した顔づけの記録だそうだ。

『顔づけ』とは、寄席の出演者を決めるため、席亭や支配人が集まって毎月行われる会議のことで、勝子さんのご主人でもあった昭一氏は几帳面な性格だったため、その場で配付された資料を保存し、メモも残していた。

神楽坂倶楽部が近い将来、百周年の記録などを作成する際、自前の記録では欠落してしまっている部分を補うために、その貴重なノートを借りたのだという。

「こればっかりは他人任せにはできねえと思ってね。おかげで、大助かり……ああ、ありがとうよ」

前座さんがいれたお茶を、寅市席亭が一口すすった時、高座から、

「『……やあ、珍しや、岩淵伝内。何を隠そう、我こそは、汝に討たれし木村惣右衛門が忘れ形見、一子・惣之助、これに控えしは姉のつゆ。汝に巡り会わんがため、姉弟が艱難辛苦いかばかり、雨に打たれ風にさらされ、一日千秋の思いをなし、ここで会うたが、盲亀の浮木、優曇華の花待ち得たる今日の対面、いざ尋常に勝負さっしゃい！』」

立て板に水で口上を言い終えると、客席から大きな拍手が送られた。

「へえ、珍しいな。『高田の馬場』か。山桜亭のは久しぶりだ」

その言葉に、亮子ははっとなった。

（……勘違いしちゃった。『がまの油』じゃなかったんだ）

五百を軽く超えると言われる古典落語の中には、『寄合酒』と『突き落とし』、『崇徳院』と『千両みかん』のように、前半の部分が酷似している演目のペアが存在する。

『がまの油』と『高田の馬場』もその一つで、前者は切り傷や虫歯の薬であったがまの油売りの浪人者が酒に酔って二の腕を刀で切りすぎてしまい、『お立ち会いの中に、血止めの薬はないか？』と泣き出すという他愛ない噺。これに対して、後者は浅草の奥山でがまの油を売っていた若い侍

とその姉が、二十年前に自分たちの父親を殺して逃げた犯人と遭遇する。現在の地名は『タカダノババ』だが、落語では『タカタノババ』。忠臣蔵の堀部安兵衛が助太刀に駆けつける場所としても有名だ。

「さあ、こうなると、物見高いは江戸の常。十重二重に見物人が取り囲みます。

『しばらく、しばらく！　おお、そなたがあの時乳飲み子であった惣太郎殿か。天網恢々疎にして漏らさず、問うに落ちずに語るに落ちるとはまさにこのこと。潔く敵と名乗って討たれよう。だがな、ここは観世音の境内、血で汚すのは恐れ多い。まして、拙者は現在主をもつ身でな、使者にまいっての戻り道、復命いたさず死ぬわけには……』」

　亮子も馬春師匠のこの噺をずいぶん長い間、聞いていなかった。がまの油の口上はもちろん、敵討ちの口上の言い立てもあるため、病気の後遺症のあるうちは高座にかけられなかったのだろう。

（つまり、それだけ自信が出てきたってことよね。よかった。これで、完全復活だわ）

　そう思い、内心喜んでいると、

「ところで……こちらは？　どこかで会ったような気がするがねえ」

「も、申し訳ありません！　ご挨拶が遅れてしまいました」

　亮子はあわてて畳に両手をつく。

「山桜亭馬伝の妻の亮子と申します。四年前、昇進披露の席で、一度ご挨拶はさせていただきましたが、普段より大変お世話になっておりまして、まことにありがとうございます」

「ああ、馬伝さんのお内儀さんか。だったら、見覚えがあって、あたり前だな」

寅市席亭は笑いながらうなずく。

「さすが山桜亭一門の総領弟子だけあって、ご主人は若手の有望株。あたしも前々から期待して……そうだ。今月の晦日、ここで三題噺の会があるが、それにも出るそうじゃないか。竹馬さんからの推薦でさ」

「あ、ああ、はい。余一会ですね。一昨日伺って、身に余る光栄だと思いましたが、大役が務まるかどうか、心配で心配で……」

4

寄席の世界の符牒で『芝居』と呼ばれる興行は、毎月上席、中席、下席の各十日間。大の月の三十一日が余るため、この日に各寄席が趣向を凝らし、さまざまな会を催す。これが『余一会』だ。

紅梅亭の一月余一会は、その名も『竹馬プロデュース　若手真打ち三題噺競演』。

寿々目家竹馬師匠は五十一歳。若い頃、テレビの寄席番組の大喜利メンバーとして世間に名前を売り、現在も辛口コメンテーターとして、テレビなどに頻繁に顔を出している。もちろん本業の落語における評価も高く、独演会のチケットは即日完売。ネット上でプレミアがつくこともしばしばだった。誰もが認める日本一の人気落語家である。

ここ数年、竹馬師匠は紅梅亭の二之席、つまり、一月中席の夜の部でトリを取るのが恒例だったが、今年は海外へ行く仕事が入ったため、出演が下席へずれ込んでしまった。

そこで、竹馬師匠の方から『埋め合わせに、自分が余一会を企画したい』という申し出があり、実現する運びとなったのだ。

具体的には、下席の楽日前日にお客様から募った題を若手落語家三人に三つずつ割り振り、余一会ではそれらを織り込んだ新作落語を披露し、客席の拍手で優勝者を決める。

すでにメンバーも発表されていて、花翁亭龍勝、寿々目家竹助、そして、山桜亭馬伝。今回の企画の特色は、この三人が揃って、新作落語を創作した経験が一度もないことだ。

「噂を聞いて、いかにも竹馬さんらしいと思ったよ」

寅市席亭が笑いながら言った。

「新作落語を朝飯前でこしらえる若手がいくらもいるってのに、わざわざ古典派ばかり集めるなんて。傍迷惑な愛の鞭さ。竹馬さんから直に出演交渉されたんじゃ、まさか断れねえしな」

さすがに相槌は打てないが、まさにその通り。馬伝の場合も、以前から古典落語の改作には熱心だったものの、本当のゼロから新作を生み出した経験はない。

さらに、馬伝は竹馬師匠とも関係があまり深くなかった。寄席やその他の仕事場で会い、挨拶することはあったが、それ以上会話が続かず、むしろ、嫌われていると思っていたらしい。

(そう考えて、当然よね。四年前のあの一件がずっと尾を引いていたわけだし……)

「正式なコンクールとは違うから、優勝しても竹馬さんから金一封の褒美が出るだけらしいけど、馬伝さんはなかなか芸達者だから、密かに優勝を狙ってるんじゃねえのかい？」

「い、いえ、そんな。滅相もありません」

亮子は大あわてで首を振った。

「とにかく、恥だけかかないようにと願うので精一杯です」

「へりくだらなくたっていいよ。まあ、この機会に三題噺作りに挑戦してみるのも悪くはないさ。古典の構成を練る時にも、そういう経験が役に立つ。あの『芝浜』だって、もとは三題噺……あ、そうだ。お前さん、『芝浜』の時の三つの題が何か、知っているかね」

「えっ？　ええと、それは……」

『芝浜』は落語界中興の祖と呼ばれる明治期の名人・三遊亭圓朝（さんゆうていえんちょう）師匠の作と言われている。つい二週間前の二人会で、琴朝師匠が情感たっぷりに演じた高座に接したばかりだった。

「私の記憶違いでなければ……たしか、『芝の浜』『酔っぱらい』『革財布』だったと思います」

「ほう。さすがは馬伝さんのお内儀。大したもんだ。ただし、違う説もあってね、『増上寺（ぞうじょうじ）の鐘』や『笹飾り』が入るという人もいる」

「ササカザリ……ああ、そうなのですか。勉強になりました」

『芝浜』は、酒に溺れ、稼業を怠けていた魚屋の亭主が夜明けの芝の浜で拾ってきた革財布入りの四十二両を、しっかり者の女房が『夢だ』とごまかし、働き者へと更生させるというストーリーだ。

『もし夢なら、増上寺様の鐘はどこで聞いたんだ』『鐘の音（ね）なら、うちだって聞こえるじゃないか』……と、こちらはすぐに納得したが、『笹飾り』は少し時間がかかった。

噺の終盤、三年後の大晦日に、茶を飲みながら、亭主がこう言い出す。

『おい、雪じゃねえのか。サラサラ音がするぜ』

『違う、違う。あれはね、お飾りの笹と笹とが触れ合って、時々あんな音がするんだよ』

『そうだろう。さっき空を見上げたら、降るように星が出てやがった。いい正月になるぜ。飲めるやつらは楽しみだろうなあ』

この直後、女房が夫の改心を確信し、事実を打ち明けることを決意するのだ。

「『おい、吉(き)っつぁん、仇討(あだう)ちはどうなったんだい』

『日延(ひの)べ』

『日延べ？　よせやい。料理屋の開業式じゃあるめえし、二十年捜してた敵にようやく会ったってのに、日延べだなんて……そんなふざけた話があるか！』

『俺に怒ったってしょうがねえさ』」

高座では、馬春師匠の『高田馬場』がすでに後半に入っていた。

浅草観音の境内で姉弟が巡り合ったのは、二十年前、自分たちの母に言い寄り、それをとがめた父を殺して逃亡した元上司で、追いかけてきた母が投げた懐剣が背中に刺さり、その時の傷が元で悪事が露見したのだ。

しかし、敵が『明日巳(み)の刻(こく)、高田の馬場で勝負をしよう』と言うと、青年はあっさりその提案を了承してしまう。固唾(かたず)を呑んで見守っていた群衆が困惑するのも道理だ。

「さあ、見物人たちがてんでに喋って広めましたから、その日のうちに江戸中の評判になりまして、翌日、高田の馬場は、朝から大変な人出でございます。

立って待っているわけにもいかないというので、懐都合のいい人は料理屋に入って一杯やりながら、刻限を待つ。昼飯を持っていった人はお茶屋でお茶をもらい、弁当を遣うというわけで……それを目当てに葦簀っ張りの掛け茶屋がずらりと並んでおります」

「ところで、寅市っつぁん」

勝子さんが口を開く。

「はい。何でしょう」

「めでたい正月に、こんな話題はどうかと思ったんだけど……」

紅梅のお席亭は少しためらってから、

「神楽坂さんでは、少しは話をしてるのかい？　つまり、後継ぎの問題についてさ」

5

「寄席の後継ぎかい。そいつは、まあ……」

寅市席亭が苦い薬でも呑んだような顔つきになる。

「俺ももう六十五だから、すぐにも考えなきゃまずいんだが、あいにく女房子はいねえし、身内といったって、三つ下に妹が一人いるっきり。後継ぎなんざ、どこを探したっていやしませんよ」

『女房子がない』って言うけど、ちゃんといるじゃないか、娘さんが。ええと……何てったっけ？　ああ、そう。キミコちゃんだ。訳を話して、呼び戻せばいいだろう」

「そいつは無理ってもんですよ。もう二十五年も会ってねえんだ。出版社に勤めてるって話は聞いてますがね、まさかこっちの都合で、会社を辞めさせるわけにもいかねえし」

何か深い事情がありそうだったが、もちろん亮子は口を挟めない。

「それでも、あたしから見たら、うらやましいご身分さ。稼業を継いでくれるかどうかは別にして、血を分けた我が子が元気でいるんだもの。何せうちには、天にも地にも……」

（お席亭がこんな話題に触れるなんて……本当に珍しいわ）

梅村家の家庭の事情については、以前、勝子さん本人から少しだけ聞かされていた。それによると、今から二十一年前、四代目席亭であったご主人・梅村昭一氏が五十八歳の若さで急死し、勝子さんが五代目を継いだ。

ご夫婦の間には一粒種の長男がいて、いずれは席亭の地位を譲りたいと考えていたようだが、その息子さんが高校生の時、交通事故で亡くなってしまう。

（いくら元気だといっても、やはりお年なんだわ。晴れやかなお正月の時期こそ、気が滅入るものらしいから）

慰めることもできず、じっと黙り込んでいると、勝子さんは寂しそうに笑い、

「ねえ、亮ちゃん、寅市っつぁんは罪作りなお人なんだよ」

「はい？　罪作り、というと……」

「何せ、十六も年下の、人形のように可愛らしい女子大生のアパートに押しかけ、強引に口説き落として女房にしちまったんだから」

「女子大生、ですか」

「早い話がストーカーだね。今なら大変だよ。すぐにパトカーを呼ばれて――」

「ちょ、ちょいと待ってくださいよ！」

話題の主が大あわてで言葉を遮る。

「そんな古い話を、いまさらここで持ち出さなくたって……」

入口の戸が開き、あわただしく馬伝が駆け込んできた。今日はいつもより到着が遅い。

「申し訳ございません。楽屋へお客様がいらしたものですから。ええと、トリの高座は……」

「『あすこをごらん。あの、柱に寄っかかって酒飲んでる侍をよ。あれ、昨日、浅草で見た敵じゃねえかな』

『まさか……あっ！　あいつだ。間違いねえ』

『どうして、あんなとこにいるんだろう？』」

「よかった。まだハネてはおりませんね」

顔に安堵の表情を浮かべる。真打ちになっても、自分の師匠は怖いらしい。終演に間に合わず、機嫌を損じるのを恐れているのだ。

それから、馬伝は畳の上に正座して、

「これは、神楽坂のお席亭。ご挨拶が遅れてしまい、失礼をいたしました」

「いや、ちょいと届け物に伺っただけなんだが、つい長居をしちまった」

いい潮と思ったらしく、立ち上がり、

「じゃあ、またいずれ。貴重なものをお借りして、本当にありがとうございました」

寅市席亭は楽屋をあとにしたのだが、巨体が廊下へ消えた直後、

『不思議な場所で出くわしましたねえ！　いいんですか、こんなところで油売ってて』

野太い声が聞こえたとたん、若い前座さんが顔色を変えて流しへ走り、お茶をいれ始める。馬伝も表情を引き締め、その場で座り直した。

『油なんざ売らねえよ』

と、これは寅市席亭の声。

『そっちこそ、どうしたんだい。初席、ここの出番は夜のはずだろう』

『まあ、そうなんだけど、前を通りかかって、喉が渇いたもんだから、ちょいと、茶を一杯もらいたいと思いましてね。では、帰り道、お気をつけて』

やがて現れた人物は紫のトレーナーの上に黒い革ジャンを羽織り、下はブルージーンズ。そしてなぜか、頭には真っ赤なベースボールキャップを被っていた。

ややえらの張った輪郭に太い眉、大きな口。この人こそが日本一の人気落語家・寿々目家竹馬師匠だ。

馬伝と亮子はすぐに挨拶をしたが、竹馬師匠は無言でうなずいただけで、言葉は発しなかった。

竹馬師匠は帽子を取ると、お席亭へ挨拶をして、その場にあぐらをかく。

そして、お茶をすすりながら、馬伝の方を向いて、

「ここで会えるとは思わなかった。余一会の件、よろしく頼むぜ」

「あ、はい。ありがとうございます」

畳の上に両手をついて、頭を下げる。

「身に余る光栄ではありますが、あまりの大役で、私に務まりますかどうか……」

「一昨日、竹二郎に会ったぜ」

その名前を聞き、馬伝がぱっと顔を上げる。

「えっ? あ、あの、それは、どこで……」

「うちのマンションへ来たのさ。竹二郎……いや、中村航太だったな、今は」

お茶を飲み干すと、師匠はさっと立ち上がり、

「『もう一度弟子にしてほしい』なんて抜かしやがるから、『そんなことが言えた義理か!』と怒鳴りつけて、追い返してやった」

思いがけない事実に、馬伝が息を呑む。

中村航太は元落語家で、三年前までは寿々目家竹二郎。もっと以前の芸名を山桜亭馬坊といい、馬春門下では、馬伝……当時の馬八のすぐ下の弟子だったのだ。

「謝って済む程度のことなら、俺が破門なんぞするわけがねえ。それくらいのことは、言わなくたってわかりそうなもんだが……」

すると、その時だった。

「『何？　仇討ちは、今日はやめたって……旦那はそれでいいとして、相手がよく承知したね』

『承知するに決まっている。あれは拙者のせがれと娘だ』」

客席から一際大きな笑い声と拍手の音。

「『ええっ⁉　嘘かい、あれは……大きな嘘をついたねえ。江戸中がだまされちまったんだよ。どうして、あんな嘘をついたんだ』

『ああしておけば、今日ここに人が寄って、近所の茶屋小屋が繁盛する。その売り上げの一割もらってのう……楽に暮らしておるのだ』」

前座さんが太鼓を叩き、「ありがーとーございます」と声を揃える。

竹馬師匠は靴を履き、出ていきかけたのだが、ふと振り返ると、

「おい、馬伝。晦日に『高田の馬場』みてえな噺をこさえやがったら、承知しねえからな」

「えっ……？　あの、それは……」

「その代わり、お前がもっとまともな三題噺をこしらえて優勝したら……そん時は、弟弟子の不始末は忘れてやろうじゃねえか」

6

（優勝したら、弟弟子の不始末を忘れる……それって、坊ちゃんの破門を解くってことなの⁉）

一瞬遅れて、竹馬師匠の発言の重大性に気づき、亮子は驚愕した。『坊ちゃん』は山桜亭馬坊、

つまり、廃業した寿々目家竹二郎のことである。

（もしそうだとしたら、願ってもない話だわ。本気かどうか、急いで確認しないと……）

「あ、あの、師匠。『不始末』とおっしゃったのは、ひょっとして――」

「お先にぃ！」

馬伝も同じことを考えたらしく、問いかけようとしたのだが、竹馬師匠は外へ出て、戸を勢いよく閉じてしまった。

その時、前座さんにつき添われ、馬春師匠が高座から下りてきた。そして、馬伝の姿を見つけると、

「何だい。お前、いたのか。不人情な弟子だなあ。さっさと来て、支えてくれるがいいじゃねえか」

「も、申し訳ございません！　さっきはちょっと、伺えない訳が……」

「訳だ？　自分の師匠より大事な、どんな訳があったってんだい。ああ……ありがとうよ。お世話様」

師匠が座布団の上にあぐらをかく。お礼は前座さんに向けられたものだ。

「実はね、ついさっきまで、そこに竹馬さんがいたんだよ」

しばらく黙っていたお席亭が口を開く。

「うちの前を通りかかって、喉が渇いたから寄ってくれたそうだけど……あやしいね。たぶん、馬伝さんに会いに来たんだと思うよ」

亮子も、同じ考えだった。でなければ、竹二郎さんの話題など、わざわざ口にするはずがない。

「竹馬が……ふうん。そうだったんですか」

馬春師匠が眉をひそめる。人気と実力ともに備わった二人だが、人間関係はかなり微妙で、たまたま両方が揃うと、楽屋に緊張が走るらしい。

そうなった最大の原因は四年前に起きたある事件で、その結果、当時入門から丸九年が経過していた寿々目家竹二郎は師匠から破門され、廃業に追い込まれたのだ。

先ほど交わされた意味深な会話についても、勝子さんが全部喋ってしまった。

「大晦日の会で、こいつが優勝したら……竹二郎の不始末は忘れる、か」

馬春師匠は嚙み締めるように復唱してから、

「おい、馬伝。竹馬は本当にそう言ったのか」

「それが、そのう……はい。たぶん……」

「『たぶん』てのは、何なんだ?」

「ですから、きちんと念押ししたかったのですが、そのまま出ていかれたもので」

「はっきりしねえってのか」

「ええ、まあ……」

問いつめられ、馬伝が口ごもっていると、

「はっきりしないこたないよ」

お席亭がきっぱりと言った。

「竹馬さんは乱暴で強引だけど、嘘はつかない。まして、すぐ脇であたしが聞いてるのを承知の上で言ったわけだからね」

その通りだと、亮子は思った。余一会の楽屋には当然紅梅のお席亭も同席するから、『あれは冗談でした』では済まされない。

「もし馬伝さんがこしらえた三題噺が一番になれば、竹二郎を許して、呼び戻すつもり……まあ、協会に届けを出して、許可をもらわなきゃいけないけどねえ」

現在の東京落語協会会長は松葉家常吉師匠だ。年齢は七十七歳。滑稽噺の名人として知られている。

「常吉さんは腹が大きいから、だめとは言わないだろうけど、理事会は揉めるね。何せ、前例がないもの」

お席亭が珍しく、小さなため息をつく。

「女や博打でしくじった芸人なら、嫌というほど見てきたけど、猫殺しで警察のお世話になるなんて……しかも、世間様からあれだけ非難されちまうとねえ」

そうなのだ。寿々目家竹二郎こと中村航太は、四年前の十月、母猫と子猫四匹を殺して動物愛護法違反の容疑で警察署に逮捕され、裁判の結果、同じ年の十二月に懲役六カ月、執行猶予三年の判決を受けた。当時の年齢は三十一歳である。

師匠からの破門に伴い、竹二郎の廃業届が提出されたのはその直後のことだ。

(あのあと、坊ちゃんと連絡がつかなくなって……私たちもはるちゃんも八方尽くして捜したけど、居所はわからなかった)

亮子の脳裏に当時の混乱した状況が蘇ってきた。

(執行猶予の期間が終わったから、何か連絡があるかもしれないと期待してたけど、真っすぐ竹馬師匠のところへ行って、復帰を願い出るとは思わなかったわ)

「……ふうん。そんなことが、あったのか」

茶をすすりながら、馬春師匠がうなずいた。

「竹馬のやつ、ほかには何か言ってなかったか?」

「あのう、それは……」

馬伝は少しためらっていたが、

「ええと、私に向かって、『「高田の馬場」みたいな三題噺をこしらえたら承知しねえぞ』と……私には、意味がよくわかりませんでしたが」

「何を? たまたま俺が『高田の馬場』を演ってたから、皮肉ったのか、それとも……」

馬春は小首を傾げながら考えていたが、しばらくして、「ははあ、なるほど」とうなずく。しかし、どう納得したについては、いつも通り、何も明かしてはくれなかった。

第三部が始まるまでの間の休憩は十五分ほど。最初口(サラクチ)に上がる若手の真打ちもすでに到着し、楽屋の人口密度が高くなってきた。

馬伝が前座さんに、師匠のための車を手配してくれるよう頼む。

「ところで、話はがらりと変わるんだが……なあ、馬伝」

「はい。何でしょうか」

「例の屁理屈娘は、その後、どうしたい」

「屁理屈、娘……？」

「だからさ、ほら、いわきの」

「いわき……ああ、仮設住宅で会ったあの娘ですね」

松村美雨さんのことらしい。

「どうなったも何も……あれっきりです。一応、琴朝師匠との二人会の時の『茶の湯』をCDに焼いて、こいつの友達に送りました。手渡してもらうよう頼んだのですが……」

「あ、はい。『届いたから、渡した』という連絡はもらっています」

「もし機会があれば、本人の感想を聞いてみたいですがね。相当に頭の切れる娘のようでしたから、稲荷町の師匠流の『茶の湯』を聞いて、どう感じたか……まあ、直接会う機会は、たぶん、もうないでしょうけど」

「いや、そうとも限らねえよ」

「えっ？　どうしてですか」

「年は取ったが、これでも、眼は達者で、特にちょいと遠くはよく見える」

「はあ……あの、師匠、『ちょいと遠く』とおっしゃったのは、ひょっとして……」

その時、楽屋の入口の戸が開き、中売り担当の従業員・小川美樹さんが顔を出した。『中売り』とは、売店のことだ。

美樹さんは旧姓を『船田』といい、亮子よりも一つ年上。六年前に若手落語家の松葉家ひろ吉さんと結婚して、幼稚園に通う息子さんが一人いる。体は小柄。若い頃から、亮子など足元にも寄れないほどの美貌だったが、現在でもまったく衰えていない。

美樹さんは少し困ったような顔をして、

「あのう、馬伝師匠にお客様なのですが……こちらへお通ししてもかまいませんか」

「えっ？　あたくしに、ですか」

「お名前が松村さんとおっしゃって、たぶん、女子高生だと思います」

「マツム……ああ、はい。どうぞ。そりゃ、あたしの客というより、女房の知り合いです」

「そうでしたか。わかりました。では、すぐに」

美樹さんが出ていったあと、馬春師匠は苦笑して、

「下手（しもて）の桟敷席（さじきせき）の一番前で、俺を睨んでいる小娘がいたから、そうじゃねえかと思ったんだ。演りづらくって、まいったぜ。話に聞いてた通り、ソッポもいいし……ただ、髪形は違っていたけどな」

「髪形が違う？　ええと、それは……」

亮子が言い終わらないうちに、ガラス戸に二人分の影が映る。

「お連れしました。どうぞお入りください」

美雨さんが楽屋口に姿を現した。服装は初対面の時とほぼ同様で、黒のトレーナーにスタジャン、ブルージーンズ。

「まあ、いらっしゃい。急だったから、びっくり……あら、まあ！」

立ち上がって迎えた亮子はつい声を上げてしまった。

馬春師匠からの情報で、ヘアスタイルの変化は予想していたが、まさかベリーショートとは思わない。もともと、きりっとした顔立ちで、背も高いため、中性的な印象がさらに強まっていた。見ると、右手に大きなボックスバッグを提げている。単なる東京見物にしては大荷物だ。

「あの、ごぶさたしました、馬伝師匠」

美雨さんが頭を下げる。

「CDを送っていただき、ありがとうございます」

「いや、礼には及びませんが、今日はどうされたんです？　ディズニーランドに行った帰りとか」

「いいえ。こちらに伺うのが上京の目的です。師匠がご出演中だということは、ネットで調べました」

「わざわざ、ここへ……？」

馬伝が困惑した視線を妻へ投げてくる。もちろん亮子にも、その行動の意味はわからなかった。

「では、お伺いしますが、あたくしにどういうご用事で……ええっ？　い、一体何を……」

馬伝があわてふためくのも無理はなかった。

何と美雨さんは、半畳ほどしかない靴脱ぎのスペースに土下座をして、床に額をすりつけたのだ。

そして、まるで悲鳴のような声で、

「私を弟子にしてください！　お願いします。私、どうしても落語家になりたいんです」

（一月三十日）

……ただ、考えてみますと、人間ばかりじゃなくて、犬猫だって、いろんなことを悩んでいるのかもしれません。実は、あたくしが学生時分の話なんですが、友達が猫を飼い始めました。全身のほとんどが白くて、頭のてっぺんと足と尻尾の先だけ、茶と黒の毛がありましたけど、これがどうも不思議な猫でして、物思いにふける癖があるんですな。

一度、友達が旅行か何かに行くことになって、あたくしがそいつのアパートまで餌をやりに行ったことがありました。

ずっと部屋の中で飼っていたんですが、私が玄関から入って、短い廊下を歩き、ドアを開けても、まるで気づかない。こう、向こうを向いて、じっと考え込んでるんです。

仕方もなしに、『おい、ミケ！』って……見たまんまでつけた名前ですけど、そう呼ぶと、『ンニャ！』って変な声を出して、ぎょっとしたみたいに振り返るんです。

おかしな猫だなあと思っておりましたら、ずいぶんあとで伺った話なんですが、全身真っ白な猫てえのは、そもそも自然界にはいなくて……まあ、遺伝的に弱いんでしょうな。中に、耳がまったく聞こえない猫が交じってるんだそうです。ですから、体の大半の毛が白かったその猫も、もしかすると、耳が遠かったのかもしれません。

まあ、動物に限らず、人間でも、お年を召して、耳が遠くなると、さぞご不自由だと思いますけれど……

7

小ぢんまりした店内には、四人掛けの木製のテーブルが六つ並び、丸いパイプ椅子が置かれていた。

左右の壁には、メニューを記した縦長の紙が三列にずらりと貼られていた。先頭から眺めていくと、『ひじきの煮付け』『里芋の含め煮』『アジフライ』『サンマの塩焼き』……こらはかなり年季が入っていて、紙が日に焼け、端が破れていたりする。

その少し先を見ると、真新しい紙に『ロールキャベツ(白味噌仕立て)』『和風ビーフシチュー』とあって、この二品が五百円。これらが最も値が張るのだから、他は推して知るべしで、手狭で古い店でも客足が絶えないのも無理はなかった。

足立区竹の塚五丁目。東武伊勢崎線の竹ノ塚駅東口から歩いて五分の場所に『海老原食堂』はあった。ここが亮子の実家で、『海老原』は旧姓である。

従業員は亮子の両親と兄夫婦で、営業形態は昔の一膳飯屋のスタイル。メニューにはカレーライスもカツ丼もラーメンも、定食の類いもない。客は自分の好きな料理をガラスケースから取り出し、あるいは新規に注文して、ご飯や味噌汁と組み合わせるのだ。

「……そりゃ、まあ、八ちゃんが驚くのも無理はねえ」

ビールをグラスに注ぎながら、達次（たつじ）が言った。食堂の二代目。亮子の父だ。

「自分のことを慕って、わざわざ福島から上京してきたのが何と女子高生……ではねえんだろうけど、退学しても年は一緒だ。また思い切ったもんだよなあ」

六十六歳になり、頭がきれいに禿げ上がってしまったが、高校時代、柔道の重量級の選手だっただけあって、堂々たる体軀（たいく）である。

同じ日の午後九時二十分。営業時間は九時までで、ついさっき暖簾（のれん）を取り込んだところだ。店内には、ほかに誰もいない。

一日の仕事を終えた達次はビールで喉を潤し、

「その美雨って娘、若いに似合わず、大した熱意だぜ。よっぽど落語が好きなんだろうな」

「ところが、そうじゃないのよ」

ため息混じりに、亮子が答えた。二人は最も調理場に近いテーブルで向かい合っている。

「プロになろうと決意するくらいだから、相当聞き込んでいるのかと思ったら、落語を聞いた経験はいわきの会と今日とで、たったの二回だけなんですって」

「えっ？　だったら、なぜ噺家になりたいなんて言い出したんだ」

「そこがわからないのよ。でも、ひどく思いつめた様子で、『私が生きていける道は落語家しかありません。だから、どうしても弟子にしていただきたいんです！』」

「大仰だなあ。で、馬伝師匠の返事は？」

「もちろん断ったわよ。『まだ弟子を取れるような体じゃないから』と言って」

「カラダ……？」

「身分というか、地位というか……まだ香盤も、ずうっと下の方だしね」

『香盤』とは、協会ごとに作成される落語家の名簿のことで、結婚式の席順も告別式の焼香の順もすべてこれにより、決定される。馬伝は真打ちの中でもまだ下っ端で、確かに、同期の中で弟子を取っている仲間は誰もいなかった。

「一人前になるまでの修業が長くてつらいし、なかなか生活できないからと諭したんだけど、諦めないの。入口に土下座されたんじゃ、目立って仕方ないから、とにかく上がってもらったんだけど、押し問答になっちゃって。

そのうちに、頼んでいたタクシーが来て、馬春師匠と八ちゃんは楽屋から出ていってしまう。第三部が始まり、どんどん芸人さんが入ってくる。急いで優花に電話しても通じないし……もう、途方に暮れちゃったわ」

「なるほど。お前が大変なめに遭ったのはよくわかった」

達次が箸で皿の上のしめサバをつまむ。

「だけど、そんなに困ったのなら、その娘をここへ連れてくりゃよかったんだ。飯は毎日余って捨てるようなんだし、翔太の部屋だって空いてるから、十日や二十日居着かれたって屁でもねえ」

翔太は六歳年上の兄で、六年前に結婚した妻の歌穂さんとともに店を手伝っていた。長女の亜理沙ちゃんは四月から小学生。現在二人は、店から徒歩十五分ほどのマンションで暮らしていた。

ちなみに、最近目立つようになった洋風の新作メニューは、以前老舗洋食店で修業した経験のある翔太の手によるものである。

「父さんが言ったのと同じことを、私も考えたのよ。とりあえず、預かってもらって、八ちゃんもここに呼び、一緒に説得しようと思ったんだけど……そうしたら、お席亭がね」

「お席亭が、どうされたってんだ？」

「『この娘さんはうちに泊めるから』って」

「えっ、紅梅亭に？　へえ。見ず知らずの人間をかい。ずいぶんとまたご親切だな」

「いいえ、そうじゃないの」

　感心する達次に向かって、亮子が首を横に振る。

「あわててたせいで、気づかなかったんだけど、お席亭、眼が潤んでいたのよ」

「眼が潤むって……なぜ？」

「似ているんですって」

「一体、誰に？」

「交通事故で亡くなった勝子さんの息子さんに。もともと、美雨さん、顔立ちがきりっとしているし、髪をベリーショートにしたでしょう。確かに、男の子みたいに見えるけど……こんなことって、本当にあるのねえ」

神田紅梅亭席亭の梅村勝子さんと、故人である先代席亭の昭一氏の間に生まれた長男の名前は貞司さんといい、もし今健在であれば四十五歳。色白で、女性のように優しげな顔立ちだったという。

学業は優秀、性格も穏和。夫婦にとっては自慢の息子だったのだが、高校受験に失敗し、第二希望の実業高校に進んだのが人生の分かれ目で、それ以降、悪い友人ができ、生活が一変してしまった。

集団でオートバイを乗り回すようになって、学校から指導を受け、最終的には家庭謹慎の最中、こっそり家を抜け出してツーリングに出かけ、自損事故を起こして亡くなった。

場所は神奈川県内の国道で、事故の原因はスピードの出しすぎだったという。

『あの時だけは、何て因果な稼業だろうと思ったよ』

お席亭の昨日の言葉が耳元に蘇ってくる。

『自宅で謹慎するったって、うちは楽屋のトイレが二階だから、家にいれば、どうしたって廊下で芸人さんと顔を合わせる。みんな、面白がって焚きつけたらしいんだよ。「坊っちゃんは寄席の後継ぎなんだから、高校なんて出ても無駄。その分、しっかり遊んだ方がいい」なんてね。まあ、それを真に受けたせがれもばかなんだけどさ』

「……本当に、似てたのかなあ、その二人」

達次がぽつりとつぶやく。

「えっ？　どういうこと」

「よく言うじゃないか。『死んだ子の年を数える』って。頭では死んだとわかっていても、心のどこかではひょっこり帰ってきやしねえかと思ってる。男女の違いはあるにしても、年格好の同じ若者がいきなり目の前に現れれば……な、わかるだろう」

「なるほど。そうかもしれないわけね」

二人でしんみり話をしていると、店の入口のガラス戸が勢いよく開き、

「ただいまー！」

息子の雄太が飛び込んできた。

「ママ。これ、かってもらったよ」

小さな両手で精一杯高く掲げたのは、男児向けの月刊テレビ雑誌で、主に特撮ヒーローが紹介されている。

「よかったわねえ。ちゃんとお礼を言った？」

「あっ、わすれてた！　ばあちゃんは……」

後ろを振り向くが、人影はない。

「ぼく、ぜんりょくしっそうしちゃったから、まだこないみたい」

まだ四歳だが、時々難解な熟語を口にして、母親を驚かせる。一昨日は『イチゲキヒッサツ』『ガッタイサンヘンゲ』と言った。

「まあ、危ないじゃない。独りで走ったりしたら、自動車にぶつかるわよ！」

交通事故の悲惨さを話題にしていたところなので、つい大きな声が出てしまった。

それから二分後、亮子の母のひとみが戻ってきた。達次よりも九歳年下。小柄で色白、赤い縁の眼鏡をかけていた。仕事着である白衣の上に黒のオーバーを羽織っている。

食堂が閉店後すぐに、二人は遅くまで開いている近所の本屋へ行ったのだ。

「……ただいま。雄ちゃん、本当に足が速くなったねえ。置いてけぼりを食っちゃった」

「ねえねえ、ばあちゃん。ごほんよんで！　ねえ、はやくう」

「困ったわねえ。ちょっとは休ませてもらわないと……はいはい。わかりました」

入口近くの椅子に座り、ひとみがテーブルの上に雑誌を広げる。口では『困った』と言いながら、困っているような様子はない。よほど孫がかわいいらしい。

「ええと、『強力なインベスやライバルライダーとの戦いに勝利するため』……えっ？　ああ、『強力』は『強い』ってことさ。『鎧武は新スタイル、イチゴアームにチェンジしたぞ！』か。ははあ、この、肩のとこが三角に盛り上がってるのが『イチゴアーム』かい。ちゃんと種のブツブツまであるんだけど、『ストロベリーアーム』じゃなくて、やっぱりイチゴなんだねえ」

「……ほら、あの通り。年を取ると、誰だって肉親の情が深くなるものなんだ」

妻と孫の仲睦まじい様子を横目で眺めながら、達次が言った。

「それはそうとして……話の順序は違うかもしれねえけど、八ちゃん、責任が重大だなあ」

「えっ？　何のことかしら」

「だから、三題噺の会だよ。一番になれば、竹二郎さんが噺家に戻れるんだろう。俺だって知らねえ仲じゃないから、気になるじゃねえか」

「ああ、その件か。確かにね」

「竹馬師匠、本気なのかな」

「本気だと思うわ。お席亭も同席している場で、はっきりそう言ったんだもの」

「そうかい。だとしたら……」

達次はグラスのビールを飲み干し、

「八ちゃんに、つきやすい題が出るといいんだがなあ」

「ツキ、ヤスイ……?」

「知らねえのかよ。噺家の女房を何年やってるんだ」

急に上から目線になる。達次は若い頃、足しげく寄席に通っていたそうで、落語に関する知識はなかなかのものだった。

「それぞれに関連があったり、または、汎用性の高い題が中に一つ入っていれば、噺を組み立てやすいが、もしその逆だったら大変だ」

「なるほど。それが『つく』『つかない』ということなのね」

「有利・不利が相当あるってことさ。それにしても……」

ビールのグラスを傾けながら、達次が難しい顔になる。

「竹二郎さん、何であんな事件を起こしちまったのかな。憂さ晴しするにしても、何も猫なんぞ殺さなくてもいいじゃねえか」

9

(私だって、同じ気持ちよ。逮捕されたという話を聞いて、耳を疑ったもの。今でも信じられないわ)

事件が起きたのは、大震災の前々年の十月十日。土曜日で、三連休の初日だった。

当時、寿々目家竹二郎が住んでいたのは練馬区春日町（かすがちょう）七丁目。最寄り駅は、都営地下鉄大江戸（おおえど）線練馬春日町駅だ。

学校や公園なども多い、閑静な住宅地で、この日の深夜……というか、正確には翌十一日の未明にあたる午前二時過ぎに、自宅があったアパートの近くの小さな公園で、竹二郎は練馬警察署員によって現行犯逮捕された。

罪名は動物愛護法第四十四条違反。亮子があとで条文を確認してみると、確かに『愛護動物をみだりに殺し、又は傷つけた者は、一年以下の懲役又は百万円以下の罰金』と書かれていた。

馬伝と亮子が元弟子の逮捕を知らされたのは同じ日の午前七時頃。電話をくれたのは万年亭亀吉だったが、当初は情報が錯綜し、何が真実かわからなかった。

その日の夜になって、二人が練馬署に差し入れに出向き、担当の刑事と直接会って、やっと信頼できる情報を入手できたのだ。

それによると、逮捕時の状況は以下の通り。

午前二時五十分頃、町内で生花店を経営している六十代の女性から一一〇番通報があり、内容は『自宅のそばの公園で穴を掘り、何かを埋めているあやしい男がいる』。

彼女がその男の存在に気づいたきっかけは、午前二時半過ぎ、自宅にかかってきた一本の電話だった。何か緊急の用件かと思い、受話器を取ってみると、知らない男性のくぐもった声で『お前の家の裏の公園へ行け。地面に死体を埋めているやつがいるぞ』。言い終わった瞬間、電話は切れた。

驚いた店主が恐る恐る確認しに行ってみると、確かに公園の隅でスコップを振っている男がいて、その様子が尋常ではなかった。泣きながら土を掘り、時々、小声で『ごめんよ。殺す気はなかったんだ』などとつぶやいている。

仰天した彼女は急いで自宅へ戻り、一一〇番通報をすると、十分も経たないうちに練馬警察署員が四人、現場へ駆けつけてきた。

警察官らが、まだ公園内にいた男に対して職務質問をしたところ、ひどく酔っていて、最初は抵抗する素振りを見せたが、『まさか死体でも埋めているんじゃないだろうな！』と詰め寄ると、急に神妙な態度になり、『申し訳ありません。私が殺しました』と答えた。

意外な事態の急変に署員たちも驚き、とりあえず男が埋め戻していた穴を掘り返してみたが……どうもおかしい。穴の直径は五十センチほどで、殺した被害者を埋めたにしては小さすぎるのだ。

不審に思いながら掘り進めるうち、穴の底からビニール製のゴミ袋が現れた。その中から出てきたのは全身が茶トラの毛に覆われた親猫と、生後まだ間もないと思われる子猫が四匹。毛の色は茶トラが二匹、茶トラ白と白猫が一匹ずつだった。

母猫の頭と顔は元の形がわからないほど鈍器で殴られ、子猫は四匹とも腹を踏みつぶされて息絶えていた。問題の人物は泥酔していて、署員たちが問いただしてもまるで要領を得なかったが、とにかく、自分が殺したことだけは明白に認めたため、その男……中村航太、三十一歳はその場で逮捕され、練馬警察署へと連行された。

「前にもきいたことはあるが……竹二郎さん、なぜあんなことをやっちまったんだろうなあ」

落語好きの父は以前荻窪の蕎麦屋で定期開催されていた『寿笑亭福の助・寿々目家竹二郎二人会』に毎回足を運び、打ち上げにも参加していたから、個人的にも親しい。

「……わからないわ、今でも。八ちゃんも『見当がつかない』って言ってた」

亮子が首を振り、ため息をつく。

「あの頃、悩んでいたのは事実なのよ。特に、人間関係でね」

「人間関係？　それは、一門内のかい」

「そう。坊ちゃ……当時の名前で呼んだ方がわかりやすいわね。竹二郎さんには竹也さんという兄弟子がいたのよ。高校を中退して入門したから、年は二つ下だけど、キャリアは向こうが三年長い。その人と竹二郎さんが反りが合わなくて、陰湿ないじめを受けていたの」

「いじめ、か。上下関係の厳しい世界だから、逆らえないだろうしなあ」

「竹也さんて、ものすごく好き嫌いが激しかったみたいで、竹二郎さんは敵認定され、徹底的にいじめ抜かれた。しかも、困ったことに、竹馬師匠には竹也さんの方がずっとはまっていたから、竹二郎さんは師匠に苦情を言うこともできず、不満が鬱積していたみたい」

「ふうん。で、その竹也って噺家、今はどうしてる？　あんまり名前を聞かねえけど、真打ちにはなったんだろう」

「ところが、そうじゃないの。何とも皮肉な話なんだけど……」

亮子がさっきよりも深いため息をつく。

「竹二郎さんの事件があった翌年、廃業したわ。真打ち昇進を目前にして」

「ええっ？　何で、また」

「宗教家になったの。もともと、ある新興宗教の熱心な信者で、生涯落語家をするつもりはなく、将来は宣教師志望だったんですって」

「すると、何か。お説教がうまくなるように、噺家の修業をしたってわけか」

衝撃の事実を聞き、達次が呆れ顔になる。

「そんなやつのせいで、竹二郎さんが噺家を辞めるはめに……まったく、運が悪すぎるぜ」

竹馬門下では、一番と三番弟子が廃業してしまい、現在は、本来は二番弟子であった寿々目家竹助さんが最も上になっている。

「だから竹馬師匠も、本心では竹二郎さんを呼び戻したいのかもしれないけど……何しろ、ネットで大騒ぎになっちゃったから。もう一度落語家に戻るには、あの時のダメージが大きすぎるのよねえ」

「『鎧武がイチゴロックシードの力でアームチェンジした形態』。ああ、この写真だね」

「ばあちゃん、『ケイタイ』って、なに?」

「形のことだよ。『超スピードでくり出す忍者攻撃で敵を追い詰め、粉砕する。イチゴアームは――』」

「『ふんさい』って?」

「だから、『崩す』……わからない? だったら、『壊す』かしらねえ」

孫の質問攻撃に苦戦しながらも、ひとみは楽しそうだ。子供の成長は驚くほど早く、今では、まねごとで、調理のお手伝いまでするらしい。

そんな光景を横目で眺めながら、亮子は四年前の混乱した状況を思い出していた。

馬伝と亮子にとって、竹二郎の逮捕自体も衝撃だったが、もう一つ驚いたのは、まだ事件が一切報道されていない段階で、ネットが大騒ぎになっていたことだ。その事実を教えてくれたのも万年亭亀吉だった。

騒ぎの発端は、ツイッターにアップされた一枚の写真だ。若手落語家のほとんどが自身のアカウントをもっていて、竹二郎も出演する会の予定や打ち上げの様子などを、写真も交え、ほぼ毎日つぶやいていた。

そこに、十月十一日午前一時三十五分、問題の写真がアップされた。亮子自身もアクセスしてみたが、一目見ただけで吐き気を催した。被写体は、床に横たわる無惨に殺された四匹の子猫。そして、添えられていた言葉は『やっちまった。いつか、こうなると思ってた』。もちろん非難するコメントが殺到し、大炎上を引き起こし、さらに、テレビや新聞、週刊誌なども騒ぎに追随した。

あとでわかったことだが、そもそも、殺害された母猫は野良で、九月末にアパートのゴミ置き場の小屋で出産したのだそうだ。それを近所に住む大家の小学生の孫娘が見つけ、段ボール箱の底に古い毛布を敷いたり、餌を運んだりして世話していたのだという。

部屋で殺された子猫四匹に対して、母猫は階段の下で頭を叩き割られて死んでいた。竹二郎は自室でゴミ袋に子猫を詰め、外へ出たところで、母猫の死体を見つけ、一緒に公園に埋めることを思い立ったらしい。

（竹二郎さんは、確かに、犬や猫が嫌いだった……というか、苦手だったみたい）

心の中で、亮子はつぶやいた。

（『元犬』とか『猫の災難』みたいな噺は平気で演るくせに、道で野良猫に会うと、顔をしかめて後退りをして、『すいません。追っ払ってください。あたくし、小動物とニシンの干物が苦手な性分で』なんて言ってた）

事件が起きる四日前の朝、ゴミ袋を手に小屋へ行った竹二郎が見慣れない箱に気づき、『何だよ、これ。誰か捨ててきてくれねえかなあ』とつぶやいたのを、同じアパートの住人が耳にしている。さらに事件当夜も、酔って帰宅した竹二郎が回らない舌で、『ピーピー鳴きやがって、うるせえぞ、このばか猫！』と怒鳴ったのを、一階の住人が聞いていた。

これらの証言は週刊誌にも載り、犯行の裏づけと受け取られたのだが、あくまでも状況証拠に過ぎない。事件後、竹二郎と会う機会が二度あったのだが、ただ『申し訳ございません』とうなだれるばかりで、彼の口から事件の顚末が語られることはなく、判決後も逃げるように姿を消し、それ以降、消息不明になってしまった。

ちなみに、事件当夜の彼の行動は、午後六時半から新宿の寿司屋で開催された落語会に出演し、終演後、同じ場所で行われた打ち上げに参加。機嫌よく飲んで、午後十時過ぎに店を出たが、そこから先については不明だった。本人が『覚えていない』と言ったのだが、おそらく、他人を巻き込まないよう発言を控えたのだろう。裁判の本筋とは無関係なので、警察も詳しくは調べなかったようだ。

「あの時にも思ったんだが……事件直後の『いつか、こうなると思っていた』というつぶやきは、何だったんだろうな？」

いつの間にか、達次は日本酒に切り換えていた。

「わからないわ。裁判でも、その点については触れられなかったから。何か、幼児体験が関係してるのかなとは思ったけど」

「幼児体験だ？　そもそも、竹二郎さんてな、どんな家で育ったんだい」

「それが、あまりよく知らないの。何でもあけすけに喋る人だけど、自分の家族の話だけはしたがらなかったから」

一応知っていることを列挙してみると、中村航太は東京都中野区の出身で、父親は公認会計士だというから、かなり裕福な家庭だったはずだ。母親は専業主婦。上に兄が一人いる。

高校時代から、テレビの素人ものまね番組の常連で、優勝経験もあり、校内でも人気者だったそうだ。そして、都内でも屈指のお坊っちゃん大学の経営学部を卒業すると同時に、馬春師匠のもとに入門した。ちなみに、これが『馬坊』という最初の芸名の由来である。

由喜枝さんから聞いた話によると、入門を許可する際、師匠宅にやってきたのは母親で、しかも、息子が落語家になることについて、あまり賛成ではない様子だった。それを見て、馬春師匠は弟子に取ることを渋ったのだが、本人の強い熱意に押され、許したらしい。

その後、彼の両親が落語会などに顔を出したことは、亮子の知る限り、一度もない。

竹二郎自身は実に明るく、前向きで、二つ目になって以降、自作の新作落語を高座にかけ、業界内での評価が高まっていた。顔立ちもちょっとジャニーズ系で、特に若い女性中心に人気が出始めていたところだったのだ。

「事件が公になって以降、竹二郎さんのご両親からは一切連絡なし。うちはともかく、竹馬師匠のところへは一度出向いて、頭を下げるべきだと思うんだけど、それもなかったみたい」

「冷たすぎるな。まあ、仮に親が頭を下げたとしても、あれだけの騒ぎになれば、破門は避けられなかっただろうけど」

破門された弟子は、元の師匠の許可があれば、別の誰かの弟子になることができるが、許可が下りない場合は廃業するしかない。これが落語界の不文律だ。

「前にも言った覚えがあるが、馬春師匠から口添えしてもらう、なんてことはできなかったのかねえ」

「無理よ。自分が倒れた時、弟子を引き取ってもらい、世話になっているもの」

「そうか。すると、やっぱり、最後に残った一縷の望みは……」

達次はコップの日本酒をぐいと飲み、

「余一会で、馬伝師匠に優勝してもらうこと。もう、それだけだな」

「あのね、父さん、お願いだから、八ちゃんの前でそんなこと口に出さないで。もともと神経質な人だから、いよいよ思いつめちゃって……あっ、ごめん。電話だわ」

脇の椅子に載せていたポーチの中から微かにバイブの音。急いで取り出して見ると、ディスプレイに表示されていたのは十一桁の番号と『緑川優花』の文字。

「あっ、よかった！　もしもし、優花？　ごぶさた。メールしようかと思ったんだけど、直接話した方が……もしもし、聞いてる？」

『もちろん聞いてるわよ。ごめんなさいね』

優花さんの声は弱々しかった。

『風邪引いちゃって、熱があるの。連絡が遅れたのは、そのせいもあるんだけど……』

「まあ、そうだったの。体調のよくない時にごめんなさい。だったら、大急ぎで用件だけ伝えるけど……実はね、今日の夕方、突然美雨さんが紅梅亭の楽屋にやってきたのよ」

『えっ？　それ、誰のこと』

電話が遠いのか、いぶかしげにきき返された。

「だから、ほら、いわき市の落語会で会ったじゃない。被災者の松村美雨さんよ」

『マツムラ……ええっ？　あの娘、東京なんかにいたの！　今朝早く、書き置きを残して、出ていっちゃったのよ』

いきなり口調が一変した。よほど心配していたらしい。

『あちこち心あたりに尋ねたりしてたんだけど、まさか、寄席にいただなんて』

「驚くのも無理ないわ。で、優花をもっと驚かせちゃうかもしれないけど……何と彼女、落語家になりたいんですって。それで、うちの主人のところに弟子入りを志願してきたの」


（一月三十日）


「横浜もすっかり変わったなあ。浦賀に初めて黒船が来たのは……あれはもう十年も前のことだ。いろいろもめごとはあったものの、西洋のお国との約条が整い、ここで異人さんたちとの商いが始まった。おかげで、うちみたいな材木問屋は大助かりさ。異人館を建てるのに、いくらでも材木が入り用だからな。

それはいいんだが……困っちまったのは、世間が騒がしくなったことさ。公方様のお膝元で、井伊掃部頭様が襲われ、命を落とされなすったのが四年前。その時には、まだ江戸で起きた騒ぎだからと思っていたが、一昨年、ここからすぐ近くの生麦村で、薩摩様のお侍がエゲレス人を切って……ありゃあ、驚いた。まさかと思ったよ。あのあと、薩摩ではエゲレスとの戦(いくさ)になったそうだが……クワバラ、クワバラ。

本当に、これから何が起きるのか。いくら隠居した身とはいえ、のんびり発句なんかやってちゃいけないのかもしれないねえ」

「あたくしには、難しいご政道のことなんかわかりませんから……それよりも、信濃(しなの)屋さん、お孫さん……たしか、お玉ちゃんて名前でしたよね。本当に可愛らしい娘さんで、あたしと一緒によく遊んでくれます。だけど、町内にいる岡っ引きの三蔵さんは、あたしがお玉ちゃんと遊んでると、すぐに邪魔をするんです」

「ん……？　ああ、ごめん。近頃、年のせいか、すっかり耳が遠くなっちまってね。うまく聞き取れないいんだよ。

そうだ。いい物があった。ええと……これ、実は脇からアジの干物をたくさんもらってな。いくら冬でも、あまり長く置いておくと、傷(いた)んでしまう。とりあえず焼いてみたんだが、うちではちょいと持て余してな。誰かにやろうと思って、持って出たんだ。お前、食べてくれるかい」

「あ、ありがとう存じます。いつもいつも、結構なものを頂戴いたしまして……」

「食べてくれるんだね。だったら、よかった。実は今日、これから、せがれ夫婦はもちろん、番頭から手代、奉公人まで家内中で寄席見物をすることになっていて、婆さんも出かけちまうから、あたし一人がお玉と留守番さ。じゃあ、またな」

「さようでしたか。どうかお気をつけて……ありがとう存じました！

ああ、いい方だなあ。俺みたいな者をちゃんと一人前に扱ってくださる。お世話になりっぱなしで、いつかご恩返しがしたいんだが、なかなか……おやあ、何だか足元でちょろちょろ動いていると思ったら、子猫だ。全身の毛が真っ白で……それにしても、ずいぶん痩せてるなあ」

11

翌日は日曜日。この日、馬伝は寄席の出番まで用事がなかったので、息子の雄太の世話を任せ、亮子は朝食と昼食の用意をしてから、北千住の自宅を出た。ちなみに今日は、馬伝が夜、別の仕事があるため、亮子が馬春師匠を浅草まで送っていくことになっていた。

昨夜の電話で、優花さんは、美雨さんの行き先がわかり、とても喜んでいたが、だからといって、彼女がすぐに迎えに来られるわけではないし、形ばかりの保護者である親戚も頼りにならなかった。

神田駅で電車を降り、西口へ。今日は曇り空で、今にも白いものが落ちてきそうだ。

『まずは亮子が説得してみてくれないかしら？　みんな心配しているから、とにかく、いったんいわきに戻るようにって』

新年の飾りつけが残る商店街を歩いている時、耳元で優花さんの声が蘇った。

『落語家志望だと聞いて、びっくりはしたけど、反対する気なんてないわ。きちんと将来の相談をしたいから、ぜひ帰ってきてほしいのよ』

(誰だって驚くわ。まともに落語を聞いた経験もないのに、いきなり入門志願だなんて……でも、あの娘、怖いくらい真剣な眼をしてた。本当に、何を考えているのかしら？)

紅梅亭に到着し、時刻を確認すると、午前九時五十分。まだ寄席幟も立っていない。

(少し早く来すぎたかな？　お席亭が留守ということはないと思うけど)

勝子さんの日常はハードだ。何しろ、一年間で定休日は十二月三十日と三十一日だけ。しかも、その二日間も休めるわけではなく、初席の準備があるため、普段より多忙なのだ。

お席亭の食事や掃除、洗濯などは、近くに住む表方の飯沼幸吉さんの奥様が一日置きに通ってくるそうだが、とにかく、気の休まる暇がない。もし亮子が同じ立場に置かれたら、半月ももたずに倒れてしまうだろう。

楽屋口に回り、引き戸に手をかけてみると、ロックはされていなかった。

「おはようございま……ええっ？　あ、あの……」

戸を開けたとたん、信じられない光景が目へ飛び込んできた。黒トレーナーにオーバーオールという服装の美雨さんが聞き覚えのあるメロディをハミングしながら、楽屋の畳を箒で掃いていたのだ。

あまりの違和感に立ち尽くしていると、向こうもすぐに気づき、

「あっ、平田さん、おはようございます！」

美雨さんが満面に笑みを浮かべる。その表情の輝きは、これまでの彼女とはまるで別人としか思えなかった。

「昨日はご迷惑をおかけして、申し訳ありませんでした。いろいろとお気遣いいただき、ありがとうございます」

「いや、お礼はいいんだけど……そうか。あなた、こちらに一晩泊めていただいたお礼に、掃除していたのね」

「ええと……たぶん、違うと思います」

小首を傾げ、照れたように笑う。

「実はこれが、私の仕事になったんです」

「仕事に？　どういうことなの」

「あのう、ですから――」

「いいよ、美雨ちゃん。あたしから説明するから」

木の階段がきしむ音がして、二階から勝子さんが下りてきた。

「あっ、お席亭、おはようございます。ええと、これは……」

「だから、亮ちゃん、見たまんまなんだよ。昨夜、二人で話をしたんだけど、馬伝さんにも都合がある。たとえ弟子入りを認めるにしても、ある程度時間が必要だろうから、『それまでしばらく、うちでモギリでもやってたら』と言ったのさ。そうしたら、この娘が『ぜひお願いします』って」

「モギリを……ああ、そ、そうなのですか」

『モギリ』は寄席の木戸口係の符牒で、入場券を半分千切るのが語源になっている。ちなみに、チケット販売所は『テケツ』だ。要するに、美雨さんが紅梅亭でアルバイトをするということらしい。

「とにかく、お上がりよ。ああ。悪いけど、美雨ちゃん、お茶いれとくれ」

「はい。わかりました」

美雨さんがてきぱきとお茶をいれ、茶碗に注いで運んでくる。

(こんなことになるなんて……まいったなあ。優花に何と説明すればいいのかしら)

畳に亮子が座ると、お席亭と美雨さんはその真向かいに並んで腰を下ろす。

「昨夜、この娘から話を聞いて……年がいもなく、あたしゃ泣いちまったよ。そもそも肉親に縁が薄いのに、大好きだったお祖父ちゃんとお祖母ちゃんまで震災で亡くなったなんて、あまりにも不憫すぎる。つい肩入れしたくもなるじゃないか。ねえ、そうだろう」

「ええ、まあ。確かに」

亮子は狼狽した。婉曲な言い方ではあるが、お席亭は、馬伝が美雨さんを弟子に取るよう懇願している。神田紅梅亭席亭といえば、演芸の世界では五本の指に入る重鎮だ。そういう立場の人物からぜひにと頼まれれば、簡単には断れない。

すると、その気配が伝わったらしく、

「亮ちゃん、変に気を回さないでおくれよ。あたしからお前さんのご亭主に、この娘のことを頼むつもりは一切ないから」

「え……そう、なのですか」

「あたり前さ。あたしがそんなまねしたら、師匠になる人にとって重荷になる。誰かへの義理立てだけで、弟子の面倒なんか見られるもんじゃないもの」

それを聞いて、亮子は少し安心した。さすがに、何もかもよく心得ている。

「だから、早い話、しばらく、うちの二階に置いてあげるだけ。その間に、馬伝さんに考えてもらえばいい。そりゃ、もちろん、米代わりに、モギリや掃除くらいは手伝ってもらうけどね」

「はい。一生懸命頑張ります！　どうかよろしくお願いいたします」

美雨さんが畳に三つ指ついてお辞儀をする。亮子は面食らってしまった。

「ええと、お席亭のおっしゃることはよくわかりましたけど……ただ、もし仮に主人の弟子になっていただくにしても、狭いアパートなので、内弟子は絶対に無理です。いつまでもここにはいられないでしょうし、どこか借りればお金がかかってしまいます」

「お金のことでしたら、当分は大丈夫だと思います」

亮子の心配を、美雨さんが即座に否定した。

「蓄えは充分とは言えませんが、月十万円、補償金が下りますから」

「……そうか。だったら、しばらくは大丈夫ね。じゃあ、あと一つだけ、伺ってもかまいませんか」

「もちろんです」

「あなたが落語家になりたいと思った動機が、私にはもう一つ呑み込めないんです。そこを、もう少し説明してほしいんだけど」

「ええと、それは……」

美雨さんはうつむいて、しばらく考えていたが、やがて顔を上げると、

「私にとって、落語が生きる希望だからです」

きっぱりした口調で、そう言った。

「生きる、希望……?」

「はい。私があの日、もし馬伝師匠の落語を聞いていなければ、たぶん、もう死んでしまっていると思います」

12

「……こう見えても、あたくし、帰国子女ってやつでして。中学校二年の時、親父の仕事の関係でカリフォルニア州サンディエゴというところへまいりまして、五年ばかり住んでおりました。いえ、本当(ほんと)なんです」

紅梅亭の高座に上がっているのは寿々目家竹助師匠。竹馬門下のお弟子さんで、年が三十三歳。廃業した竹二郎さんの二年先輩にあたる。

「そりゃ、日本とはずいぶん違いますよ。例えば街路樹一つとっても、南国ですから、道路の両脇にはどこもヤシの木がずらり。しかも、必ず十本ずつ並んでおります。ええ……ココナッツ、トオというくらいでして」

ワンテンポ遅れて、笑い声が聞こえる。

初席は各自の持ち時間が短いので、一秒でも早くお客様を笑わせ、自分のペースに引き込む必要がある。したがって、落語ではなく、漫談を披露する出演者が多かった。

竹助さんは真打ちになってから四年。古典落語中心だが、軽妙なマクラのうまさにも定評があり、業界内の評価も着実に上がってきている。海外経験が豊富なのは、お父さんが日本を代表する商社の重役だからで、実家は落語界でも屈指の資産家だと聞いた。

今日、竹助師匠は、出演者に病人が出て、急遽（きゅうきょ）代演に呼ばれた。第二部のプログラムは彼を含め、あと四組だ。

今月の余一会の出演者の一人でもあるので、つい気になり、真剣に耳を傾けていると、

「……確かに、似てねえこともねえな」

馬春師匠のつぶやきが聞こえた。すでに着替えを済ませている。

「えっ……？　すみません。何の話ですか」

「だから、モギリをやってる、あの家出娘だよ」

「ああ、わかりました。でも、美雨さんが誰に……あっ！　もしかすると、お席亭の……」

言いかけると、馬春師匠は微かに眉を寄せ、右手で亮子を招く。

楽屋にはほかに前座さんが二人と、下座さんが一人、そして、次の出番の梅花楼鶴丸（ばいかろうつるまる）師匠がいた。年齢が六十八、九。やや地味だが、他の人が演らない珍しい噺を多く手がけている。頭はきれいに禿げ上がっているが、恰幅がよく、血色もいい。

四人とも少し離れた位置にいたため、亮子は馬春師匠のすぐ脇へ移動し、声を潜めて、

「亡くなったという梅村貞司さんに、美雨さんが似ているとおっしゃるのですね」

「男女の違いはあるが、背格好や髪形が瓜二つ。あれじゃあ、お勝さんが仰天するのも無理はねえ。それでなあ、実は……」

馬春師匠が物憂げに左手で頬杖をつく。

「貞坊がぐれて、オートバイを乗り回すようになったのも、元はといえば俺のせいなんだ」

「ええっ？　どういうことですか」

「小学生の頃から落語が好きだったんだよ。何しろ、木戸は無料。客席で聞いてるうちに、すっかり覚えちまって、シャレで高座に上がったこともあった。聞き覚えじゃまずいと思って、俺が『道灌』を教えてやったんだ。

確かに、筋は悪くなかったよ。その時、客にウケたのが忘れられなかったんだろうな。受験に失敗した時、滑り止めの高校へは行かず、この俺に弟子入りしたいと言い出したんだ」

「そんなことがあったのですか」

「『席亭のせがれに噺家修業なんか務まらない』と言って、お勝さんは大反対したが、俺も真っ平ご免だと思ったね。だって、気を遣うもの。そうしたら、バイクなんぞ乗り回すようになって、あげくの果てが死亡事故さ」

「なるほど。つまり、師匠がお席亭を説得して、弟子に取ってあげていれば……」

「ああはならなかったろうな。気はやさしいが、不器用で、融通が利かねえとこがあった」

馬春師匠が顔をしかめ、両腕を組む。

「俺にも後悔はあるが、実の親はその何倍も悔やんでるだろう。ひょっとすると、お勝さんはあの娘に肩入れして、自分の息子が果たせなかった夢を叶えさせるつもりなのかもしれねえぜ」

亮子は考え込んでしまった。おそらく、それだけ、亡くなった貞司さんへの思いが深いのだろう。

「……ところで、皆様、『空耳英語』ってご存じですか？　れっきとした英語でも、日本語っぽく聞こえるものがあるんです」

会話がとぎれると、高座の声が戻ってくる。

「有名なのは『掘ったイモいじるな』。『今、何時ですか』という意味の『ホワットタイム　イズイット　ナウ』をあちらの人が発音すると、日本人の耳にはそう聞こえます。

似た例がいくらもありまして……ある若い日本人男性がアメリカへ行き、知り合った現地の人に『巨乳好き？』ときかれたんだそうです。そりゃ、好きですよ、誰だって。『イエス！』と返事をしたら、『オーケー！』ってんで車に乗せられた。

きっと、おっぱいの大きな女性のいるキャバレーへでも行くんだろうと思ったら、坂道をどんどん上り、雪が積もってる山の頂上へ連れてかれちゃった。驚いて、きいてみたら、『キャン　ユースキー？』。『スキーはできますか』をアメリカ人が発音すると、『巨乳好き？』って聞こえるってんですから、実にどうも……」

意外なオチに、客席が大きな笑いが弾けた。竹助さんは過去の経験を生かして英語落語も手がけ、海外で盛んに公演を行っていると聞いた。大学も国際学部を卒業しているそうだ。

「ところで……ここで家出娘を働かせるのはいいが、注意しねえといけねえぞ。元気なふりをしていても、かなり思いつめてる様子だから」

「師匠も、そう思われますか」

「ああ。だから、お勝さんにも言ったんだ。『間違っても、貞坊が死んだ場所を教えちゃいけねえよ』って。『ちゃんと心得てるから、大丈夫だ』と言ってたがね」

「死んだ場所を……あのう、それ」

言われている意味が汲み取れなかった。

「つまり、お席亭の息子さんが亡くなった場所へ美雨さんが出かけて……そこで自殺してしまうかもしれないということですか？」

「何をばかなことを言ってるんだい。全然、違ってるよ」

馬春師匠が呆れ顔になる。

「お前はともかく、まさか馬伝は気づいてるんだろう。なぜあの娘が噺家になりたがってるか」

「い、いえ、たぶん、気づいてないと思いますけど……」

「与太郎だなあ、あいつも。俺は最初っから何もかもわかってたぜ」

いきなり宣言され、亮子は仰天した。

「本当ですか？　師匠、その理由を、ぜひ私にも教えていただきたいのですが……」

拍手の音が聞こえ、下座さんが『お江戸日本橋』のメロディを弾き始める。これが鶴丸師匠の出囃子なのだ。

お正月らしく、黒紋付の着物姿の竹助さんが羽織を小脇に抱え、楽屋に戻ってきて、入れ替わりに、鶴丸師匠が高座に上がる。

「お先に勉強させていただきました」

竹助さんが楽屋の面々に挨拶する。丸顔で小太り。八の字眉毛に細い眼、大きな口と厚い唇。愛嬌のある風貌だった。

「ずいぶんウケてたじゃねえか。結構だね」

馬春師匠が声をかけた。他門の弟子にはやさしいのだ。

「あ、はい。ありがとうございます」

竹助さんは笑顔で頭を下げたのだが、

「これじゃあ、晦日の会の優勝はもってかれたな。俺の弟子の出る幕なんぞねえ」

馬春師匠がそう言うと、急に表情を強張(こわば)らせ、楽屋の隅へ行ってしまう。

その直後、太神楽の亀川社中の二人が楽屋入りして、馬春師匠は鏡太夫親方と世間話を始める。

ダウンジャケットとジーンズに着替えた竹助さんが「お先に失礼いたします」と挨拶して、出ていきかけて……なぜか戸口でこっそり、亮子を手招きした。

そして、周囲をはばかりながら、小声で、「ちょっと来てくれませんか。お話ししたいことがあるんです」と言ったのだ。

「あたくしは、正直、途方に暮れておりました。例の会への出演が決まってから、食欲はなくなる、夜は眠れないという有様で」

寿々目家竹助さんが情けなさそうにぼやいた。

「うちの師匠があたくしを指名したと聞いた時には、『ああ、やっぱり来たか』と思いましたよ。去年あたりから、『お前(めえ)は古典もいいが、一度新作をこしらえて高座にかけてみろ。マクラはうめえんだから、作れるはずだ』と、会う度に言われてましたから」

紅梅亭を出て、少し駅に向かって歩き、右へ折れた路地の途中だ。馬春師匠の上がりの前に戻らなければならないから、立ち話以外に選択肢はなかった。

竹助さんの用件は、予想した通り、余一会に関することのようだった。

「残りの出演者のうち、龍勝君は、竹馬から見ると甥に**あたり**、前座の頃から可愛がっておりましたから、選ばれて当然だと思いました。まあ、境遇もちょいと気の毒なとこがありますしね」

『甥』といっても、この場合、血のつながりはない。竹馬師匠の二つ目時代の名前は松葉家根吉(こんきち)といって、現会長の常吉師匠の二番弟子であり、真打ち昇進時に、空き名跡となっていた現在の名前を先代の遺族から譲り受けたのだ。このような形の襲名は珍しくなかった。

花翁亭龍勝さんは三十二歳で、竹助さんより一年遅れて真打ちに昇進したが、彼の師である花翁亭龍扇(りゅうせん)師匠は竹馬師匠の弟弟子。したがって、落語家の系譜上は『甥』ということになるのだ。似た意味で『従兄弟(いとこ)』もよく使われる。

龍扇師匠は江戸前のあっさりした芸で人気もあったが、残念なことに、三年前、病気で亡くなってしまった。竹助さんが『気の毒な境遇』と言ったのはこのことを指している。

「ただ、三人めの名前を聞いた時には驚きました。馬伝兄さんには、勉強会に誘っていただいたりして、あたくしは大変にお世話になっておりますが、竹馬とはむしろ疎遠で、稽古にいらしたこともありませんし、うちの師匠の口から兄さんの名前が出たことも、おそらく一度もなかったと思います。

馬伝兄さんの実力をそれだけ高く買っていたんだろうと思っていたのですが、つい最近、耳を疑うような話を聞きまして」

「あの、もしかして、竹二郎さんのことですか。うちの主人が優勝したら云々という……」

「そうそう。それです」

竹助さんは深くうなずき、身を乗り出してきて、

「奥様もその時楽屋にいらしたそうなので、ぜひ直接伺いたいと思ったのですが、竹馬は本当に言ったのですか？　馬伝兄さんが三題噺の会で優勝したら、竹二郎を許すと」

「それは、確かにおっしゃいました。『弟子の不始末は忘れてやる』と」

「……ああ、そうですか」

竹助さんが夜空を仰ぎ、ため息をつく。

「じゃあ、やっぱり、師匠は竹二郎を破門したことを後悔していたんですねえ。まあ、無理もありませんが」

「無理も、ない……？」

「だって、破門にした時点で、うちの師匠は竹二郎が竹也さんからいじめを受けていたなんてことを、まるで知りませんでしたから」

ふと気づいたが、竹助さんは同じ目上を呼ぶ際にも『馬伝兄さん』とは言っても、『竹也兄さん』とは言わない。親しみを感じていないせいかもしれなかった。

「あとで、『なぜ俺の耳に入れなかった!』と叱られましたが……そんなこと言われても、ねえ」

街灯の明かりに照らされた竹助さんの表情が大きく歪む。

「我々には、どうすることもできませんでした。何せ相手は兄弟子、しかも惣領弟子ですよ。宗教家になろうってくらいですから、口は達者。歯向かったりしたら、どんなひどいめに遭ったか知れません。おまけに、誰よりも師匠にはまっていましたから、うっかり告げ口もできない。まさに八方塞がりでした」

「なるほど。よくわかります」

「まあ、竹也さんが入門してきた本当の動機を知って、うちの師匠も目が覚めた様子でしたがね。あたくしは、竹二郎を実の弟のように感じておりましたから、廃業すると聞いた時には、本当にショックでした。とにかく、こうなったら、道は一つしかありません」

「道は、一つ……?」

竹助さんの表情は怖いくらいに真剣だった。

「晦日の会で、馬伝兄さんに優勝してもらって、竹二郎を噺家に復帰させるんです」

「えっ?　それ、ひょっとして、三題噺を作る際、竹助さんが手抜きをするという――」

「いいえ、滅相もありません」

亮子の言葉を遮り、竹助さんが大きく首を横に振る。

「もし露骨に手抜きなんぞして、竹馬に見破られたら、あたくしの方が破門になってしまいますよ。そんなことしなくても、地力(じりき)の差で、馬伝兄さんが勝つのはまず間違いありません。あたくしはもちろん、龍勝にも引けを取るなんてことは考えられませんから」

亮子は返事をしなかったが、下馬評では、確かに優勝候補の本命が馬伝、対抗が竹助さん、そして、龍勝さんが大穴となっていた。

龍勝さんはなかなかのイケメンで、テレビドラマの出演経験もある。本業では『宮戸川(みやとがわ)』や『おせつ徳三郎(とくさぶろう)』など色っぽい噺を得意とし、圧倒的に若い女性ファンが多いが、業界内での評価はまだそれほど高くなかった。

「お忙しい中、お時間を取らせてしまい、申し訳ありませんでした」

竹助さんはお辞儀をし、ダウンジャケットのポケットからスマホを取り出した。

そして、指先で何やら操作をしながら、

「もうすぐ馬伝兄さんもお見えになると思いますが、今さっきお話ししたことを伝えていただく必要はありません。ちょいと神経過敏になられてるでしょうからね」

左手に持ったスマホを耳にあてる。

「……ああ、俺だ。話が済んだから。あとはお前に任せるよ。あんまり時間ないけどな」

その直後、路地の途中からふらりと人影が現れた。さらに脇道があるらしい。

近づいてくるその人物を見て、亮子は眼を見張った。

服装はグレーのスウェットパーカーにカーキ色のチノパン。髪は伸び放題で、顔の下半分を長いひげが覆い尽くしていたが、二重の大きな眼が名刺代わりだった。

「ボウ……いえ、竹二郎さん。そうでしょう？」

呼びかけると、相手は立ち止まり、亮子を見つめ、深々と一礼する。

「姐（ねえ）さん、ごぶさたいたしました。本来であれば、こんなところに出てこられる身分では、ありませんが……本当に、申し訳、ございませんでした」

最後は言葉を詰まらせ、涙声になってしまう。容貌は激変していたが、それが三年三カ月ぶりに見る、寿々目家竹二郎こと、中村航太の姿だった。


（一月三十日）


「……ねえ、四郎吉さん、この間の話、考えといてくれた？」

「この間の話？　何だい、そりゃ」

「嫌だねえ。もう忘れちまったんだ。あたしと、いい仲になってもらいたいって言っただろう」

「冗談言うなよ。俺たちゃ、男同士だぞ。その上、お前（めえ）は異人さんに囲われている身じゃねえか」

「また……やめてよ、そんな言い方」

「だって、そうに違（ちげ）えねえだろう。ええと、何てったっけ？　あのうるさそうな名前……ああ、思い出した。『わめく、どなる』だ」

「違うわよ。『わめく、どなる』じゃなくて、『マクドナルド』。それもね、日本人のお役人がそう呼んでいるだけで、ちゃんとしたエゲレス語では『マックダーナル』」

「どっちでもいいさ、そんなこと」

「とにかくね、マクドナルドさんはもうお爺ちゃんで、あたしを家に置いてはくれてるけど、別に体までどうこうしようってわけじゃないのよ。あたしが芯から惚れた相手は、四郎吉さん……お前一人なんだよぉ」

「よせ、そんな……気色悪いなあ。か、顔をなめるんじゃないよ！」

「わっ！　もう、何だね、突き飛ばしたりして。邪険（じゃけん）なんだから……でも、そんなところがたまらない。あたし、ドＭだし」

「何だい、そのドエムってのは？」

「あら、知らないの？『いじめられるのが好き』ってこと。横浜（はま）の居留地だけで使われてる符牒でね。きっとあと百五十年くらい経ったら、日本中に広まるわ」

「本当かよ、それ！　信用できねえなあ」

「ちょいと、四郎吉さん。どこへ行くのさ」

「どこって、決まってるだろう。もう日が暮れてきた。ねぐらへ帰るよりしょうがねえ」

「それもいいけどさ、いっそ、あたしんとこに来ない？」

「えっ？　どなるさんの家にか」

「だから、マク……もう、いいわ。一緒に置いてもらえるよう、あたし、お願いしてみようかと思ってるの」

「そんなこと、うまくいきっこねえだろう」

「頼んでみなけりゃ、わからないじゃないの。あたし、四郎吉さんが心配なのよ。このところ、本当に世間が物騒で……」

14

寿々目家竹二郎に会った亮子は、すぐにも詳しく話を聞きたいと思ったが、馬春師匠の上がりの時刻が迫っていたから、それは無理。まさか、紅梅亭の楽屋へは連れていけない。

まずは馬伝も含め、三人で話をするのがよかろうと考えて、竹二郎の現在のスマホの番号を登録し、再び姿を消したりしないよう何度も念を押して、その場では別れた。

第二部が終了し、馬春師匠を浅草のマンションまでタクシーで送った直後、亮子は仕事先にいる夫に電話をかけ、事情を説明した。

馬伝も驚き、すぐにも会いたがったが、仕事を放り出すわけにはいかない。結局、午後九時半に自宅へ来てもらうことになり、亮子から竹二郎に連絡してみると、「必ず行きます」という返事だった。

約束の時刻の十分前に、まずは夫が息を切らせながら帰ってきた。

「あのばか、今度こそ逃がさねえぞ！」と、これが第一声。言葉は荒いが、弟弟子の無事が判明し、心から喜んでいるのは態度で明らかだった。

幸いなことに、雄太は遊び疲れて寝てしまっていたので、落ち着いて話ができる環境が整っていた。

午後九時ちょうどに、玄関のチャイムが鳴り、亮子が出迎え、居間へ招き入れた。

昼間会った時と同じ服装で、右手に紙袋を提げた竹二郎さんは畳の上に正座すると、

「……兄さん、本当にご心配をおかけいたしました。申し訳ございません」

消え入りそうな声でそう言い、日焼けした畳に額をすりつけ、しばらく動かなかった。

「まあ、いいから……頭を上げろよ」

馬伝は弟弟子と向かい合ったのだが、気持ちが先走ってしまったらしく、なかなか言葉が出ない。

しばらくしてから、それでもどうにか、「お前、いくら何だって……」と言いかけた時、寝ているはずの雄太がパジャマ姿で、居間へ飛び込んできた。

「パパ、おかえり！　おみやげは？　おみや……あっ、あったぁ！　これだね」

喚声を上げた雄太は、竹二郎さんが畳の上に置いた紙袋を持ち上げると、中から菓子折りを取り出し、乱暴に紐を解いてしまった。

「こら、雄ちゃん、やめなさい」

亮子がつかまえようとしたが、間に合わない。雄太はあっという間に蓋を開けると、

「おまんじゅうだ！　ええと……『かめの、まんじゅう』。ああ、だから、えがかいてあるんだね」

幼稚園の年中組の雄太はまだひらがなしか読めない。実際には、個包装されたまんじゅうの上に白い文字で、『かめの子まんじゅう』と書かれていた。

亮子が破れた包装紙を引き寄せてみると、貼られていたシールには『亀屋菓子店』という店名とともに、『福島県南相馬市』という住所が記載されていた。福島県いわき市と相馬市の間に位置する市のはずだ。

馬伝はそのシールを見て、けげんそうな表情になり、

「おい。お前、今まで福島に住んでたのか？」

「え、ええ、まあ」

尋ねられた竹二郎さんはぎこちない笑顔を作り、

「南相馬市小高区というところにとぐろを巻いておりました。あちらへまいりましたのは大震災の半年後くらいですから、まだ一年半にもなりませんが」

「そうだったのか。でも、なぜ福島に？」

「それ以前はいろんな場所を転々としましたが、震災のあと、少し落ち着いてくると、いわゆる復興景気というやつで、日銭の稼げる仕事がたくさんあると聞きましたので」

「そりゃ、そうだろうが……じゃあ、もしかして、除染作業員を？」

「いいえ、違います。あれは日給が高いので、やろうかとは考えましたがね」

竹二郎さんが苦笑を浮かべる。

「噺家稼業が長かったせいか、体力が落ちておりまして、屋外での作業は無理なんです」

「そうか。違えねえな」

「いろいろやってみましたが、一番性（しょう）に合うのは、どうやらコンビニの店員らしいです。もともと夜型ですから、真夜中でも嫌がらず、シフトが組みやすいと重宝がられてますよ。何せ地域全体が人手不足ですから、とりあえず食うのには困りません」

会話を交わしているうちに、雄太は手土産の饅頭を一個食べ終えてしまい、二個めに手を出す。

「だめよ！　行儀の悪い。それに、夜甘いものをたくさん食べると、虫歯になるわよ」

亮子が叱りつけるのに呼応して、竹二郎さんが菓子折を両手で持ち上げる。

「坊っちゃん、お気に召していただき、ありがたいんですが、お母さんの言うことを聞きませんとね。

どうです？　お二人も、召し上がってみませんか。地元では有名な菓子でして、餡もなかなかですが、黒砂糖を練り込んだ皮がもっちりしていて、得も言われぬ味なんです」

「黒砂糖を練り込んだ皮？　それじゃあ、お前、よりにもよって、利休饅頭を手土産に舞い戻ってきたのか。そいつは、また……うふふふ」

先日の『事件』との意外な呼応に馬伝が笑い出し、亮子も釣られて笑ってしまった。

「一体、どうされたんです？」

事情を知らない竹二郎は困惑した様子で、

「利休饅頭って、ひょっとして『茶の湯』に出てくる……でも、これは『かめの子まんじゅう』てんですがねえ」

「いや、だから、もともとは『利休饅頭』じゃなくて『琉球饅頭』なのさ。知らなかったかい」

笑いをこらえながら、馬伝が解説を始める。

「黒砂糖を練り込んでるから『琉球』なんだろうが、実は『茶の湯』の絡みでは、ついこの間、摩訶不思議な出来事があってなあ……」

15

おそらく馬伝は、なぜ黒砂糖を皮に練り込んだ饅頭を見て、妻と二人で笑い出したのか、その説明を簡単にするつもりだったのだろう。

しかし、「実は、圓生師匠や先の正蔵師匠も、『琉球饅頭』で演ってたんだぜ」と言うと、竹二郎さんは「へえ、知りませんでした！」と即座に食いついてきた。

そこから、本格的な芸談になり、馬楽時代の八代目林家正蔵師匠が残した件の速記が話題になると、竹二郎さんは目を輝かせ、あれやこれやと兄弟子を質問攻めにした。

結局、自分自身も偶然到達した稲荷町流の『茶の湯』を、演出の細部まで解説しながら、ほぼ全編口演するはめになり、あっという間に一時間近くが経過してしまった。

（この光景、まるで昔のままだわ。二人とも、本当に落語が好きなのに……竹二郎さんは今、大

好きな落語とは無縁の生活をしている）

亮子は胸が苦しくなるのを感じた。

「見た目はずいぶん変わっちまったが、芸熱心なとこは、少しも変わってねえな」

一区切りついたところで、馬伝が言った。

「何だか、二、三日前にも会ったような心持ちがするぜ」

「あたくしも同じ気持ちです。向こうにも飲み友達はいますが、まさかこんな話はできませんから、今日は、久しぶりに……」

竹二郎さんが唇を嚙み、顔を伏せる。その様子を見て、亮子もつい涙ぐんでしまった。

「湿っぽくなっちまったなあ。機嫌直しに一杯と言いてえところだが、今日はお預けだ。どうせ飲むなら、うれしい酒にしよう。

とにかく、真っ先にききてえのは、あの晩、お前の身に何があったのかだ。寿司屋の二階で一席演り、打ち上げに出て……そこからなぜ猫殺しまで行っちまったのか、俺たちにもわかるように説明してくれよ」

「それが、そのう……」

兄弟子からの問いに、竹二郎さんは顔をしかめ、微かに首を振る。

「自分でもよくわからないんですよ。何しろ、ひどく酔っていたもので」

「いくら酔ってたって……まあ、いいや。膝を崩して、落ち着いて思い出してみな」

馬伝は弟弟子にあぐらをかかせる。

「まさか、最初(はな)っから酔いつぶれていたわけじゃあるめえ。寿司屋を出た時には正気だったんだろう」

「もちろんです。ええと、では、順を追って申し上げますが……」

落語会があった寿司屋は新宿区歌舞伎町(かぶきちょう)二丁目にあり、午後十時過ぎ、竹二郎はそこから常連客二人ともにタクシーに乗り、高円寺(こうえんじ)へと向かった。客は二人とも自宅が高円寺で、竹二郎の家からも直線距離で五キロ程度だったから、全員にとって都合がよかったのだ。

二次会会場となった高円寺駅前のスナックには、亮子も何度か足を運んだことがあった。落語好きのマスターが十年以上前から月に二、三回、二つ目のための会を開いていて、竹二郎だけでなく、昇進前の馬伝もちょくちょく呼ばれていたのだ。

十五人も入れば満員という狭い店で、カウンターの内側に緋毛氈(ひもうせん)を敷き、座布団を置いて高座を特設する。出演する噺家は椅子とカウンターを階段代わりにして高座へ上がり、回れ右してから、一席ご機嫌を窺うのだ。

その日は落語会がなかったため、三人はカウンターで飲み始め、落語談義などで盛り上がっていたのだが、午後十一時過ぎ、竹二郎に災難が降りかかってきた。突然、兄弟子の寿々目家竹也が店に入ってきたのだ。

「高円寺に、竹也が……？」

馬伝が首を傾げる。

「当時、やつは世田谷に住んでいたはずだ。ずいぶん遠いけど、来たのは偶然なのかな」

「たぶん、偶然だと思います。竹也さんも何度か落語会に出演していて、時々店に顔を出していたみたいですから。あの晩は、竹輪さんと一緒に飲んでいたそうで……」

「えっ、チクワ?」

亮子がつい口を挟む。

「だから、今の竹助兄さんです」

「ああ、すみません。思い出しました」

真打ち昇進と同時に改名し、現在の名前になったのをうっかり忘れていた。前座・二つ目時代の名前はお客様に覚えていただくことが肝心なので、変わったネーミングも多かった。

「今日、竹助さんがおっしゃっていましたよ。『竹二郎さんを弟のように思っていたから、何とか落語界に戻ってきてほしい』って」

「……そんなこと言ってくれましたか、竹助兄さんは」

竹二郎さんが湿った声を出す。

「まあ、寿々目家一門は師匠が専制君主ですし、惣領弟子もひねくれ者。弱い者同士で励まし合わないと、やっていけなかったんです。だから、竹助兄さんとは頻繁に飲みに行っては愚痴を言い合い、お互いのことを何でも打ち明け合っていました」

「なるほどな。やつは気のいい男だから……それはいいとして、話を先へ進めてくれよ」

「あ、はい。二人で新宿で飲んでいて、そこから流れてきたんだそうです。あたしの客が二人いましたから、竹也さんもしばらくは機嫌よく飲んでたんですよ。マスターやすみれも交えて、みんなでばかっ話して」

「えっ、すみれさん……？」

聞き覚えのない人名を亮子が聞きとがめると、馬伝がそれを引き取り、

「スナックの従業員だよ。半年くらいしかいなかったが、あの当時は確かに働いていたな。ちょいといい器量で、年が二十七、八」

「全然覚えてないわ。私が会ってないだけかもしれないけど……」

「いいえ。姐さん、お会いになってますよ」

竹二郎さんが恥ずかしそうに笑う。

「例の一件の少し前に、神楽坂で出くわしたでしょう。覚えていらっしゃいませんか？　日陰の桃の木みたいな体付きでしてね」

「日陰の桃の木？　神楽坂……思い出したわ。坊ちゃんが腕を組んで歩いていた、あの女ね」

神楽坂通りは、坂の途中に寄席があるせいもあって、買い物などにもよく出かける。

四年前の夏、亮子は神楽坂通りの毘沙門様の前で、浴衣姿の女性を連れた竹二郎とばったり出会ったのだ。

『日陰の桃の木』は『三枚起請』という落語に登場する背ばかり高い男性に対する悪口だが、すみれさんはそれとは違い、まるでモデルのようにスタイル抜群だった。身長が百七十二、三センチほどもあり、顔立ちも華やか。人目に立つ彼女を連れ、竹二郎は得意満面の様子で、通りを闊歩していた。

そのことを馬伝に話すと、笑いながら『竹二郎とその女、三月前くらいからできてるらしいぜ』と言ったが、高円寺のスナックで働いていたとは知らなかった。

「新潟生まれで、看護師になるために上京したんですが、頭が悪かったのか、落ちこぼれちまったんだそうです。あの頃は、結構本気でつき合ってました。まあ、まだ修業中でしたから、所帯をもつ話まではしていませんでしたが、お互い、その気はあったと思います」

淡々とした口調で、竹二郎さんが述懐する。

「あたくしの会に来て、会計係なんぞもしてくれましたよ。警察沙汰になったとたん、離れていきましたがね」

『すみれ』はいわば源氏名で、本名は松尾鈴子さんというそうだ。

「ふうん。で、みんなでばかっ話をしたあと、どうなったんだ？」

馬伝が話を本筋へ戻す。

「ああ、そうでした。ですから、最初の一時間くらい、表面上は和気藹々だったんです。ところが、日付が変わったあたりで、まず竹助兄さんが帰ってしまいました。あたし一人を置いていくのは薄情なようですが、兄さんはあの晩、風邪で三十九度近い熱があったそうで、それを聞いたお客の一人がタクシーを呼んでしまったんです。

それから間もなく、客二人が相次いで出ていき……あたしも逃げようとしましたが、竹也さんに腕をつかまれてしまいました。『話があるんだから、あとちょっとだけつき合え』と言われましてね。思えば、あの時が……」

竹二郎さんが大きなため息をつく。

「あの時が人生の分かれ目でしたねえ。相手は酔っ払いなんだから、力ずくで手を振りほどいて逃げちまえばよかった。そうしておけば、今でも高座に上がれていたでしょう。おまけに、その兄弟子は噺家を辞めて宣教師とやらに……ばかばかしくって、他人に話せませんよ、こんなこと」

16

その晩、竹也さんとどんな会話を交わしたのかについて、竹二郎さんは詳しく語ろうとはしなかった。思い出したくないらしい。

「いつもと同じですよ。『生意気だ』『俺をばかにしている』、最後は決まって『外様のくせに』」

自分は竹馬門下の生え抜きだが、竹二郎はほかからの移籍組。つまりは、傍流だとののしっているわけだ。

「あんまりしつこいので、何度殴ってやろうと思ったかわかりませんが、相手は兄弟子で、しかも、あたくしの何倍も師匠にはまっていましたから、手なんか出せません。何を告げ口されるか……というより、それまでにも讒言の嵐だったんですがね。あたしが竹馬師匠に疎んじられてたのもそのせいなんです」

「そりゃ、さぞかしつらかっただろう。先を急がせてもらうが、高円寺の店はいつ、どうやって出たんだ？」

「マスターがこっちに無断でタクシーを二台手配してくれたんです。終電は過ぎていたし、後輩いじめを見るに見かねたんでしょうね。店を出た時刻ははっきり覚えておりませんが、たぶん、午前一時頃だったと思います」

「なるほど。夜中のことだし、高円寺からお前のアパートまでなら、車で十五分かそこらだろう。さて、ここからが肝心だ。タクシーを降りて以降のことを説明してくれ」

勢い込んで迫ったのに対し、竹二郎さんは顔をしかめ、両手で頭を抱える。

「それが……情けないことに、さっぱり覚えていません。特に深酒したわけでもないのに、あの晩に限って、ひどく悪酔いしちまいました。たぶん、竹也さんが一緒だったから、酒を押し殺して飲んだせいなんでしょうけど」

「裁判の時にも、そんなことを言ってたが、たとえ断片的でもいいから、記憶が残ってねえのか」

「そりゃ、まあ、いくらかは……ええと、タクシーに乗って、運転者に行き先を伝えたとたん、睡魔に襲われましてね、気がついたら、アパートの前でした。

タクシー代を払って、車から降り、鉄骨の外階段を上がったあたりの記憶はぼんやりとですが、あります。そこから意識が飛んじまって、次に気づいた時にはベッドの上でした」

「ちょいと待ってくれよ。たしか、一階の住人が『ばか猫！』とか何とか、お前が怒鳴ってるのを聞いたそうだぞ」

「覚えていませんが、たぶん、怒鳴ったんだと思います。段ボール箱が階段の上がり口のところに置いてあったもので、どうしても、目に入るんですよ。あたくしは、昔っから、猫はどうも……」

竹二郎さんがつらそうに顔をしかめる。

「猫嫌いなのは知ってたが……とりあえず、先へ進もう。ベッドの上で目を覚まして、その時はどんな状況だったんだ？」

「そりゃ、もう、地獄絵図ですよ」

眉間のしわがぐっと深くなった。

「床に例の箱が転がっていて、周りに踏みつぶされ、腸がはみ出した子猫が点々と……」

ツイッターにアップされたおぞましい写真は、いまだに亮子の脳裏に焼きついていた。

「それ、本当にお前の仕業なのか？」

「え……ええ、まあ」

「おい。はっきりしろよ。前々から、俺にはどうも納得できなかったんだ。記憶が飛ぶくらい泥酔していたのなら、部屋に入ると同時にベッドへ倒れ込みそうなもんなのに、わざわざ一階まで降りて、母猫を殴り殺し、子猫を連れ戻って、一匹ずつ丁寧に踏み殺すなんて……おまけに、その写真を自分のツイッターにアップまでしたんだぜ」

「それは、確かに異常ですけど……」

「全部、お前がやったという証拠があるのか。ほかの誰かの仕業なんて可能性は？」

馬伝が畳みかけると、竹二郎さんは顔を苦しげに顔を伏せ、しばらく考えていたが、

「でも、兄さん、入口のかぎは間違いなくかかっていたんですよ」

「……ああ、なるほど。だから、か。じゃあ、尋ねるが、窓はどうだった？　親猫は無理だが、

子猫なら、わずかな隙間から放り込めるかもしれねえぞ」

馬伝がいきなり密室トリックの可能性を示唆し、亮子を驚かせたが、竹二郎さんはすぐに首を横に振る。

「廊下側も、部屋の奥もきちんとロックされておりました」

「そうか。じゃあ、そんな太神楽もどきの荒技は無理だな。それにしても、記憶も残ってねえのに、なぜそんなにあっさり警察に犯行を認めちまったんだ？　埋めてるところを見つかったにしても、潔すぎるじゃねえか」

「ですから、それは……血なんですよ」

竹二郎が唇を歪めながら自嘲する。

「血だって……？」

「親父の血です」

馬伝と亮子は顔を見合わせた。竹二郎が自分の家族について語るのは稀有なことだ。

「親父さんの話は詳しく聞いたことがなかったが、公認会計士をしてたんだろう」

「はい。従業員を何人も雇って、手広く商売してましたから、金はたんまり持ってましたが、女遊びが激しかったので、おふくろはひどい苦労をさせられて、あたしが生まれたあたりから完全な仮面夫婦……というより、むしろ『仮面家族』と言うべきでしょうね。はる平のとことは違って、外面（そとづら）だけよくて、仲のいい家族を演じていながら、実際には家庭崩壊ってわけですから、子供にとっちゃ居心地最悪でしたよ」

万年亭亀吉の家庭はとても複雑なのだが、竹二郎が育った環境も劣悪だったらしい。

「正直なことを申し上げますとね、あたくし、別に猫が嫌いってわけじゃありませんでした」

「えっ？　それ、本当か」

「はい。むしろ小動物は好きというか、興味のある方で、小学校三年生くらいの時に、生まれたばかりの子猫を拾ってきたことがあるんです。今となっては雄雌もわかりませんが、体中、真っ白な毛の猫でした。

成金趣味の親父は大型犬が好きで、セントバーナードを飼っていましたが、猫は大嫌いだったので、おふくろにも内緒で物置で飼っていたんですよ。木のミカン箱に入れて。そうしたら、夜中、酔っ払って帰ってきた親父に見つかっちまって……」

強い感情がつき上げてきたらしく、竹二郎が口ごもる。やがて、腹の底から絞り出すような声で、

「烈火のごとく怒り出しましてね、革靴で踏みつぶされて……泣きながら、庭に埋めましたよ。強烈なトラウマになりましたね」

「そんなことが、あったのか」

「ですから、その血を引いているあたくしも、いつか同じことをやらかすのではと、常にそれを恐れていました」

「なるほど。だから、猫嫌いを装って、近づかないようにしてたってわけか」

「ええ、まあ。ついでに言うと、噺家になった最大の動機は親父と縁を切るためでした。まあ、

落語も嫌いじゃありませんでしたがね」

竹二郎さんの口から、さらに意外な告白が飛び出した。

「兄貴は親父の望み通り、税理士の資格を取り、親父の事務所で働いています。あたくしも大学はそっちの方面へ進みましたが、性に合わないのは目に見えてたし、とにかく、一刻も早く家を出たかったんですよ。噺家になれば、親父から絶縁されるだろうと読んで、おふくろを脅迫して、師匠の家までついてきてもらいました。不純な動機で、申し訳ございません」

「まあ、いいさ。それより、念のため、もう一つだけ、聞いておきたいんだが……当時、お前の部屋の合鍵を誰かに渡しちゃいねえだろうな。例えば、すみれさんとかに」

「えっ？　いや、それは、その……」

馬伝はほんの確認のつもりだったようだが、竹二郎さんは明らかにあわて出す。

「ええと、実は、渡しておりました。時々やってきては、手作りのおかずなんぞを冷蔵庫に入れといてくれたりもしたんです」

「こんなところでのろけるなよ。だったら、密室トリックもヘチマもねえ。こりゃ、風向きが変わったぞ！」

馬伝がポンと両手を打つ。

「それはどういう意味……あっ、すみれが犯人だとおっしゃるのですか？　それはあり得ません。地面を這う虫も避けて歩くほど臆病な性格でしてね、猫を殺すなんて、大それたことは――」

「いや、そうとも限らねえぞ」

馬伝が言葉を遮り、大きく首を振った。

「本人が手を下さなくても、別に実行犯がいたかもしれねえ。または、すみれが知らない間にハンドバッグからキーホルダーを抜かれ、合鍵のそのまた合鍵を作られた可能性だってある。例えば、インチキ宗教の宣教師なら、やらねえとも限らねえぜ」

「あっ！　それは、確かに……」

竹二郎が大きく眼を見開く。

「ひょっとして、お前、ツイッターのパスワードも、その女に教えてやしねえか？　忙しいから、無精(ぶしょう)して、更新を頼んだりとか」

「うっ……図星です。噺家ですから、なるべく更新の回数を稼ぎたいと思いまして」

「だとしたら、例の写真だって、お前が撮ったものかどうかあやしいじゃねえか」

「え、ええと、確かに……」

竹二郎は息を呑み、絶句してしまった。

「よし。こうなったら、とにかく、そのすみれって女から事情を聞くことだが、お前の方からは連絡つかねえのか」

「無理だと思います。試したことはあるんですが、スマホを買い換えたみたいで……スナックのマスターにも尋ねましたが、わからないと言っていました」

「よし！　だったら、決まりだ。何とか捜そう」

馬伝は自らを奮い立たせるように言った。

「そこから活路が開けるかもしれねえ。何事も諦めたら、おしまい。あっ、そうだ。ついでに、竹也の方にも探りを入れてみよう。こっちは相手が相手だけに、慎重に事を運ばなくちゃいけねえがな」

（一月三十日）


「血だらけの首が……それを早く言えよ。さっきの子猫、せっかく腹いっぱいになったってのに、もしそんな手合いに出くわしたら、大変だ。おい、捜すぞ！」

「えっ？　捜すって、どこを……」

「どこもへったくれもあるかい。今なら、まだそこらへんにいるはず……ああ、だいぶ暗くなっちまったなあ。だけど、まだそう遠くへは……おや？　何だか広い場所に出たが……はは あ、ここは信濃屋さんの裏の材木置き場だ。まさか、こんなところには……いや、そうじゃねえ。あそこで眼が光ってるぜ。さっきの子猫だ。よかった。早速、つかまえて――」

「ちょ、ちょいと！　四郎吉さん」

「何だよ、いきなり」

「大変だよ。あ、あれ……」

「あれって、どこ……うっ、侍だ。浪人者らしいが、猫の方へ……わっ、抜きやがった！　まさか、あいつが……ああっ！　く、首が、落ちた。ちくしょう！　どうするか、見てやがれ」

「だめ！　四郎吉さん、今出たら、あんたまで殺（や）られる。我慢して」

「だって、お前、さっき、せっかく俺が――」

「だから、違う！　あんたのしたことはむだじゃなかったのよ。あの子猫は、四郎吉さんの施しのおかげで、腹ペコのまま三途の川を渡らずに済んだ。渡し船の上で、きっとありがたいと思ってるはず。ねっ、お願い。出ていったりしないで！」

「止めるな！　俺だって、ばかじゃねえ。刀の切っ先が届くところまで行くもんか。だけど、このまんまじゃ、腹の虫が治まらねえ。せめて、ここに見てた者（もん）がいるってことだけでも……あっ！　まずい」

「一体、どうしたの？」

「あ、あれ……」

17

　四年前の事件を洗い直そう。そう決心した馬伝は、翌日から行動を開始した。

　竹二郎さんは仕事があるため、翌日の朝一番で南相馬市へ戻らなければならない。しきりに恐縮する弟弟子に向かって、馬伝は『心配（しんぺえ）するな。大船に乗った気持ちでいろ』と胸を叩いたのだが……捜査活動はほんの数日で暗礁へ乗り上げてしまった。

　原因の第一は、高円寺のスナック従業員であったすみれさんの行き先が皆目わからなかったことだ。

マスターには訳を話し、協力を取りつけることに成功した。彼の話によると、すみれさんがスナックを辞めたのは竹二郎の事件の翌月にあたる十一月で、理由は『実家で病人が出たから、田舎に帰って看病をする』。しかし、どうもこれは眉唾で、その後も都内で見かけた常連客がいたし、実家の場所も、マスターは岐阜と聞いていたが、長野とか山梨とか、違う地名を聞かされていた者もいた。

とりあえずマスターには、もし彼女と連絡がついたら教えてくれるよう頼んだが、糸をたぐり寄せるのは容易ではなさそうだった。

一方、寿々目家竹也については、本名を新郷多加夫(しんごうたかお)といい、わりと珍しい名前だからネット検索に期待したのだが、一件もヒットしない。SNSもやっている形跡がなかった。

宣教師になったはずなのに変だなと思い、伝(つて)を探して、問題の新興宗教の内情を探ってみたところ、驚くべきことがわかった。

確かに彼は一時、東京にある教団本部の職員になり、布教関係の業務を行っていたが、一昨年一月、女性問題のトラブルを理由に解雇され、同じ宗教の信者である家族でさえも行方がわからない状態になってしまった。

曖昧な言い方だったが、どうやら教団の資産を持ち逃げしたらしく、警察に被害届が提出されたため、現在指名手配中。その話を聞いて、疑惑はさらに深まったが、さすがにそれだけで四年前の事件の真犯人だと決めつけるわけにはいかなかった。

竹二郎さんからは何度も電話があり、捜査の進捗状況を気にしていたが、再び上京して、捜査に加わることは難しいようだ。現地はひどい人手不足のため、二十四時間営業のコンビニ経営はまさに綱渡りで、従業員はまとまった休暇が取れない。しかも、原発事故のせいで、常磐線が一部不通になっているため、南相馬市から東京へ来るまでに、四時間近くもの時間がかかってしまうのだ。

最後の奥の手として、馬春師匠に知恵を借りることも考えたが、運の悪いことに、初席の楽日の翌日、館山へ帰ってしまった。今月中は都内での仕事がないし、馬伝も正月は多忙で、なかなか休みが取れない。ばたばたしているうちに、時は過ぎ去り、運命の余一会が間近に迫ってきてしまった。

18

「毎日がとても楽しく、充実していて、何だか生まれ変わったような気分です」

美雨さんが白い歯を見せる。

「結構なことじゃない。元気が出て、よかったわ」

ほっとした反面、初対面の時とは別人のような明るさに、亮子は少し戸惑ってもいた。

「お席亭はじめ従業員の皆さんも本当に親切にしてくださいます。素人が急にこんな重要な仕事を任されたので、失敗続きですが、その分、やりがいは大きいですね」

二人が立ち話をしているのは客席後方の一角にある中売り、つまり、売店のすぐ前だ。

ここでは寿司弁当やお菓子、おつまみ、ビールにジュース、お茶などの飲み物、変わったところでは、紅梅亭オリジナルの扇子や手拭いなども売られているが、担当の小川美樹さんが二人めのお子さんを妊娠し、つわりが激しいため、一週間前から、美雨さんが代理を務めている。

今日は一月二十九日、火曜日。時刻は午後八時過ぎで、ちょうど中入りの最中だ。ついさっきまではお客様が売店へ押し寄せ、居合わせた亮子が手伝うほどの大盛況だったが、今はそれがとぎれ、ホール全体が再び緞帳が上がるのを待ち構えていた。

美雨さんの服装はいつものジーンズとトレーナーだったが、その上に、襟に『神田紅梅亭』と白く染め抜かれた緋色の半纏(はんてん)を羽織っている。彼女の登場は常連客の間でも衝撃だったらしく、亮子は何人もの顔見知りから『あの別嬪(べっぴん)は誰?』などときかれた。

「それに、ここにいると、すべての出演者の高座を拝見できるので、新鮮な驚きがあります」

そう言って、美雨さんが眼を輝かせる。

「落語って、本当に奥が深いですねえ。同じ噺でも、違う落語家さんが演じると、まるで別の噺のように聞こえる。驚かされたことが何度もあります」

「私も同じ体験をしたわよ。落語なんて、ほとんど聞いたことがなかったから……」

亮子は言い淀み、微かに眉を寄せた。脳裏に、竹二郎の言葉が蘇ったからだ。

『噺家になった第一の理由も親父との縁を切るためでした』

(落語が好きでなかったとしたら、美雨さんが入門を志願した本当の理由は何なのかしら? こ

の機会に、ちょっと、探りを入れてみようかな）

「ねえ、美雨さん。じゃあ、いっそ寄席の従業員になったら？　落語家になるより、その方が無難な選択だと思うけど」

しかし、相手は即座に首を振る。

「いいえ、そのつもりはありません。私、どうしても落語家になりたいんです」

「ああ、そう。でも、どうしてそこまで――」

言いかけた時、チョーンと柝の音。

チョン、チョン、チョン、チョン。柝が鳴る中、緞帳が上がると、高座には座布団が四枚。居並んでいるのは、下手から寿々目家竹馬、山桜亭馬伝、寿々目家竹助、そして、花翁亭龍勝。

拍手がやむのを待って、竹馬師匠がおもむろに口を開く。

「ええとね、事情を知らない人もいるだろうから、簡単に説明すると、今月の晦日、この会場、このメンバーで余一会を催すことになりました。どういう趣向かてえと、古典派の若手精鋭に三題噺をこしらえさせようという……そうか。その前に自己紹介だな。じゃあ、お前から」

「あ、はい」

硬い表情で控えていた馬伝が笑顔を作り、「山桜亭馬春の弟子で、馬伝と申します。どうぞよろしくお願い申し上げます」と言って、頭を下げる。

残りの二人もそれに習い、ごく簡潔に挨拶したのだが、龍勝さんがお辞儀しかけると、客席のあちこちから、「キャー、頑張って！」などと若い女性の声援が送られた。

「何だよ、すげえ人気だな」

日本一の人気落語家もこれには苦笑した。

「明後日も応援団が来るだろうけど、審査は全部あたしの独断。応援も笑いの量も関係なしだ。いいね？」

念を押すと、客席から大きな拍手が起きる。

「さすがは紅梅亭。いいお客様で、安心したよ。さて、三題噺……その祖は初代の三笑亭可楽だと言われておりまして、文化元年六月、下谷広徳寺前孔雀長屋で寄席興行を行った際、お客様から題を三ついただき、即座に一席にまとめたと申します」

学識豊かな師匠だけに、解説も格調高い。その後、競演会のルールを説明してから、

「まあ、なるべく自由な方がいいんだが、明後日は何しろ初めてだしね。古くからのしきたりに従って、『場所』『物』『人』と一つずつ題を出してもらおうと思います。どうだ？　それでいいか」

竹馬師匠からの問いかけに、三人の若手真打ち全員が無言でうなずく。

「よし！　だったら、いよいよ、お題を頂戴しようじゃねえか」

19

「じゃあ、早速、お題を……そうか。もう一つだけ、ことわっておくことがあったんだ。手際が悪くて、申し訳ありません！」

竹馬師匠がお辞儀をすると、客席から笑いが起きる。

「あたしたちの業界で、『つく』『つかない』てえことをよく言います。例えば、与太郎噺ばかりが重なると、『よせよ。噺がつくじゃねえか』。つまり、関連性が高いってことなんでしょうね。三題噺もそうで、『場所』『物』『人』が『上野』『桜』『花見』なんて並んじまうと、大変につきやすい……楽に作れちまうわけです。不公平があるといけませんから、そのあたりをあたしが調整させていただきますので、ご承知置きください。

では、挨拶とは逆に、若い順でいこう。花翁亭龍勝がこしらえる三題噺、何かいいお題はありませんか。まずは、場所ですが……」

言い終わらないうちに、客席の前の方にいた女性が「神田！」と叫んだ。

「『神田』ねえ。ずいぶんとまた平凡だけど、最初っから変えるのも嫌だから、そのまま頂戴しましょう。では、次」

すると、今度は後方で男性が、「平将門！」。

「『平将門』。『人』が先に出たか。神田明神の祭神で、つきやすいから、この二つを残すとなると、三つめの『物』はよほど離れてないと具合が悪い。何か、ありますか？」

こうなると、客の側でも構えてしまうらしく、しばらく声がなかったが、師匠が「さあ、遠慮なく」と催促すると、最前列付近で、「ショートケーキ」と年配女性の声がした。

「何だってぇ？　出してくれた奥さん、勇気には敬意を払いますけど、どこからそんなお題が出てきたんだよ」

竹馬師匠が苦笑する脇で、龍勝さんは頭を抱える。その様子がかわいいと言って、また黄色い声援が飛んだ。

これで、まず龍勝さんの題は『神田』『ショートケーキ』『平将門』と決定した。

二人めの竹助さん。最初に場所が『室蘭』と出たが、これは竹馬師匠が「東京ばかりじゃなくて、どこか遠いとこはありませんか」と言ったため。

その後、『熊襲』と続いたので、師匠が「『アイヌ』ならわかるけど、意地の悪い客がいるもんだなあ」と呆れ、場内は大喜び。三番めは「こうなりゃ、ついても大丈夫」と言うと、『焼酎』という題が出た。『室蘭』『熊襲』『焼酎』である。後ろの二つは結びつけやすいが、最初の地名が難物だ。

「さて、最後はキャリアが一番長い馬伝だ」

いよいよだと思い、亮子は緊張した。

「作りやすい題が出るといいですね」

美雨さんも高座を注視している。

「この男はねえ、まあ、何というか……」

竹馬師匠が言い淀み、眉間にしわを寄せる。何事かと思い、亮子ははらはらしながら見ていた。

「やたらと理屈っぽい性格なんだよ。困ったもんなんだ」

その言葉を聞いて、馬伝が大げさに前へずっこけ、残りの二人は「そうそう」とうれしそうにうなずく。ここらはいかにも噺家らしいチームプレーだ。

「だって、あの『野ざらし』の後半をがらりと変えちまって、『夜鷹の野ざらし』と題して高座にかけたりしてましてね。競演会のいわば本命ですから、馬伝だけはちょいとハンデをつけて、人情噺を作るという条件にしようと思うんですが……皆様方、いかがです？」

竹馬師匠が問いかけると、盛大な拍手。馬伝はあわてふためき、腰を浮かせ、首を大きく横に振ってみせたが、そのまま押し切られてしまった。

「というわけですので、何か人情噺にふさわしいお題をお願いします」

すると、それを待っていたかのように、前の方で「芝浜！」と年配男性の声がした。

場内がどっと沸いたのは、『芝浜』が竹馬師匠の十八番だからだ。

「ええっ？『芝浜』かい。確かに、人情噺には違えねえが……」

すると、師匠の言葉が終わらないうちに、同じ男性の声で、「笹飾りに酔っ払い」。

途方もなくマニアックな注文に、亮子は呆然となった。

（何よ。それじゃ、『芝浜』の三つの題とまるで同じじゃない！　ふざけてるわ）

腹が立ったが、まさか口に出すわけにはいかない。客席の反応は微妙で、落語通の何人かが喜んで手を叩いているが、その他大勢はまったく意味がわからない様子だ。

空気を読んだ竹馬師匠は、ぽかんとしているお客様のために、簡単に解説してから、

「まあ、なかなかのご趣向だとは思いますよ。『芝浜』と同じ三つの題で、若手落語家に新たな『芝浜』を作らせてみようなんざ、おつな考えだ。

でもねえ、明後日の会は一応優劣を決めることになってるから、さすがにこれじゃまずい。だ

から、どうです？　あたしが少しずつ変えさせてもらいましょう」

険しい顔で腕組みをする。すぐ隣にいる馬伝は無表情のまま正面を向いていたが、顔から血の気が引いているように見えた。

「まずは『芝浜』か。芝の浜、ねえ……」

竹馬師匠は微かにうなりながら、

「浜……じゃあ、『横浜』にしよう」

これは無難な変更だと言えた。『浜』の字がつく地名では最もポピュラーだし、龍勝さんの題が『神田』なので、東京から離れるべきだと考えたのだろう。

「ええと、次は、『笹飾り』……おい、どうすりゃいいんだよ、こんなもの」

師匠が右手で髪をかきむしると、客席がまた沸いた。

「だったら、音で行くしかねえな。ササ、ササカ……『ササキサバキ』にしよう！」

亮子は一瞬戸惑ったが、すぐに『佐々木裁き』だと気がつく。

しかし、美雨さんにはわかるはずもなく、

「えっ？　どんな題が出たのですか」

「そういう落語があるのよ。別名を『佐々木政談』ともいって、わりと珍しい噺だから、私も一度くらいしか聞いたことがないわ。大岡政談に似ていたと思ったんだけど」

「大岡政談……すると、名奉行ものですね。『三方一両損』のような」

亮子は驚いた。短時間のうちに、ちゃんと知識を吸収している。すごい理解力だ。

「『裁き』は、『裁判』とか『判例』とかいう意味でしょうから、ぎりぎり『物』と言えないことはありませんが……相当いじわるな題ですよね。心配です」

確かに、『横浜』とでは離れすぎていて、そう簡単にはつきそうもない。

「で、最後は『酔っ払い』か。今度はまさか、『ハッパライ』とか『ジュウロクッパライ』ってわけにもいかねえ」

竹馬師匠が客席を笑わせる。

「だったら、『の』をつけようじゃねえか。『大仏餅』のお題の一つは『袴着の祝い』だからな」

亮子は軽い目まいを覚えた。これこそが、一番恐れていたパターンだったのだ。

「酔っ払い……ええ、酔っ払いの……」

ここぞとばかりに、竹馬師匠が首をひねる。

そして、かなり長い時間考え込んだあとで、そのままの姿勢で口を開いた。

「じゃあ、『酔っ払いの、猫殺し』」

20

台東区浅草三丁目。浅草寺の裏手の駐車場を抜け、言問通りを渡ったこのあたりは『観音裏』と呼ばれ、浅草花柳界の中心地であり、夕方歩いていると、三味線の音が聞こえたり、着飾った芸者さんとすれ違ったりする。

立派な門構えの料亭や飲食店、商店などとともに、一般住宅も多いが、そんな地域の一角にある四階建てのマンションの二階に、馬春師匠の東京での住まいがあった。

もともと、ご夫妻は浅草の六丁目、夫婦和合の利益で知られる待乳山聖天の近くに自宅があったのだが、病を得たのち、その家を売り、館山へ移った。1LDKのマンションを購入したのは落語界に復帰してからである。

十二畳のリビングダイニングは師匠の寝室も兼ねているため、窓際に介護用のベッド、その手前に小さなテーブルと木製の椅子が四脚置かれていた。一応車椅子もあるが、壁に手摺が備えられているため、足が悪くても、特に問題なく生活することができた。

テーブルを囲んでいるのは、師匠夫妻と馬伝と亮子の四人。今日が一月下席の楽日で、時刻は午後八時を少し回っていた。

「何だね、そりゃあ。ずいぶん不公平な話じゃないか！」

由喜枝さんが憤慨して言った。

「坊ちゃんの件で、竹馬さんにはとんだ迷惑をかけちゃったから、苦情は言いづらいけど……それにしたって、意地が悪すぎるよ」

「いいから。お前は黙ってろ」

馬春師匠がおかみさんを制する。

「皮肉なお題、結構じゃねえか。離れた題をうまくつけりゃ、拍手喝采がもらえる。平凡な題ばかり並ぶ方が厄介なんだ。なあ、そうだろう？」

「ええ、まあ……いえ、作った経験がないので、何とも申せませんが」

促され、馬伝が答えた。

「昨日、三つの題が揃った瞬間、頭の中が真っ白になってしまいました。『酔っ払いの猫殺し』は、確かに皮肉な題ではありますが、何とか料理できないこともありません。むしろ困っているのは『佐々木裁き』の方……何しろ、自分がもっていない噺ですし」

「そうだろうな。俺も演らねえ」

「高座にかかる回数の少ない噺ですから、ご存じでないお客様がほとんどでしょう。それが一番の問題です。『道具屋』や『寿限無』ならよかったのですが」

題に挙がった『佐々木裁き』に関しては、昨夜、亮子もネットで調べ、内容を思い出し、由来についても知ることができた。

『佐々木裁き』はもともと上方落語で、作者は明治時代後半に活躍した三代目笑福亭松鶴。ただし、東京の寄席で演じられる場合、舞台を江戸に移し、主人公は南町奉行佐々木信濃守顕発。これは実在した人物だと聞いた。

ある日、佐々木信濃守が三蔵という家来を一人連れ、お忍びで江戸市中を見回っていると、子供たちがお奉行ごっこをして遊んでいるのに出会う。

奉行役の子供は高田屋綱五郎という桶屋のせがれで、十三歳になる四郎吉。この子が『予は佐々木信濃守である』と名乗ったから、本物は苦笑い。ところが、この偽奉行が頓知に長け、なかなかの名裁き。それを見た佐々木信濃守は三蔵を通じ、『親同道、町役人つき添いの上、出頭せよ』

と申しつける。

驚いた父親の綱五郎が四郎吉を連れ、家主の太兵衛と一緒に奉行所へ出向いてみると、通常の吟味与力ではなく、町奉行様直々のお取り調べ。しかも、その場には与力や同心が勢揃いして居並んでいた。

一同が戦々恐々としていると、意外にも、ここから佐々木信濃守と四郎吉との頓知比べが始まり、『星の数はいくつある』と問うお奉行に対し、四郎吉は『お白洲の砂利の数は？』とき返す。

『これは異なことを……白洲の砂利の数が何でわかろう』

『手に取れるものがわからないのに、手の届かない天の星の数なんかわかるもんですか』

『ふふふふ。こりゃ妙じゃ』

そんなやり取りが続いたあと、奉行が『与力の心は？』と尋ねると、四郎吉は天保銭を一枚もらって穴に紙縒を通し、それを起き上がり小法師の玩具に結びつける。

銭の重さで横になったままの姿を見せて、

『この通りでございます』

『ほほう。これが与力の心とは……？』

『銭のある方へ転がります』

つまり、わざわざ四郎吉を奉行所に招いた理由は、役人が賄賂を受け取る風習を戒めさせる狙いだったわけで、四郎吉の頓知頓才に感心した佐々木信濃守は『十五歳になったら近習に召し抱える』と綱五郎に約束する……。

「お前も先刻承知だろうが、佐々木顕発という江戸幕府のお役人は実際にいたんだ。幕末にな」

「幕末……そうですか。時代までは存じませんでした」

芸熱心な馬伝ではあるが、さすがに知らないこともあるらしい。

「文化てえから、十九世紀初めの生まれで、明治の八、九年くらいまで生きてたはずだ。この人の経歴がおもしろくてな。四十代（しじゅうだい）半ばで従五位下（じゅごいのげ）信濃守に叙任され、翌年に大坂東町（おおざかひがしまち）奉行、その十年後くらいに江戸北町奉行、さらに、江戸南町奉行にもなった」

「すると、大坂と江戸、両方の町奉行を歴任したわけですが。なるほど。どうりで……」

馬伝が言いたいことはよくわかった。そういう特殊な経歴の持ち主が主人公だったからこそ、本来上方落語であるはずの『佐々木裁き』が簡単に江戸落語へと衣替えできたのだ。

「ただし、佐々木信濃守は江戸の町奉行で終わったわけじゃなくて、経歴にはまだ続きが……ああ、ちょいと喋りすぎたな」

馬春師匠が苦笑し、湯飲みからお茶をすする。

「そんなことより、どうなんだ？　期限は明日だが、いい知恵は出たのか」

「ええと、その件、なのですが……」

語尾を呑んだ瞬間、体がピクッと動くのがわかった。馬伝は大きく息を吸い込むと、

「実は、たってのお願いがございます」

持参したバッグの中からクリアファイルを取り出す。

「これ、今日の昼までに、何とか一席にまとめてみたのですが、自信がもてません。お目を通していただけませんか」

「そりゃ、無理だ」

馬春師匠の返事はにべもなかった。

「そんなのは法にねえこった。お前だって、わかってるだろう」

「ですから、無理を承知でお願いしております」

珍しく、馬伝が師匠に食い下がる。

「明日の私の高座には馬坊の将来がかかっておりますし、それに、今回競演会には『協力者がいたら失格』などという規定はございません。残りの二人も、おそらく、誰かに聞いてもらい、アドバイスを受けるはずです」

「くどい。だめだと言ったら、だめだ」

完全な拒絶に遭い、馬伝はうつむき、考えていたが、やがて顔を上げると、

「師匠、『猿跳んで　一枝青し　峰の松』という句がございますよね」

（えっ……いきなり、何のこと？）

亮子は戸惑ったが、馬春師匠はその言葉に反応し、小首を傾げて考え込む。

ますます困惑していると、雰囲気を感じ取ったらしく、由喜枝さんが、

「だから、亮ちゃん、何かが隠れているのよ。俳句の中に」

（隠れている？　お猿さんが枝から跳んで、山の峰では、松が青い……そんな場面で、別に何も

隠れていないと思うけど）

「わかった。だったら、話は別だ」

なぜか、馬春師匠は態度を豹変させた。

「その代わり、原稿を読むのは面倒だ。そのままの格好でいいから、ここで演ってみな」

「あ、ありがとうございます！」

馬伝は深々と一礼してから、

「ただ、せっかく聞いていただけるのでしたら、やはり着替えたいと思います。用意はしてまいりました」

その言葉を聞き、馬春師匠が口元をゆるめる。

「ふふふふ。どうりで大荷物だと思ったぜ。高座着だったんだな」

21

リビングルームの隅で、馬伝が着替えを済ませ、扇子と手拭いを持って座布団に腰を下ろす。

ソファにいる三人からは見下ろす形になるが、それは仕方なかった。

「もしあるなら、外題を聞いとこうじゃねえか。もうつけたのか」

馬春師匠からの問いに、馬伝は少し照れたような表情を見せ、

「ああ、はい。噺の名前ですね。ええと、『ハマの雪』と申します」

漢字で書けば、『横浜の雪』だろう。叙情的なタイトルである。

「では、よろしくお願いいたします。ええ、一席、おつき合いをお願い申し上げます。その昔、お釈迦様が、人の苦しみは『生老病死（しょうろうびょうし）』、つまり、生まれる、老いる、病気をする、死ぬ、この四つだとおっしゃいました。これ、最初に『生まれる』が来るところが何とも深いですな。この世に生まれ落ちることが苦しみならば、日々の暮らしの中で、何かと思い悩むのはあたり前の話でございましょう」

出だしを聞き、亮子は心配になった。変に哲学的だと感じたからだ。頭でっかちはよくない傾向だ。

「ただ、考えてみますと、人間ばかりじゃなくて、犬猫だって、いろんなことを悩んでいるのかもしれません。実は、私が学生時分の話なんですが……」

するとと、ここで雰囲気が変わり、友達が飼っていた猫にまつわるエピソードになった。白三毛の猫だが、もしかすると、耳が遠かったかもしれないという推測を述べ、

「動物に限らず、人間でも、お年を召して、耳が遠くなると、さぞご不自由だと思いますけれど……。

『うーん、木枯らしや……かなあ。「木枯らしや　根岸の里の　詫び住まい」……いけない。これじゃ、盗み句だ』」

いよいよ本編に入り、誰かのモノローグ。声の調子では老人らしい。季節は冬だ。

「『だったら、『木枯らしや　吹き残したる……きれいさっぱり何も落ちてない。弱ったな、どう

も』

『こんにちは、信濃屋さん！』」

二人めの人物が登場した。やはり男性だが、こちらはぐっと若そうだ。

「『えっ……何だ。四郎吉じゃないか。いつ来たんだい。まるで気づかなかったな』

『あの、信濃屋さんはお元気でしたか？』

『今日は朝から天気がよかったから、足慣らしに歩こうと思ったんだが、用が立て込んで、夕方近くになって、やっと出てこられた。お前も知っての通り、あたしのたった一つの道楽が発句だ。こう、海を見ながら、帳面に筆を構えて、何かひねり出そうとするんだが、どうもうまくいかなくてな』」

（四郎吉に、信濃屋ですって……？『佐々木裁き』にも、似た名前が出てきたけど）

「『横浜もすっかり変わったなあ。浦賀に初めて黒船が来たのは……あれはもう十年も前のことだ』」

信濃屋が舞台となる時代を説明する。それによると、噺の舞台はペリー来航から十年後で、井伊直弼（なおすけ）が暗殺された桜田門外（さくらだもんがい）の変から四年後。亮子の記憶に間違いがなければ、一八六四年だ。

「『だけど、町内にいる岡っ引きの三蔵さんは、あたしがお玉ちゃんと遊んでると、すぐに邪魔をするんです』」

四郎吉の台詞で、亮子は眉をひそめた。また二人、新たな人名が出てきたが、『玉』はともかく、『三蔵』というのは『佐々木裁き』に登場する奉行所の役人の名前だったはずだ。

(どういうこと？　幕末の横浜。季節は冬で、登場人物が四郎吉に三蔵、信濃屋……俳句といえば、さっき、八ちゃんが言っていたのも冬の句だったけれど……あっ、そうか。わかった！)

『猿跳んで　一枝青し　峰の松』。この句の中に隠れているものは、もちろん『雪』だ。

深山幽谷。一面真っ白で、静寂な世界がバサッという音によって破られ、松の青い葉が出現する。そうなった原因は言うまでもなく、枝にいた猿が跳び、積もっていた雪を払い落としたからだ。

(『横浜の雪』も、それと同じよ。登場人物の名前の中に『佐々木裁き』が隠れているんだ。つまり、判じ物……なるほど。いかにも凝り性の八ちゃんらしい考えだわ)

だとすると、『横浜』を含め、題がすでに二つ出ていることになる。

隣のソファの春師匠は無表情のままだが、こちらはとっくの昔に趣向を見破っているはずだ。

馬伝の口演は続く。

信濃屋は年のせいで耳が遠く、四郎吉の言葉がうまく聞き取れない。今後の展開は不明だが、どうやらマクラと関連があるらしい。

信濃屋が去ったあと、四郎吉は痩せ衰えた子猫を見つけ、もらったアジの干物を与える。

(待ってよ。『佐々木裁き』の登場人物って、あとは、四郎吉の父親の綱五郎……ああ、太兵衛という大家さんも出てきたわね)

亮子がそんなことを考えた時だった。

「『おやおや、飛びついて、うまそうに食ってるぜ。よっぽど腹ペコだったんだろうけど――』

『ねえ、四郎吉さん！』

三人めは声の調子が高い。どうやら女性らしいな、と思った瞬間、

『えっ？　何だ。誰かと思ったら、ゴロベエじゃねえか』

（五郎兵衛（ごろべえ）……？　ははあ。『綱五郎』と『太兵衛』とを合体しちゃったんだわ）

まさに、理屈屋の面目躍如。そこまでやるかと呆れるばかりの律義さだ。

脇を見ると、馬春師匠が唇を歪めて笑っていたが、確かに、わかる人にはわかるのだろう。

（名前からすると、明らかに男性……でも、さっきの声は妙に女っぽかったわ）

『五郎兵衛だなんて。四郎吉さん、よしてよ、そんな呼び方』

『だって、お前（めえ）が親からもらった名前だろう』

『そりゃ、そうだけど、嫌（や）なものは嫌なの。昔はともかく、今のあたしは心の底から乙女なのよ』

『何を言ってやがる。ばかばかしい』

亮子は苦笑せざるを得なかった。

江戸時代の日本は男色が大流行で、『陰間（かげま）』と呼ばれる男娼が大勢いた。その事実を、亮子は『示現流幽霊』という新作落語で知ったのだが、その類いがまた登場するらしい。

22

猫はアジを食べ終え、去っていくが、この場面で登場した五郎兵衛という人物の設定がぶっ飛

んでいた。

　マクドナルドという名前のイギリス人男性の『囲い者』なのだが、本当に惚れている相手は四郎吉で、邪険な扱いをされるほど燃え上がってしまうらしい。

「『そんなところがたまらない。あたし、ドMだし』

『何だい、そのドエムってのは？』

『あら、知らないの？　「いじめられるのが好き」ってこと。横浜の居留地だけで使われてる符牒でね。きっとあと百五十年くらい経ったら、日本中に広まるわ』」

　ものすごい会話が飛び出し、由喜枝さんが笑い出す。亮子も釣られて、笑った。

（真面目な顔をして、よくこんなばかばかしい……でも、人情噺というしばりがあったはずよね。大丈夫なのかしら）

　もちろん人情噺だから、客を笑わせていけないということはない。『芝浜』『子別れ』『唐茄子屋政談』など、演者にもよるが、それぞれ秀逸なクスグリが含まれている。

　五郎兵衛は、愛する四郎吉を自分がいるマクドナルドさん宅へ誘い、

「『あたし、四郎吉さんが心配なのよ。このところ、本当に世間が物騒で……あっ、そうだ。猫殺し、の噂は聞いた？』」

　亮子は背筋が跳ね上がるのを感じた。いよいよ最後のお題が登場したからだが、ただし、『猫殺し』だけでは、まだ与えられた題の半分に過ぎない。

「『猫殺し……？　いや、知らねえな』

『三、四日前から、猫があちこちで殺されてるの。刀で切られて』

『刀で？　するってえと、試し切りだな』

『ううん、違う。わざわざ猫の生首を持ち去って、その首を異人さんの家の庭先へ放り込んでいくの』

『ははあ、なるほど。早え話が「横浜から出ていけ」って脅しだ』

『異人さんを嫌って、騒ぎを起こすお侍がよくいるでしょう。下手人はきっとそんな連中よ。実は今朝、うちの庭にも落ちてたの。血だらけになった子猫の首が』

『血だらけの首が……それを早く言えよ。さっきの子猫、せっかく腹いっぱいになったってのに、もしそんな手合いに出くわしたら、大変だ。おい、捜すぞ！』」

突然、ストーリーが急展開を始める。

四郎吉と五郎兵衛は信濃屋の裏の材木置き場で子猫を見つけるが、そこに、猫殺し事件の犯人らしき浪人者が現れ、あっという間に猫の首を切り落としてしまう。

その光景を見て、いきり立つ四郎吉を五郎兵衛が懸命に引き止めているうちに、

「『……ああっ！　まずい』

『一体、どうしたの？』

『あ、あれ……』

『えっ？　まあ、あれは信濃屋さんところのお玉ちゃんじゃない！　大変。もしあの浪人に見つかりでもしたら……』

『もう、見つかっちまったよ。浪人者と眼と眼が合って……こうしちゃいられねえ！』

四郎吉が飛び出そうとすると、

「『お待ち、どうしようってんだい！』」

五郎兵衛が必死で袖にすがる。

「『決まってるじゃねえか。お玉ちゃんを助けるんだ』

『ばかなこと言わないで。相手は人斬り包丁持ってるんだよ。あんた、空身じゃないか』

『かまうもんか。ご恩返しをするのはこの時だ。いざとなったら、脛にかじりついてでも……あっ！　行かねえと、間に合わなくなる』

『だめ！　やめて……』」

『五郎兵衛』が両手で顔を覆うが、怖いもの見たさで、指の間から覗いてしまう。

「『……す、すごいわ、四郎吉さん。その調子よ。そうやって、利き手の袂をつかまえていれば、刀なんぞ抜けっこない。頑張って！

あっ、お店の裏口から、誰か出てきたわ。ご隠居様だ。誰か呼んでもらおう。そうすれば、四郎吉さんは助かる。ご隠居さまあ！　信濃屋さーん！　しなの……そ、そうだ』」

顔に恐怖の色が浮かび、憑かれたような眼をして、力なく首を振る。

「『あの人、耳が遠いんだった。だけど、いつまでも袂をつかんでいるのは無理……抜かれた！に、逃げて！　早く、逃げ……ああっ！　うわー！』」

再び両手で顔を覆った『五郎兵衛』が体を折って、号泣する。できたての噺だから、稽古が充分ではないはずだが、山場らしい迫真の演技だった。

しばらく経って、顔を上げる。通常であれば、正面を向き、素(す)の自分に返って状況を説明するのだが、馬伝は右を向いて深いため息をついて、両手で合掌する。

そして、左を向き、別な人物になると、

「『もし、信濃屋のご隠居様』

『ん……ああ、三蔵親分じゃないか』」

事件後の場面らしく、名前だけが明かされていた岡っ引きの三蔵が登場する。

「『ご隠居様、この度はとんだことでございましたねえ』

『何だって？　もうちょいと大きな声で……ああ、わかった。本当に、まさか猫殺しの浪人者がうちのすぐ裏までやってくるなんて。ただ猫を殺しただけなら、大したおとがめはないかもしれないが、血まみれの首を異人さんの家の庭先へ投げ込んでたんだろう。お上(かみ)に知れたら、下手すりゃ、自分が打ち首だ』

『まあ、不幸中の幸いってやつで、見回り中のお役人がすぐに駆けつけてきてくれて、とっつかまえ、今、番所で取り調べている最中(さなか)ですがね。なあに、勤王も攘夷もあったもんじゃねえ。ただの食い詰め浪人でさえ。異人さんの贅沢な暮らしぶりを見て、むかっ腹を立て、酒に酔っちゃあ、あんなことをしでかしてたんです』」

（酒に酔って……これでお題は全部出たわ。あとは、最後にオチをつけるだけだけど……）

「もういい。そこまでだ」

「えっ……？　は、はい」

突然噺を止められ、馬伝は呆然とした表情になったが、とりあえずお辞儀をする。

「何だね、お前さん。まだ終わってないじゃないか」

由喜枝さんが師匠に抗議をした。

「あたしゃ、真剣に聞いてたんだよ」

「お前は黙ってろよ。これ以上、聞いたって仕方ねえ。サゲまですっかりわかっちまったからな」

馬春師匠の宣言を聞いて、亮子は仰天した。

『サゲ』はもちろん『オチ』のことだが、亮子にはまるで見当もつかない。馬伝は無言で首筋の汗を拭っていたが、たぶん相当動揺しているはずだ。

「感想を言ってもいいかな」

「はい……あ、はい。ありがとうございます」

アドバイスがもらえるとは思っていなかったらしく、馬伝は目を輝かせる。

「まずは題の入れ方だが、『横浜』はもちろん、『酔っ払いの猫殺し』もあれでいいだろう。半分ずつ出したのも利口なやり方だ」

「あ、ありがとうございます」

まずはほめられ、馬伝の顔に喜色が浮かぶ。

「問題は『佐々木裁き』だが……まあ、鮮やかとは言えねえが、うまく逃げたよな。珍しい部類に入る噺だから、どっちみち、知らない客には通じっこねえ」

「おっしゃる通りです。この題をお客様全員にわかるように織り込むのは不可能だと思いました」

「不可能ではねえだろうが……まあ、いいさ。前半にはウケるクスグリも入ってるし、途中からの展開も客を飽きさせねえ。人情噺と言っていいかどうかは微妙だが、まあ、半分はシャレだろうから、気にするな。

となれば、問題はサゲだ。お前、竹馬に言われたんだってな。『「高田の馬場」みてえな噺をこしらえるな』って」

「ええ、そうなんですが、私はいまだにその言葉の意味を計りかねておりまして……師匠はどうお考えになります？」

「どうもこうもねえ。そのまんまだろう」

「そのまんま……？」

「『俺は仇討ち屋だ』と明かして、『ああ、そうだったのか！』となればいいが、前に聞いている客も多いだろうし、そもそも何のひねりもねえから、簡単に悟られてしまう」

「ははあ、なるほど。おぼろげながら、見えてきた気がいたします」

要するに、『底が浅い』。竹馬師匠はそう言いたかったようだ。古典落語ならそれでもいいが、新たな落語を創作する場合にはもうひとひねりするべきだ、と。

（そこは何とか呑み込めたけど……『横浜の雪』のサゲは？　あとで、原稿を読ませてもらうしかないのかしら）

困惑していると、同じ気持ちだったらしく、由喜枝さんが師匠にその件に関する説明を求めた。

「皆まで言わせるなよ。しょうがねえなあ……おい、亮子」

馬春師匠はいたずらっぽい眼をしていた。

「あ、はい。何でしょう」

「信濃屋の孫娘の名前は何だっけ？」

「ええと、お玉です」

「漢字は？」

「漢字……説明はありませんでしたが、『王(おう)』に点、つまり『玉(ぎょく)』だと思っていました」

「いや、違うな。カタカナだ」

「カタカナ……？」

一瞬、何のことかわからなかった。

「だって、カタカナで『タマ』なんて名前の人がいるはずが……ああっ！　じゃ、じゃあ、もしかして……」

23

「……猫、だったのですか。だから、タマ……サザエさんちと同じですね。うふふふ」

細い指先を口元にあてがいながら、美雨さんが笑った。

「つまり、それが三題噺のサゲだったというわけですね」

「そう、らしいのよ」

「らしい……？」

「馬春師匠が噺を途中で切ってしまったから、最後まで聞いてないし、原稿を見せてもらおうにも、そのまま師匠のお宅に置いて帰ってきたから」

「でも、馬伝師匠に直接尋ねてみれば……」

「そんなこと、できるはずがないじゃない」

亮子は顔をしかめ、ため息をついた。

「帰りの電車の中からずっと不機嫌で、取りつく島もなかったわ。原稿を見せろなんて、とても言えない。噺家の女房って、こういう時、面倒だとしみじみ思っちゃった」

二人がいるのは紅梅亭の木戸口の前だ。余一会の当日。時刻は午後四時四十五分だ。

通常の興行と同様、この日も昼夜の部があったが、料金は別で、途中の休憩で入れ替えとなる。

今日の昼の部は『花山亭喜円（かざんていきえん）独演会』。喜円師匠は七十五歳。松葉家常吉師匠と並ぶ落語界の重鎮であり、東京落語協会の前会長でもあった。

特に人情噺、怪談噺の評価が高く、三年前から毎年夏に歌舞伎座で独演会を開いていて、毎回満員の盛況だが、若い頃、自分の勉強会で世話になった紅梅亭でも年一回の会を欠かさない。

もちろん満員札止めで、すでにトリの喜円師匠が高座が上がっていた。

木戸の前には、夜の部の入場者が二十人ほど並んでいた。こちらもなかなかの人気。この時間帯、中売りの仕事は終了しているので、法被を着た美雨さんが木戸口に出て、彼らの案内をしていた。

亮子は職場で時間休をもらい、十五分ほど前に紅梅亭に到着した。夫はすでに楽屋入りしているはずだが、顔を合わせてはいない。

「人間だと思っていたら猫だったというのは、確かに意外ですが……でも、最初の方で『孫』だと説明していませんでしたか？」

「そうそう。私もそこが気になってね、主人にはきけないから、師匠のおかみさんに電話したの。置いてきた原稿を読んでいるはずだと思ったから」

「ご存じでしたか？」

「ええ。その点に関する説明はあったそうよ。何でも、信濃屋さんの主人夫婦になかなか子供が生まれないので、跡取りとして養子をもらうよう、ご隠居さんは息子に何度も勧めていたんですって。だけど、言うことを聞かないので、催促する意味を込め、わざと飼い猫を『孫だ、孫だ』と……」

「なるほど。でも、ちょっと苦しいですね」

「まあ、とりあえず、理由づけだけはしましたという感じかな」

「あのう、私、『高田の馬場』は、初席で馬春師匠がお演りになったのを伺いました」

「そうだったわね。で、どう思った？」

「私なんかがこんなことを言うのは生意気なのですが、伏線が何もないのが少し気になりました」

「伏線？　ええと、それは、問題の仇討ちが狂言だったという点について、前もってヒントが与えられていなかったという意味ね」

「その通りです。もしそれがあれば、竹馬師匠が指摘されたというラストに関する不満も解消されると思うのですが」

亮子はうなった。確かに、前半にいくつか伏線があれば、ラストで真相が明かされた時、『そうだったのか！』と納得できるだろう。

（もしかすると、この娘、落語に対する稀有なセンスの持ち主なのかもしれないわ）

「それはそうと……今夜の余一会、何とか馬伝師匠に勝ってほしいですね」

「ええ。もちろん、私も同じ気持ちよ」

その結果如何で、竹二郎さんの将来が拓ける可能性がある。むしろその点が重要だった。

竹馬師匠はまだ姿を見せないが、若手の三人はすでに楽屋に居並んでいた。協会の前会長であり、現在は最高顧問を務める喜円師匠の会に顔を出さないわけにはいかなかったのだろう。

「さっき楽屋に行く用事がありましたが、皆さん、押し黙っていて、普段とは雰囲気が全然違いました」

「竹馬師匠も罪なことを考えたものよね。うちの主人も昨夜徹夜したみたいで、ウサギみたいな眼で起きてきたけど……『横浜の雪』がバージョンアップできたかどうかなんて、恐ろしくて、とてもきけなかったわ。ところで、美雨さんは龍勝師匠や竹助師匠の高座は見ているの？」

「龍勝師匠はまだです。竹助師匠なら、代演で二度ほど。馬伝師匠の高座の方が私は好きですけど、竹助師匠もおもしろいと思いました。帰国子女なんですってね」

「ええ、そう」

「あの英語のマクラがとても気に入りました。『巨乳好き』とか『斎藤寝具店です』とか」

美雨さんが思い出し笑いをする。『斎藤寝具店です』はほかの落語家も演るが、外国の税関で入国審査を受ける際の質問の答え、『観光目的で十日間』、『サイトシーイング　テンデイズ』の空耳英語である。

「高校の時の英語の先生がおもしろい方で、似た例をよく教えてくれました。タクシーに乗って
いて、降りる時の『アイ　ゲット　オフ』が『揚げ豆腐』とか、あと、イチゴも……あっ、すみ
ません！　夜の部のチケットはお持ちですか？」

会話の途中で、新たなお客が来たため、美雨さんは案内を始める。

「ああ、お持ちなのですね。でしたら、この列の最後尾にお並びください。昼の部がハネ次第、
すぐにご案内いたしますから」

（……わずかな間に、ずいぶん板についてきたわね。やっぱり頭がいいんだわ）

感心しながら見ているうち、役割を終え、美雨さんが木戸口へ戻ってきたが、なぜか、ひどく
あわてた様子なのだ。そして、

「あの……亮子さん、申し訳ありません」

「どうしたの？」

「とんでもないことをしてしまいました。私、大事なことを、すっかり忘れていて……」

美雨さんは困ったように眉をひそめ、

「昼の部が開演する少し前だったのですが、たまたま私が外にいたら松尾さんという方がいらしたのです。『馬伝師匠に用事がある』とおっしゃって」

「松尾さん。どこかで聞いた名前だけど……男の人？」

「いいえ、女性です。年は三十過ぎくらいで、私と同じくらいの背丈でした」

「身長が百七十センチ以上あって、年が三十過ぎ……」

次の瞬間、亮子は大きく眼を見開いた。ある人物の名前が思い浮かんだからだ。

「ご本人が『「松尾」でわからなくても、「すみれ」と言ってもらえば、たぶん通じる』と……」

24

「すみれ……松尾、鈴子さんね。そ、それは大変だわ！」

亮子は思わず声を上げてしまった。以前、竹二郎さんが交際していた女性に間違いない。スナックのマスターに捜してくれるよう頼んだと聞いたから、何らかのルートで、情報が彼女まで届いたのだろう。

「で、その方は何とおっしゃってたの？」

「ですから……『馬伝師匠に取り次いでほしい』と言われたのですが」

亮子の反応の大きさに、美雨さんは戸惑っている様子だった。

「いらっしゃらなかったので、『たぶん、五時くらいには楽屋入りしているはずです』と申し上げると、『だったら、その頃にもう一度』……あ、あのう」

美雨さんの視線が、亮子の背中越しに誰かをとらえる。

「どうやら、いらっしゃったみたいです」

驚いて振り返ると、寄席幟に隠れるようにして、長身の女性が立っていた。

茶色いセーターに革のジャケット、黒のロングタイトスカートとジョッパーブーツ。長い髪を栗色に染めている。色白で、華やかな顔立ちだった。

彼女も美雨さんのことを覚えていたらしく、歩み寄ってきて、ほほ笑み、口を開きかけた時、

「松尾鈴子さん、ですよね」

亮子の方から声をかけると、その笑顔が一瞬にして凍りつく。

「え、ええ、そうですけど……あなたは?」

「山桜亭馬伝……いえ、寿々目家竹二郎の兄弟子だった寿笑亭福の助と申し上げた方がわかりやすいと思います。その妻で、平田亮子と申します」

「福の助さんの……ああ、そうでしたか」

鈴子さんが安堵の表情を浮かべる。

「すぐに主人を呼びますから、ここでお待ちいただけますか。あの、申し訳ないんだけど――」

「わかりました。すぐに」

言い終わる前に、美雨さんが楽屋口の方へと駆け出していく。

そして、驚くほど早く、馬伝を連れて、戻ってきてくれた。

着替え前で、セーターにジーンズという格好の馬伝は彼女の顔を見るなり、大きく眼を見開き、

「すみれ……いや、鈴子さん、お久しぶりでございます。あなたにお会いしたかったんですよ」

相手に警戒させないためか、ごく軽い口調だった。

「こちらこそ、ごぶさたしてしまいました。ご迷惑をおかけして、申し訳ありません」

「迷惑だなんて、そんな……どこか店に入ればいいんでしょうが、あいにく、楽屋を長く留守にできないんです」

トリの高座を終えた喜円師匠を出迎えないと、機嫌を損じる。そう思っているらしい。

「立ち話で恐縮なんですが……ああ、お前も一緒なら問題ないな。ちょいと、こちらへどうぞ」

三人で向かった先は、初席の六日め、亮子が竹助さんと会話を交わした路地だった。

その途中で、馬伝と亮子が振り返り、相手と向き合う。

「単刀直入に伺いますが、竹二郎が噺家を廃業したことはご存じでしたか」

「はい。知っていました。ネットのニュースにもなりましたし」

鈴子さんは深刻そうにうなずく。

「その件で、一日も早く竹二郎さんに謝りたかったのですが、どうしても、勇気が出ませんでした」

「竹二郎に……ええと、あなたがやつに謝る理由を教えていただけますか」

「あの人を裏切ってしまったからです」

「裏切る……？」

「実は私、高円寺のスナックで働き出す半年ほど前に、対人事故を起こしてしまったのです」

「タイジンというと、自動車でですか？」

「はい。友達の車を借りていた時だったので、任意保険が下りなくて、とても困りました。会社勤めをしながら、夜のアルバイトを始めたのもそのせいです。

事故で大けがをした被害者への慰謝料は分割にしてもらえたのですが、最初に支払う治療費その他は借金で賄いました。うちは実家が貧乏なもので、援助してもらえなくて……」

「ははあ。大変なご苦労をされたのですね」

「竹二郎さんと交際するようになって、その事実を早く打ち明けたかったのですが、嫌われるのが怖くて、なかなか言い出せませんでした。

昼夜働き、懸命に頑張ったのですが、被害者への毎月の送金に加え、最初の借り入れの利子がかさんできて、だんだんと首が回らない状態になってしまいました。その件で、竹二郎さんに相談しようかとも考えましたが、お金がないのはわかっていたし……」

「まあ、やつも修業中の身でしたからねぇ。なるほど。それで？」

「そんな時、ある人から金銭的に援助したいという申し出があって……私の体が目当てなのはわかっていましたが、お金の催促に悩まされていた毎日だったので、断りきれず、つい大金を受け取ってしまいました」

鈴子さんが眉を曇らせ、吐息を漏らす。

「ただ、信じてはもらえないかもしれませんが、その人と体の関係はありませんでした。際どい場面はありましたが、ぎりぎりのところで逃げていたのです。そのため、相手はいらだち、十月のあの事件が起きてしまいました」

「ええっ？　待ってくださいよ。竹二郎以外の人間に原因があるってことは……やつは無実で、はめられた。そう思って、よろしいのですね」

「その通りです」

馬伝と亮子は顔を見合わせた。まさか、ここまで衝撃的な証言が飛び出すとは思わない。

「『ほんのちょっと、いたずらするだけだから。シャレだよ、シャレ』。いくら大金を借りていたからとはいえ、そんな見え見えの嘘にだまされて、彼の部屋の合鍵を渡し、ツイッターのパスワードまで教えた私は、本物の大ばかです。悔やんでも悔やみきれません。

竹二郎さんが飲んでいる酒に睡眠薬を混ぜて悪酔いさせたのも、殺した猫の死体を部屋に置いたあと、揺すぶって目を覚まさせたのも、そして、彼が公園へ向かったのを見届け、花屋さんに電話をしたのも全部あの男の仕業です。竹二郎さんが逮捕され、大騒ぎになって……あの時、真実を話せばよかったのですが、『だったら、借金をすぐに返せ』と脅され、怖くなった私はつい逃げてしまい――」

「そ、そこまで！　ちょいと整理させてください」

馬伝が両手で制止する。

「お話はあらかたわかりました。のちほど、詳細は伺いますが、一番肝心なのは竹二郎を落とし入れた張本人の名前です。ひょっとして、あたしたちが知っている男ですか？」

「はい」

「じゃあ……そいつも噺家、か」

つぶやきながら、首を傾げる。

「当時、あの店に出入りしていた連中で、そんな大金を出せたのは……そうか。わかったぞ」

両手を叩き、振り返った馬伝が「あっ！」と叫ぶ。

亮子がそちらを向くと、路地の入口に三人の様子を窺う人影があった。気配を察したらしく、その人物が逃げにかかる。

「野郎！　逃がすもんか」

脱兎のごとく、馬伝が走り出す。

あわてた相手が転び、路上に四つん這いの姿勢になる。追いついた馬伝が、その人物の肩口をつかんだところまではよかったが、逆に胸倉を取られ、二人揃って道へ倒れ込んでしまう。

そして、次の瞬間、大きなうめき声とともに、馬伝が路上にあお向けになった。

相手の男はよろよろと立ち上がり、その場から離れる。

亮子が急いで駆け寄った時、馬伝は苦悶の表情を浮かべ、右手で左肘を押さえていた。

声をかけようとして、亮子は言葉を呑み込んだ。夫の左の掌が、通常ではあり得ない方向へ曲がっているのに気づいたからだ。

肘を脱臼……いや、最悪の場合、骨折しているかもしれない。

「しっかりして！　すぐに救急車を呼ぶから」

だが、馬伝は眼を閉じ、歯を食いしばっているだけで、返事ができない。

亮子がスマホを取り出し、一一九を押している時、その口からつぶやきが漏れた。

「……ち、ちくしょう。竹助の野郎……」

25

「……そうかい、あの竹助が。まったく、とんでもないことになっちまったねえ」

話をすべて聞き終えたお席亭が、ため息混じりに言った。

「普段善人面してるやつこそ、腹の底が知れない。それくらい百も承知のつもりだったけど、さすがに驚いたよ。前に亮ちゃんから、竹二郎を心配している様子を聞いてたから、よけいにね」

「私も、すっかりだまされてしまいました」

ため息が亮子にも伝染する。

「竹二郎さんの復帰が叶うよう競演会では勝ちを譲ると言ったのも、竹二郎さんをうちの主人に会わせたのも、何から何まで、自分から疑いを逸らすための芝居だったなんて……」

同じ日の午後八時二十五分。場所は紅梅亭二階にある勝子さんの住居だ。

寿々目家竹助こと、菊地敏行が四年前に起こした犯罪については、松尾鈴子さんの証言により、すでに全貌が明らかになっていた。罪名は動物愛護法違反。とりあえずはそうだが、おそらく今後、詐欺罪とか名誉毀損など、別の罪名が出てくる可能性が高かった。

亮子は八時少し前に紅梅亭に戻ってきたが、その間、彼女がいた場所はお茶の水の救急病院。幸いなことに、馬伝の左肘は単なる脱臼で、すぐに正常に戻ったが、痛みが激しいため、しばらくは動かすことができず、左腕を固定しておく必要があった。

病院内で、鈴子さんを含めた三人は神田警察署の刑事から事情を聞かれた。馬伝のけがについては、偶発的な色彩が強く、障害罪に問えるかどうかは微妙だが、四年前の事件については容疑が濃厚なため、警察は現在、竹助さんの行方を追っている。

包帯で腕を吊った状態では高座に上がれないので、治療が終わった段階で、お席亭に電話してみると、『今、お前さんが楽屋に顔を出すと、ますます話がこじれる。亮ちゃんだけで報告に来ておくれ』という返事。馬伝は仕方なく、現在は自宅で待機している。

お席亭は右手で額を軽く押さえ、

「竹助がお縄になれば、竹二郎の罪も晴れる。そこは警察にお任せしようじゃないか。問題は今日の会だよ。竹馬さんがごねたりせずに高座へ上がってくれたのはよかったけど、このままだと、トリを務める者がいない。今時分はヒザの小梅ちゃんの出番の最中だろうけど、そのあと、どうすりゃいいのかねえ」

浅草亭小梅さんは若手の音曲師で、本名を立花直海さんといい、年齢は二十五、六。名人と呼ばれた先代の浅草亭東橋師匠のお孫さんで、唄と三味線が達者なのに加え、宝塚の男役を彷彿とさせる超美形のため、男性はもちろん、女性の追っかけまでもが存在する人気者だった。

今日開催される余一会の本来のプログラムは、開口一番の前座さんに続いて、竹馬師匠のお弟子さんの二つ目、助演の佃家三三蔵師匠の落語。三三蔵師匠は八年前真打ちに昇進した若手の実力者だ。

そして、小梅さんの音曲のあと、竹馬師匠が上がって、休憩となる。

中入り後、いよいよ競演会の幕が開き、花翁亭龍勝、寿々目家竹助、山桜亭馬伝の順に上がって、自作の落語を披露。そして、最後に、行事役の竹馬師匠を含めて五人が上がり、お客様の拍手で優勝者を決める……はずだったのだが、出演者の負傷、さらには逃亡とハプニングが重なったため、三題噺競演は事実上、お流れになってしまった。

中入り後の出演者が一人では話にならないので、お席亭は小梅さんに頼んで出番を遅らせてもらい、代わりの色物として漫才のそよ風ダリア・パンジーさんを急遽呼び寄せ、人気者の飛び入りに超満員の客席が沸いたところで、そのまま緞帳を下ろしてしまった。

中入り後は龍勝師匠だったが、彼の高座の終わり頃、楽屋入りしてきた竹馬師匠はプログラムの変更を知り、激怒したという。自分が企画した会だけに、当然の反応だ。それでも、出演をドタキャンしなかったのは、お席亭の顔を立ててのことだろう。

亮子が寄席に到着したのは、竹馬師匠の高座が始まった直後だった。

「さて、どうしようか。代わりにトリを取れる噺家は楽屋に誰もいないし、まさか、小梅さんにバラしてもらうわけにもいかない」

『バラす』は『ハネる』と同義語である。時間的には、もう一人誰か落語家を呼ぶことは可能だったのだが、楽屋入りした竹馬師匠に反対されてしまったらしい。

「私などがあれこれ言える立場ではありませんが、こうなった以上、正直に事情を説明して、竹馬師匠に二度上がりをお願いするしかないように思います。結局一番非がある竹助さんは、竹馬師匠のお弟子さんですし……」

「亮ちゃんの言う通りなんだけど、事情を聞いた竹馬さんがどういう態度に出るかねえ。あれで結構、肝っ玉が小さいとこがあってさ、逆上されると、面倒なんだよ」

十代の前座時代から知っているだけに、お席亭の言葉には遠慮がなかった。

「もちろん、今度は本当のことを、あたしの口から説明するよ。さっき嘘八百を並べたのはあくまでも方便だからね」

楽屋入りした竹馬師匠に対し、お席亭は『馬伝が近くの路上で喧嘩に巻き込まれてけがをして、今日は出られない。竹助からは休演の連絡があったが、理由はわからない』と完全に虚偽の説明をした。

普通の落語ならともかく、その時、龍勝師匠が高座で演じていたのは今日が初演の新作。いつ終わるかわからず、高座に穴を開けないため、そうせざるを得なかったのだ。

ちなみに、龍勝師匠の新作は『将門狂騒曲（ラプソディ）』という洒落たタイトルだったが、取り込んでいたため、楽屋にいたお席亭も断片的にしか聞いていない。全体として、ウケ方はもう一つだったようだ。

「まあ、ここで二人でにらめっこしてても始まらない。小梅ちゃんの高座が終わる前に、一緒に楽屋へ行ってみようか」

お席亭の言葉を聞き、亮子は驚いた。

「あ、あの……私も行くのですか」

「悪いけど、頼むわ。刑事さんと接触した人間が誰かいないと、竹馬さんも信用しないだろうから」

「……わかりました」

不吉な胸騒ぎを覚えながら、亮子は重い腰を上げた。

26

二人で階段を下り、楽屋へ足を踏み入れると、部屋の中には普段と違う、緊迫した空気が漂っていた。

前座さん二人はもちろん、出番を終えた龍勝師匠も背筋を伸ばして正座し、唇を引き結んでいるし、普段は朗らかな小梅さんまでもが硬い表情で押し黙っていた。

(あれえ？　小梅さんは、もう上がっているはずでは……)

そう思った時だった。

「『あ、兄(あに)さん！　兄さん……そんじゃあ、あんた、あんまりだ！』」

高座からの大声で、亮子ははっと息を呑んだ。

「『に、人間じゃあ、ねえ。人の皮ぁ、被った畜生でねえか』

『何を？　畜生とは何だ！　こいつ、朝っぱらから来やがって、縁起でもねえことを。銭なんぞ貸せねえ。とっとと帰れ！　帰らねえと……』

『痛え！　あ、何するだ……？　兄さん、俺ぁ、父っつぁまにだって、頭へ手ぇ上げられたこたねえだ。そ、それを……』」

　高座では、涙声の大熱演。真横からその様子を見て、亮子は呆然としてしまった。

（……こ、これは、『ねずみ穴』。まさか、今日の会で、こんな噺を演るなんて！）

　驚くのも無理はなかった。『ねずみ穴』は人情噺の大物で、竹馬師匠の十八番中の十八番。何か特別な会か、大会場での独演会でもなければ、めったに高座にかけない噺だ。

「さすがは、竹馬さんだね。若手二人に抜かれた分を、この一席で取り返すつもりなんだ」

「あ、ああ、なるほど。そういうことですか」

　お席亭の説明に、亮子は大いに納得したのだが、

「あの、もちろん、それもあるとは思いますが」

　と言ったのは龍勝さんだった。

「もう一つ、別な理由もあるような気がいたします」

「別な理由？　何だね、それは」

「この噺の主人公の名前が……」

（あっ……！　そうか）

　亮子は強い衝撃を受けた。『ねずみ穴』の主人公の名は『竹次郎』。『竹二郎』とは同音で、たっ

た一字違いだ。

親の遺産を放蕩ですっかり遣い果たした竹次郎が、先に江戸へ出て、商店の主になっていた兄のところへ金を借りにくる場面から始まる。そこで、兄の冷たい仕打ちを受けた竹次郎は一念発起し、自分も商人として成功を収めるのだが、十年後に兄の家を訪ね、和解をしたその晩に自宅が火事で焼失してしまう。

今はちょうど、再び困窮して、借金を申し込んだ竹次郎を兄が追い払おうとしている場面だ。金策に失敗した竹次郎は仕方なく、一人娘を吉原へ女郎として売り、商売を再開するための資金を作るが、家へ戻る途中、その金をスリに盗まれてしまう。

絶望した竹次郎は首吊り自殺を図るが……実は、それは兄の家の布団の中で見た夢だったのだ。

「『……何だって、俺ぁところさ、もう一度金借りにきたら、一文も貸さずに殴りつけた？　おい。変な夢、見るなよ。夢の中でもあんまりいい役じゃねえな』」

悲惨な物語が現実でないと知り、安心したらしく、平凡なクスグリで、客がどっと笑う。

「『だけど、竹、昔から火事の夢は焼けほこるというから、汝が家は春から身代がでかくなるぞ！』

『あ、ありがてえ。兄さん、俺ぁ、あんまりねずみ穴ぁ、気にしたもんだから』

『あはははは！　夢は土蔵の疲れだ』」

盛大な拍手とともに、竹馬師匠が楽屋へ戻ってくる。ちなみに、この噺のサゲは『夢は五臓の疲れ』という古いことわざが元になっていた。

入れ違いに、下座さんの出囃子に乗って、小梅さんが高座へ上がった。

「はあい。ようこそ、おいでくださいました。小梅と申します」

さすがは人気者。こちらも拍手とともに、「待ってました！」と声がかかる。

「では、まず、あたくしのテーマソングの『猫じゃ、猫じゃ』という曲を聞いていただきます。これは、幕末の……といっても、室町幕府じゃありませんよ。江戸時代のおしまいの頃に……」

普段通り、陽気な高座が始まったのだが、一方、楽屋は暗い雰囲気。前座さんが猛ダッシュをして、お茶を運んできたが、畳の上にあぐらをかいた師匠は毒でも飲むような表情で、それをすする。

竹馬さんの真向かいにお席亭が腰を下ろし、亮子は楽屋の隅に正座した。

「お席亭、竹助の野郎から、何か連絡は来てませんか？」

「え……いや、来ないねえ。あたしも心配はしてるんだけど」

お席亭の返事は、別に嘘ではなかった。

「あのバカ、二度とうちの敷居は跨がせねえ」

忌ま忌ましげな口調。当然ながら、機嫌は最悪だった。

「師匠の顔に泥を塗って破門になれば、鬼の死骸と同(おんな)しで、どこにも引き取り手がなくなるってのに、それくらい、わからねえのか」

「こんな時に何なんだけど……ねえ、竹馬さん」

と、勝子さんが切り出す。

「今日のこの会だけど、どうやってハネればいいかねえ」

「お席亭には申し訳ありませんがね、二度上がりはご免被りますよ」

竹馬師匠の返事は予想通りだった。

「竹助が姿を見せねえのは、おおかた、満足な噺が作れなかったせいでしょう。そこは師匠である自分に責任があると思って、あんな噺をかけたんだ。これで、入場料分の価値は充分あったと思いますがね」

「そりゃ、もちろんさ。ただねえ……」

お席亭が口ごもる。ためらっている理由は、亮子にも見当がついた。

こういう会の場合、さまざまな事情による代演はやむを得ないにしても、休演、つまり、出演本数が減る事態は極力避ける必要がある。下手をすると、寄席の信用にかかわるからだ。

そういう観点からすれば、真打ち二人分の休演を竹馬師匠の『ねずみ穴』一席で補うのはやはり無理がある。けれども、正面からその指摘をすると、もともと不機嫌な竹馬師匠が感情を爆発させる恐れがあった。

「……まあ、仕方ないね」

かなり長い沈黙のあと、お席亭が言った。

「今日の企画は竹馬さんなんだから、それに従うのが筋だろう。いまさら代演に呼べる人もいないわけだから、小梅ちゃんに麵台（めんだい）に演ってもらうよう合図を送るとしよう」

『麵台』は読んで字のごとく、麵を打つ台のこと。『長く伸ばす』という意味の符牒である。

お席亭は前座さんを手招きすると、

「じゃあ、お前、早いとこ、準備をして――」

「ちょいと、待ってくれ」

その声で、亮子ははっとなる。

見ると、楽屋の入口のガラス戸に人影があった。

（ええっ！　あの、今の声は……）

戸がするすると開く。最初に顔を出したのが由喜枝さん。彼女が会釈をして消えたあと、両手に杖をついた馬春師匠が現れ、楽屋一同を見渡した。

「押しかけの代演なんてさまにならねえが、この俺でよければ、上がらせてもらえねえかい。弟子の不始末は師匠の不始末。責任を取らずに、後ろ指さされるのはご免だからな」

27

「師匠が、代演を……？　そりゃあ、願ったり叶ったりですがね」

大先輩からの意外な申し出に、竹馬師匠もさすがに驚いた様子だった。

「まさか『黄金餅（こがねもち）』か何かで、全部さらっちまおうって腹じゃありませんよね」

「おい。冗談はよしてくれよ」

馬春師匠が苦笑する。この場合の『さらう』は『人気をさらう』の意味。『黄金餅』は山桜亭に代々伝わる、いわば御家芸にあたる。

「そんな骨の折れる噺、誰が演るか。心配しなくても大丈夫だよ。じゃあ、上がっていいんだな」

「ええ、もちろん。よろしくお願いします」

竹馬師匠が頭を下げる。乱暴者のようだが、先輩を立てるという礼儀はしっかりわきまえていた。

「ただ、馬伝と竹助がヌキだということを、まだお客に説明してないんですがね。それは、どうしましょう」

「その件についちゃ、俺がくどくど言うのも変だろう。馬伝の代わりだとはことわるが、最後に竹馬さんから説明しておくれよ」

「そうですか。わかりました」

前座さんに手伝ってもらい、馬春師匠が着替えを始める。由喜枝さんは楽屋へ足を踏み入れなかった。終演後、迎えに来るつもりなのだろう。

「……色っぽい都々逸の文句はいろいろありますよ。例えば、ねえ」

高座では小梅さん。三味線を時々爪弾きながらの語りだ。

「こんな文句はいかがです？『あなたに見せよと　着てきた着物　それを脱がすもまたあなた』……なんて、ふふふ、言われてみたいだろう！」

客席で笑いが弾け、拍手が湧く。飛びっ切りの美形だけに、破壊力は抜群だった。

師匠の着替えが終わる。渋い茶の着物に羽織。濃紺の半襟を覗かせている。白献上の帯に白足袋。

支度ができたところで、前座さんが合図を送ると、小梅さんは、これも売り物の一つである『とっちりとん』をいい喉でうたって、ヒザの高座を終えた。

その直後、下座さんが『さつまさ』を弾き出すと、最前列あたりから「ええっ？」という声が聞こえた。落語通は、それが誰の出囃子であるかをよく知っているのだ。

いったん緞帳が下ろされ、前座さんにつき添われて、馬春師匠が高座に上がる。以前は講談師が使う釈台がないと不安だったようだが、最近は必要がなくなった。順調に快復している証しだろう。

前座さんが楽屋へ戻り、緞帳が上がると、場内からは驚きの声とともに猛烈な拍手が起こった。

「いや、どうも。お呼びでないとこへしゃしゃり出てきちまって、まことに申し訳ない」

お辞儀をした馬春師匠が頭をかく。亮子は表情がよく見えるよう、少し横へ移動した。

「うちの弟子の馬伝がここで三題噺を披露するはずだったんだが、ついさっき、不慮の事故てえやつで、けがしちまって、高座に上がれねえんだよ」

予想外の事態に会場がどよめいたが、それでも落ち着いているのは、超大物が代演を務めているからだろう。

「まったく、困ったやつなんだ。弟子の不始末は師匠の不始末だから、俺が駆り出されちまったんだが……ただねえ、噺自体はできてたんだよ。『横浜の雪』てえ外題でね。『ハマ』は『横浜』だ。で、昨日、その台本にちょいと目を通してたもんだからね」

（えっ？　ちょっと待ってよ。まさか……）

「俺も、噺の中身は知ってるから、今日は一つ、シャレで弟子のこしらえた三題噺をここで演ってみようかと思うんだ。ネタ下ろしの上に、まともな稽古をしてねえから、聞かされる方がいい面の皮だけど……かまわねえかな、演っても」

『演るな』という客などいるわけがない。歓声とともに、大拍手だ。

まさかの展開に、恐る恐る竹馬師匠の様子が窺うと、不快そうな顔で腕組みしている。それを見て、亮子は首をすくめた。

「じゃあ、本当にシャレ、座興だからね。ええと、うっかりして抜くといけねえから復習しておくと、お題は『横浜』に『笹飾り』、あとは『酔っ払いの猫殺し』」

指を折った師匠が顔を上げ、苦笑する。

「何とも皮肉だねえ。まあ、いいや。では、馬伝がこしらえた『横浜の雪』を……ええ、その昔、お釈迦様が、人の苦しみは『生老病死』とおっしゃいましたが……」

28

弟子の代理を務めるのだから、台本に忠実に演じるべきだ。おそらく、そう考えたのだろう。馬春師匠は、昨日の口演とほぼ同じマクラを振った。

唯一違っていたのは、馬伝が『私が学生時分の話ですが』と言ったのを、『高校の時の話』とした点。これは、師匠が大学生活を経験していないせいだろう。

「まあ、動物に限らず、人間でも、お年を召して、耳が遠くなると、さぞご不自由だと思いますけれど……。

『うーん、木枯らしや、かなあ。「木枯らしや　根岸の里の　詫び住まい」……いけない。これじゃ、盗み句だ』」

本編に入ると、最初のクスグリで、もう笑いが起きる。ここらが貫禄の違いである。

やがて、隠居のモノローグが終わり、

「『こんにちは、近江屋さん！』

『えっ……何だい、四郎吉じゃないか。いつ来たんだい。まるで気づかなかったな』」

亮子ははっとした。ここまでは判で押したように同じだったのに、なぜか『信濃屋』が『近江屋』に変わっている。

（なぜかしら？　屋号なんて、どうでもよさそうだけど、この落語の場合は『信濃屋』にしておかないと、『佐々木裁き』というお題を消化したことにならないわよね）

続いて、隠居が黒船の来航や桜田門外の変を説明する。ここは同じだったが、

「『……いくら隠居した身とはいえ、のんびり発句なんかやってちゃいけないのかもしれないねえ』

『ねえ、近江屋さん、あの、お孫さん……たしか、お玉ちゃんて名前でしたよね。番頭さんがそう呼んでましたから。両方のホッペが黒くて、本当に可愛らしい娘さんで、あたしと一緒によく遊んでくれるんです。

お玉ちゃんが毬突きをする時、よく仲間に入れていただくんですけど、あたしは手が不自由なものですから、一緒に遊んでるのか、邪魔してるのかわかりゃしません。だからかもしれませんけど、岡っ引きの三蔵さんは、あたしがお玉ちゃんと遊んでると、すぐに邪魔をします』

『ああ、ごめん。お前の言ってることが聞き取れればいいんだろうけど。そうだ。いい物があったんだ。ええと……これ、実は脇からアジの干物をたくさんもらってな』」

(何だか、ずいぶん変わってるみたいだけど……ええと、どこがどう変更されたのかしら?)

　亮子は首を傾げて、考えた。

(『四郎吉は手が不自由』なんて説明はなかったはず。そして、明らかに違うのは『お玉の両頬が黒い』ってところ。ほくろにしては言い方が変だけど……あっ、そうか!)

　人間のように見せかけてはいるが、実際のところ、タマは猫なのだ。『頬が黒い』は、美雨さんが指摘していた『伏線』に違いない。つまり、白と黒のブチの体毛なのだ。

「『……いい方だなあ。俺みたいな者をちゃんと人並みに扱ってくださる。お世話になりっぱなしで、いつかご恩返しがしたいんだが……はは、何かちょろちょろ動いていると思ったら、子猫だ。おっそろしく痩せてるなあ。か細い声でニャーニャー鳴いてるが、俺には猫の言葉なんかわからねえし……思い出した。アジの干物があったんだ。これなら、猫でも食べられるだろう』」

(ここも違う。昨夜聞いた時には、たしか、『俺みたいな者を』……ええと、何だっけ?)

　さらに、記憶を呼び起こそうとした瞬間だった。

「『おやおや、すぐに飛びついて、うまそうにアジの干物を食ってるぜ。よっぽど、腹ペコだったんだなあ』

『ねえ、四郎吉さん！』

『えっ？　何だい。誰かと思ったら、七郎兵衛（しちろべえ）じゃないか』

『よしてよ、四郎吉さん！　そんな呼び方』

『だって、お前（めえ）が親からもらった名前だろう』

『嫌（や）なものは嫌なの。昔はともかく、今のあたしは身も心も女なのよ』

『何を言ってやがるんだい。ばかばかしい』

（一体、どういうこと？　あちこち微妙に変わっているみたいだけど、とりあえず、なぜ五郎兵衛が七郎兵衛になったのか……理由がわからないわ）

亮子が戸惑っている間にも、『横浜の雪』は先へ進んでいく。

馬春師匠にオカマは似合わないのではと思ったが、なかなかどうして板についていた。

「『……何だい、そのドエムってのは？』

『知らないの？　「いじめられるのが好き」ってこと。横浜（はま）の居留地だけで使われてる符牒でね。きっとあと百五十年くらい経ったら、日本中に広まるわ』」

七十を過ぎた馬春師匠がしなを作ると、客席は大爆笑。会場中が手を叩いて、大喜びだ。

しかし、ここから一転、暗い展開となる。

「『三、四日前から、猫があちこちで殺されてるのよ。刀で切られて』

『刀で？　試し切りだな』

『違うわ。わざわざ猫の生首を持ち去って、その首を異人さんの家の庭先へ放り込んでいくんだもの』」

四郎吉と七郎兵衛はさっきの子猫を捜し、見つけ出すが、一足遅く、猫は浪人者に切り殺されてしまう。

「『お願い！　出ていったりしないで！』

『止めるな！　俺だって、ばかじゃねえ。刀の切っ先が届くところまで行くもんか』」

このあたりの迫力は、馬伝の口演とは比べものにならない。『シャレ』は嘘で、まさに本意気(ほんいき)の高座だった。

「『だけど、このまんまじゃ、腹の虫が治まらねえ。せめて、ここに見てた者(もん)がいるってことだけでも……ああっ！　まずい』

『どうしたの？』

『あ、あれ……』

『え……あら、女の子だわ。小さな女の子が毬を抱えて、やってきた』

『……そうか。わかった。ご隠居の孫娘のお玉ちゃんだ。もう暗くなったが、毬突きでもしたくなったんで、こっそり店の裏手へ出てきたんだろう』」

(やっぱり違うわ。ここは、はっきりしている)

『毬を抱えて』とか『毬突きがしたくなって』という表現は、昨夜の口演にはなかったはずだ。

(だって、タマは猫なのよ。猫が毬を抱えて……いや、あるかもしれない。でも、まあ、毬突き

はさすがに無理じゃないかしら）

改作する意図がわからず、亮子は首を傾げるしかなかった。

（それに、このままの展開だと、『佐々木裁き』という題が入らない。そこは一体、どうするつもりなのかしら？）

やがて、四郎吉はお玉を助けるため、猫殺しの浪人者に立ち向かう。

「『……す、すごいわ、四郎吉さん。その調子よ。そうやって、利き手の袂をつかまえていれば、人斬り包丁は抜けっこない。が、頑張って！』」

楽屋の全員が固唾を呑んで、見守る中、

「『そのうちに、助けが……あっ、お店の裏口から、誰か出てきたわ。ご隠居様だ。誰か、呼んでもらおう。そうすれば、四郎吉さんは助かる。ご隠居さまあ！　ごいん……あっ、とうとう抜かれた！　に、逃げて！　早く、逃げ……ああっ！　うわー！』」

七郎兵衛が両手で顔を覆い、号泣する。ここも何か違う気がしたが、はっきりとは認識できない。

やがて、馬春師匠が顔を上げ、深いため息をついて、合掌した。

29

しばらくの間、顔を伏せていた馬春師匠は、やはり地の文の解説は一切なしで、場面転換をした。
「『もし、近江屋のご隠居様』
『ん……ああ、三蔵親分じゃないか』」
『ご隠居様、この度はとんだことでございましたねえ』
『まったくだよ。まさか、猫殺しの浪人者がうちのすぐ裏までやってきて、お玉と顔を合わせちまうなんて』」

このあたりは、昨日の口演と同じ……そう思ったのも束の間だった。

「『ただ猫を殺しただけなら、大したおとがめはないかもしれないが、血まみれの首を異人さんの家の庭先へ投げ込んでたんだろう。外国奉行様にでも知れたら、下手すりゃ、自分が打ち首だ』」

（なぜ、『外国奉行』なのかしら？　オリジナルは、ごく普通に『お上（かみ）』だったわ。それに、昨日はこの場面で、三蔵の言葉を隠居が聞き取れず、『もっと大きな声で』と頼む場面があったけど、今日はスムーズに会話が進んでいる。『耳が遠い』という設定だったはずなのに……ええっ？　そ、そんな……）

亮子が仰天したのは、次のような隠居の台詞を聞いたからだ。

『たとえ子供でも、顔を見られた以上、口封じをしなきゃいけないと思ったんだろうねえ』

（ここは露骨だわ。猫に口封じなんて、あり得ない。前から変だとは思ってたけど……じゃあ、こっちの世界では、お玉は人間なんだ。

でも……だったら、頬が黒いというのは、どういう意味なの？　やっぱり、両頬にホクロがあ

ると解釈するべきなのかしら）

昨夜の夫の口演と比較しているうちに、亮子は頭が混乱してきた。

馬春バージョンの『横浜の雪』はさらに続く。

先ほど、『猫殺し』というお題が出た時にも反応があったが、三蔵が『むかっ腹を立て、酒に酔っ払っちゃあ、あんなことをしでかしてたんです』と言うと、場内が沸き、拍手が起きる。このあたりが三題噺の醍醐味だろう。

やがて、三蔵が『四郎吉なんてやつは、この近所の厄介者ですぜ』と言うと、近江屋の隠居の怒りが爆発する。

「『四郎吉はうちのお玉の命の恩人……いや、違う。命の親だ。本来であれば、うちとは縁もゆかりもないけれど、これから菩提寺へ連れていき、ご住職にお願いして、うちの墓地の隅にでも葬ってやるつもりなんだ。うちのお玉の命の親を悪く言うと、たとえお前さんでも、あたしゃ、容赦をしないからね！』

『へ、へい。こりゃ、どうも、申し訳ねえこって……けっ！　年は取っても、頑固は直らねえな』

『聞こえてるよ、三蔵親分。頑固で悪かったね。確かに、すっかり老いぼれちまったが、耳だけは達者なのがあたしの自慢。隣の部屋で女中が畳に木綿針を落としたって聞こえるくらいなんだ。頑固で悪かったね！』

『いや、あの……まことに、どうも……』」

驚いたことに、こちらの世界の隠居は耳がちゃんと聞こえるらしい。

（確かに、それならつじつまが合うわ。ただ、最初の方の隠居と四郎吉の会話のあたりは、少し嚙み合ってなかった気もするけど……）

「『年を取って、耳の不自由な方はいくらもあるだろうけど、あたしがそうだとは限らない。あたしが耳が遠いと思い込むのは……そちら様の勝手だがね』」

馬春師匠が会場内を見渡すと、客席がざわめいた。最後の一言は、明らかに聞いているお客様方へ向けられていたからだ。

考えてみると、マクラの末尾で、『年を取って耳が聞こえなくなるのは不自由だ』と、確かに言ってはいるが、だからといって、その直後に登場した隠居が耳が遠いとは断定できない。確かに、その通りだ。

そして、三蔵に『誰が思い込むのでござんすか？』と突っ込まれると、

「『誰って……そりゃ、お前さんに決まってるだろう。見てごらん。今ここには、お前とあたしの二人しかいないんだよ』

『……何だか、もっと大勢、人がいるような心持ちがいたしますが』

『気のせいだよ、そんなことは』」

とぼけた表情で首を横に振ると、会場が沸く。まったく思いもよらない展開だった。

「『ご隠居様、さっきはあんなことを申しましたが、あっしは四郎吉のことを何かと心にかけ、面倒をみてやったつもりでござんして……』

『お、近江屋さん！』

『ん……？　おら、誰かと思ったら、七郎兵衛じゃないか』」

と、ここで、この落語で初めて三人の会話となった。

「『お前、いつ来たんだね』

『本当に、ありがとうございます。四郎吉さんは死んでしまいましたが、先ほど、近江屋さんが心から手を合わせてくだすったので、きっと草葉の陰で喜んでいると思います。「恩返しするのは今だ」と言って、自分の身の危険も顧みず、飛び出していったのでございますから』

『まあ、お前も四郎吉と仲がよかったから、さぞやがっかりしているだろうねえ』

『ですが、そこにいる三蔵という男は、悪いやつです。四郎吉さんの顔を見ると、いつも嫌な顔をして、ついこの間なんか、こんな大きな石を投げつけられて……そ、それが額の真ん中にあたって、血が流れて……あたしは、かわいそうで、見ていられませんでした！』」

七郎兵衛は涙ながらに三蔵の悪事を告発するのだが……なぜか、隠居は困った顔になり、右手で耳を押さえる。

「『何か言ってるみたいだけど、さっぱりわからないな。三蔵親分、お前さん、見当がつくかい？』

『そ、そんな……ご冗談を』」

あまりにも大きな矛盾に、亮子は何がどうなっているのかわからなくなってしまった。

（だって、この世界では隠居は耳が達者なんでしょう。だったらなぜ……その上、岡っ引きの三蔵まで、急に耳が聞こえなくなってしまうなんて……）

高座の馬春師匠……『隠居』は軽くうなずき、奇妙な微笑を浮かべる。

「『まあ、たぶん、「友達が急にいなくなって、寂しい」てなことを嘆いてるんだろうな。そりゃ、そうさ。毎日、一緒に遊んでたんだもの。寂しいに決まってるよねえ……たとえ、犬でも』」

30

（犬って……七郎兵衛が？　そ、そんな……ということは、七郎兵衛と普通に会話していた四郎吉も、犬だったの⁉）

亮子は茫然自失の状態に陥った。まさか、それほど大きく台本が書き直されているとは考えもしなかったのだ。

「あはははは！　やりやがったな、山桜亭」

小声だが、強い口調で言ったのは竹馬師匠だった。

「まんまとだまされちまったぜ。だから、名前が『四郎吉』だったのか」

（ええっ？　それ、本当……のわけないわよね。『佐々木裁き』を下敷きにしているんだもの。でも、馬春師匠のことだから、ここから何が飛び出すかわからないわ）

『七郎兵衛は犬』という事実を知った客席の反応は微妙だった。竹馬師匠と同様、何人かが手を叩いて大喜びしたが、ほとんどの客は置き去り状態。

（これじゃ、サゲにならないけど……どうするつもりなのかしら？）

すると、そこで、近江屋の隠居が口を開く。

「『まあ、鳴き声の調子なんかで、悲しげな様子は伝わってくるけど、ワンワン吠えられても、あたしたち人間の耳じゃ、何を言ってるのか聞き取れない。反対に、犬には人の言葉はわからない。猫の言葉もわからない。ニャーニャーとしか聞こえない……別に、嘘はついてない』

『何ですね、その「嘘」ってのは?』

『だから……まあ、こっちの話さ』」

言い終わってから、馬春師匠が一瞬地に返り、苦笑すると、客が笑った。

実際には違うのだけれど、『弟子がこしらえた変な落語を演らされ、迷惑している師匠』というポーズが滑稽に見えたのだろう。

「なるほどぉ。『高田の馬場』とは違って、これでお終いにせず、ここから伏線を拾っていこうってわけか」

竹馬師匠がうなり声を発し、

「馬伝もなかなかやる……でも、これ、本当に野郎の考えなのかねえ」

亮子の方をじろりと見るが、真実を白状するわけにもいかず、顔を伏せるしかなかった。

「『それにしても、ご隠居様も酔興なお方でござんすねえ。体中の毛が真っ白だから、みんなに「シロ、シロ」と呼ばれていた犬を人並みに扱って、「四郎吉」と呼ぶなんて』」

三蔵の台詞を聞いて、昨夜は『俺みたいな者を、ちゃんと一人前に扱ってくださる』だったものが、今日は『ちゃんと人並に』に変えられていたことに気づいた。振り返ってみると、あれも重要な伏線だったわけだ。

それだけではない。近江屋は四郎吉のことを『うちのお玉の命の恩人』と言ってから、『いや、違う。命の親だ』とわざわざ言い直した。なるほど。『恩犬』という言葉はない。

「『いや、以前、うちにいた若い奉公人で、そんな名前の男がいたんだよ。それに、全身白い毛の犬は来世では人間に生まれてくるって……ああ、これじゃ、噺が違うな』」

とぼけた口調で言うと、楽屋の龍勝師匠が「あはは。『元犬』だ！」と笑う。

「『あと、四郎吉は毬が好きだから、孫のお玉とよく遊んでくれたんだ。犬だから、さすがに手ではこう突けない……まあ、前足なんだろうけど、のべつ人間を見ていたから、自分では手のつもりだったかもしれないね。「俺の手は不自由だ」なんて……だから、これもアンフェアとは言えない』

『アンフェ……何でござんすか、それ』

『いや、だからさ、この間、異人さんたちが、何か、そんなことを言ってたんだよ』」

「ははあ、なるほど。伏線を回収して、客をいたぶろうって趣向なんだ」

再び竹馬師匠の解説が入る。

「今までの落語にはなかったやり方だが、そのわりに、お客が喜んでるじゃねえか」

（確かに、そうよね。最初は面食らっていたみたいだけど、結構笑いが……あれ？　そんなことより、まだ三つめのお題が出てないわ）

佐々木信濃守をもじった『信濃屋』、綱五郎と太兵衛を合体させた『五郎兵衛』。これらの名前を変更してしまったわけだから、どう好意的にみても、『佐々木裁き』を消化したとは認めがたい。

　亮子の心配をよそに、馬春師匠の口演はますます好調のようで、

「『とにかくさ、うちのお玉は毬突きが好きで、もう冬だってのに、外で遊びたがって仕方がない。だから、ほら、頬だって真っ赤だしね』

『ああ、そうだ。ご隠居さん、ご存じでしたか？　犬の眼てえものは、色がわからないそうですぜ』

『へえ、そうかい。じゃあ、四郎吉の眼には、うちのお玉の頬が黒く見えていたはず……でも、誰がそんなことを言ってるんだい』

『異人のお医者様だと聞きました』

『ふうん。この時代に……そんなことまで知っていたのかねえ。うふふふふ』」

　そこで、師匠が含み笑いをすると、どよめきが起こり、拍手が湧く。

「『まあ、いいだろう。ぎりぎりオッケーということで』

『あの、桶で、水でも汲むんでござんすか』

『親分、そんな白々しいことは言わなくていいよ』」

　絶妙のクスグリに、大きな笑い。客席全体がようやく、今回の落語のルールになじんできたようだ。

　その時、噺の舞台では雪が降り始め、近江屋の隠居は、四郎吉を菩提寺へ運ぶため、店の者を呼んできてくれるよう三蔵に頼む。

隠居に提灯を手渡し、三蔵がその場を去ると、隠居はまだそこにいた犬の七郎兵衛を見つけ、

『もう夜だから、そろそろマックさんのところへ戻った方がいいんじゃないかい。それにしても……』

と、提灯をかざす仕種。

「『お前の毛は変わってるなあ。体中、赤毛で、あちこちにポチポチ白いさし毛があって……本当に、あれにそっくりだ。

果物のイチゴによく似た毛並みの犬がエゲレス人に飼われ、見た様でつけられた名前が『シチロベイ』……」

亮子は眼を見張った。どうやら、これも空耳英語らしい。『七郎兵衛』とごく普通に発音すると、『ストロベリー』のネイティブの発音にちゃんと聞こえる。夜の部の開演前、美雨さんが『イチゴの空耳英語がある』という意味のことを話していたが、それが明らかになったわけだ。

もう一度くり返して発音すると、気づいた客から笑い出し、やがて場内が大爆笑に包まれた。

(これが、名前を変更した理由だったのか。馬春師匠は本当にシャレがきついわ。でも、肝心の『佐々木裁き』がまだ出てないんだけど……)

『横浜の雪』は、いよいよ大詰め。

「『ふふふ。この間、話を聞いて驚いたが、異人さんてのは、犬の金玉を抜くんだってな。子犬が増える心配をしなくて済むし、その方が気性がおとなしくなって、飼いやすい。そう言われてみると、タマを抜かれたせいか、雄犬のくせに、七郎兵衛は何かこう、眼つきや身のこなしが女っ

ぽい気が……やっぱり、身も心も女なんだな。

ん？　もう行くのか。帰り道、気をつけてな。猫殺しは、もう心配ないぞ。何たって、大坂東町奉行、江戸の北町奉行と南町奉行を歴任され、今年外国奉行になられた佐々木信濃守顕発様がお裁きになるそうだから、情け容赦などなさらないはずだ。

ああ、犬に向かって、こんなことを言っても始まらないか。それよりも、わずかの間に、地面が白くなってしまった。そこを四本の足で歩くと……『犬去って、梅花を残す』か。初雪や、犬の足跡……お、おい。七郎兵衛！

お前も四郎吉の友達だ。これからお寺へ、一緒にウメに行こう……』」

31

「……竹二郎は男泣きしておりました。もう一度高座に上がれるなんて、夢みたいだと申しまして」

馬伝が言った。痛みは和らいだのだが、用心のため、まだ左腕は吊ったままの状態だ。

「昨夜、紅梅亭の楽屋で、竹馬師匠が突然畳に両手をついて、頭を下げるのを見た時にはびっくりしました。私でさえ背中に震えが来たんですから、竹二郎の衝撃は計り知れません」

「まあ、そういうとこが、いかにも竹馬らしいと俺は思ったな」

馬春師匠が答える。

「金槌の身投げじゃあねえが、頭を下げるべき時には潔く下げねえとな。師匠の沽券なんぞにこだわってると、かえって自分の値打ちを損なうもんさ」

二月一日、金曜日。時刻は午後七時四十五分だ。

場所は浅草のマンションのリビングルームだが、由喜枝さんは留守だった。夫妻の共通の知人が亡くなり、お通夜に出席しているのだ。高座復帰以降も、体調が万全ではないため、祝儀・不祝儀のつき合いはよほどのことがない限り、おかみさんが代行している。

昨日の余一会がハネてから、紅梅亭の三階で、お席亭の勝子さん、竹馬師匠、亮子の三人で話し合いがもたれた。その席で、亮子は夫の代理として、これまでの経緯を説明したのだが、それを聞いた竹馬師匠は『今の話に間違いはありませんか』とお席亭に確認した上で、無表情のまま、『もし竹二郎に連絡がつくのなら、今すぐここへ呼んでもらえませんかね』と言い出した。

亮子が電話すると、竹二郎さんは三十分ほどでやってきたのだが、部屋に入るなり、畳に平伏した元弟子に向かって、竹馬師匠は『顔を上げてくれ』と言い、そして、自分の方から深々と頭を下げ、『お前を信用してやれなくて、申し訳なかった』と詫びたのだった。

そして、竹馬師匠はその場で竹二郎さんの一門復帰を許可すると同時に、条件つきながら、竹助さんの破門を宣言した。条件とは、もちろん、本人にも一度弁明の機会を与えるというものである。

竹二郎さんの冤罪については、いずれ再審請求や損害賠償の訴訟を起こし、身の潔白を証明する必要がある。その件について、近々弁護士さんと相談する予定だったが、詳しいことはすべてこれからだった。

本当は、竹二郎さんも今日一緒に浅草へ来たいという意向があったのだが、馬春師匠からストップがかかった。『協会が正式に認めるまでは行動を自重しろ。足を引っ張ろうとする手合いがいないとも限らねえ』。確かにその通りなので、夫婦二人だけの訪問になったのだ。

「で、あいつ、名前はどうするんだ？　変えるんだろう」

「いいえ、竹二郎のままだそうです」

馬伝の返事を聞いて、馬春師匠が眉をひそめた。

「それはずいぶん乱暴だが……大丈夫なのかい」

一度廃業した者が落語家に戻った例は過去にいくらもあるが、ほとんどの場合、別の師匠に再入門するか、あるいは、同じ師匠のところに戻るにしても改名するのが通例だった。

「まだ確定ではありませんが、竹二郎という名前での復帰にこだわっているのは竹馬師匠の方なのです。破門したこと自体が間違いだったのだから、元に戻すべきだというお考えのようで、違う名前で高座へ上がると、自分の罪を認めたと世間に誤解される恐れがある。『会長には俺が話を通すから心配するな』とおっしゃっていました」

「ははあ、なるほど。そのあたりも竹馬流だな。お手並み拝見といこうじゃねえか」

「ところで、師匠、昨日の高座の『横浜の雪』、ようやく録音を手に入れて、ここに来る途中、聞いてきたのですが……」

馬伝がスマホを取り出す。紅梅亭の関係者から音声ファイルを送ってもらったらしく、電車の中で驚いたり、笑ったりして、周囲の客に気味悪がられていた。

「後半の改作は、私など到底足元にも及びませんが……師匠はあれを、私がけがをしたという連絡を受けてからお考えになったのですか？」

「ふふふ。野暮なことをきくもんじゃねえよ」

師匠が顔をしかめて、首を振る。

「噺家の性（さが）ってやつさ。他人（ひと）の落語を聞いたり、台本を見たりすれば、『俺ならこう演るのにな』と誰だって考える（かんげ）るだろう」

「おっしゃる通りです。今日、録音を聞いて、自分の未熟さを痛感いたしました。隠していた事実を明かしてサゲるのではなく、伏線をすべて回収するというのは、推理小説ではあたり前の手法ですが、落語では、もしかすると、初めてかもしれません。いわば、本格ミステリー落語とでも申しますか――」

「もうよせよ。いくら何でも、世辞が過ぎるぜ」

馬春師匠が珍しく照れた。

「断じてお世辞などではございません。それにしても……実在した佐々木信濃守の最後の役職が外国奉行だったというのは存じませんでした。よほどの落語マニアでも、そこまでは知らないのではないでしょうか」

夫が調べたところによると、『外国奉行』は一八五八年、日米修好通商条約締結後に江戸幕府が設置した外交の専門機関で、対外交渉の実務を担当した。記録によると、佐々木顕発は一八六四年にこの役職を拝命している。

「三題噺を聞く際の最大の関心事は、三つの題がどこでどう入るか、です。三つめの題をなかなか登場させず、お客様をはらはらさせておいて、最後の最後に……というのは高等戦術で、私も考えないわけではありませんでしたが、とてもそこまでする余裕がございませんでした」

確かに、昨日のトリの高座で、馬春師匠が『外国奉行になられた佐々木信濃守様がお裁きになる』と言った時には、客席全体がどよめき、大盛り上がりとなった。

サゲ自体は平凡な地口オチだったが、それは噺全体を無難にまとめるためのもので、狙った通りの効果が感じられた。

「まあ、うんと細(こま)っけえことを言えば、佐々木某(なにがし)の外国奉行としての任期はその年のわずか一カ月ほどで、しかも、今の暦に直すと八月くらい。早い話、季節が合わねえんだが、まあ、落語はドキュメンタリーじゃねえからな」

「問題ないと思います。あのう、一つお伺いしたいことがございますが……師匠は今後、『横浜の雪』を高座におかけになるおつもりがございましょうか？」

「冗談じゃねえ。昨夜(ゆんべ)が終わり初物さ」

「でしたら、私が、師匠のお作だということをことわって高座にかける分には――」

「よせよ。お前が演るのは勝手だが、こっちまで巻き込むな！」

叱りつけるような口調だった。

「作者はあくまでもお前。俺の名前なんぞ出したら、ただじゃ済まねえぞ」

「……ああ、さようでございますか。承知いたしました」

怖い顔で睨まれては逆らいようがない。後半が大幅に違うので気がとがめるだろうが、これで『横浜の雪』は山桜亭馬伝作ということになった。

「さて、それじゃあ、いよいよ最後の懸案を片づけることにするか」

「は、はい？　最後の懸案と申しますと……」

突然の宣言に、馬伝が困惑の表情を浮かべる。隣にいる妻にも視線を投げてきたが、亮子にも何のことかわからなかった。

「ここへ呼んでるお人がいるんだ。もう八時になるから、ぼちぼち来るはず……おっ、来たようだな」

確かに、チャイムが鳴っている。

「亮子、出迎えてくれねえか」

「あ、はい。わかりました」

ソファから立ち上がり、玄関へ。ドアを開けると、

「いらっしゃいま……まあ、美雨さん」

いつの間にか、雨が降り出していたらしく、マンションの外廊下に頭と肩をひどく濡らした松村美雨さんが立っていた。

「まあ、大変！　風邪を引くといけないから、早く入ってちょうだい」

亮子は急いで美雨さんを室内へ引き入れ、バスタオルを借りて、濡れた髪を拭った。

グレーのダッフルコートを着ていたが、脱いでみると、その下のセーターやジーンズまでは濡れていない。コートをハンガーに吊してから、三人掛けのソファのヒーターに近い側に座らせた。

そこにいた馬伝は、馬春師匠の隣の椅子へと移動する。彼と亮子、師匠と美雨さんがそれぞれ向かい合う形となった。

とりあえず、熱い紅茶をいれ、冷えた体を温める。

一同が落ち着いてから、馬春師匠がおもむろに口を開いた。

「残された懸案がこいつさ。おい、馬伝。どう始末をつけるつもりなんだ？」

「あのう、始末をつけると申しますと……」

「わかってるくせしやがって。弟子入りの件さ」

「ええと、それは……」

馬伝が困ったように妻の方を見る。

(確かに、ずっと今のままというわけにはいかないわよね。美雨さんに、紅梅亭の従業員になる気はないわけだもの)

「お前さん自身の口から、もう一度聞きたいんだが、噺家になりたいという気持ちは変わらねえかい？」

すると、それまでうつむいていた美雨さんがさっと顔を上げ、

「変わりません。ぜひよろしくお願いいたします」

畳に両手をつき、自分の膝に額をすりつける。

「いや……そう、言われてもねえ」

馬伝は困惑しきっている様子だった。無理もない。表立っては何も言われないものの、紅梅のお席亭の後押しがあるので、無下にも断れないのだ。

「同じことのくり返しになっちまうけど、あたしはまだ真打ちとしては下っ端で、弟子なんか取れる身分じゃないんだよ。もっと、ほかの誰かの――」

「そろそろ、観念したらどうなんだ」

師匠が言葉を遮り、舌打ちをする。

「ええっ？　そんな……」

新たな加勢に、馬伝は狼狽する。

「あの、でしたら、師匠が弟子にお取りになったらいかがです？　その方が自然だと思いますけれど」

「ばかばかしい。いまさらそんなまねができるもんか」

弟子の苦し紛れの逆襲を、師匠は簡単に一蹴する。

「もしこれから弟子を取るとしたら、それはよくよくせきの事情があってのことだ。そもそも、この

娘は最初っからお前の弟子になりたがってたじゃねえか」

「まあ、それは、確かに……」

さすがは、馬春師匠。一番痛いところを突いてきた。

馬伝が反論できないのを見届けた上で、

「だったら、こうしよう。俺が『こいつを弟子に取れ』と命令したら、お前はどうする？　俺の言う通りにするか、破門されて一匹狼になるかの二つに一つ」

「ま、まさか、そんなこと……」

最後通牒が突きつけられる。逃げ場を失った馬伝はしばらく考えていたが、

「それはもちろん、師匠のご命令とあれば従いますが」

今までよりも硬い口調だった。

「ただ、このままの状態で、私の弟子にするわけにはまいりません」

「ほほう。なぜだ？」

「噺家になりたがる本当の理由がわからないからです。まあ、中売りとして一月以上過ごしましたから、今はどうか知りませんが、紅梅亭の楽屋へ来た当時は落語の『ら』の字も知らなかったみたいです。それなのに、なぜあれほど真剣に入門を志願したのか……」

「お前、まだ察しがつかねえのか」

呆れたように、馬春師匠が言った。

「だったら、本物の与太郎じゃねえか」

「よ、与太郎？　ええと、それは……」

馬伝と亮子は顔を見合わせたが、いくらなじられても、わからないものはわからない。

美雨さんはというと、顔を伏せ、じっと押し黙るのみだ。

「しょうがねえ。だったら、俺がヒントを出そう。いいかげんに、それで気づけよ」

「あ、はい。承知いたしました」

「噺家になりたがる理由は、人によってさまざまだ。単純に噺が好きだから、とは限らねえ。その師匠に惚れたってやつもいれば、人気者になりたいから、ひどい場合にはやる仕事がないから融通に、なんてやつまでいる」

「はい。確かに、そうです」

「竹二郎の場合は、あとでわかったんだが、実家と縁が切りたかったらしい。そうと知ってりゃ、弟子になんぞしなかったぜ」

「……ご存じだったのですか」

　考えてみれば当然だ。当座はともかく、名探偵の眼をいつまでもごまかせるわけがない。

「生い立ちを聞いて、俺はすぐにピンと来た。だって、この娘の祖父様（じいさま）は津波で行方不明になったんだろう」

「おっしゃる通りですが……」

「祖母様（ばあさま）が引っ越しのあと、急に亡くなったのも、間接的ではあるが、津波のせい。早い話が、海のせいだろう」

「ああっ……！　そ、そうか」

馬伝が叫び、大きく眼を見開く。

「えっ、何？　私、まだわからないけど……」

「だからさ、名前だよ」

「名前……？」

馬伝はじれったそうに首を振りながら、

「ほら、いわきでさ、お前が俺のことを『平田ナントカ』と言いかけて、『職業柄、本名なんてあってないようなものだ』と説明しただろう」

「ええ、覚えてるわ。そういえば、あの時、美雨さんが急に反応を示したけど……」

その時、亮子の脳裏に白い稲妻が走った。今まで隠れていた真相が見えてきたのだ。

（そうか。あの時、優花はこの娘のことを『うちの町民で、松村……』まで紹介して、急に口ごもったんだ。

そのあとで、彼女が自分で『松村ミウです』と言ったから、優花が名前を度忘れしたと思い込んでしまったけど……違ったのね。すると、この娘の本当の名前は……）


「お二人を、今までだまして、本当に……申し訳、ありませんでした」

消え入りそうな声で、美雨……いや、松村海さんが言った。

『ミウ』と『ウミ』。今まで気づかなかったのがどうかしていると思うくらい、単純なアナグラムだ。

「この本名は、私を捨てた母がつけたものです」

沈んだ、しかし、はっきりした口調で、彼女が語り出す。

「母は地元の飲み屋で雇われおかみをしていましたが、私が小学校五年生の時、お客の男性と恋に落ち、その人と駆け落ちしてしまいました。私は母を恨みましたが、唯一、この名前をつけてくれたことだけには感謝していました。私は海が大好きで、つらい時でも、浜辺で打ち寄せる波を眺めていると、元気をもらい、頑張ろうという力が湧いてきました。

ところが、その大好きな海が……海なんかより、もっともっと大好きな祖父の命を奪ってしまい、そして、やがては祖母まで……その時、私は心の底から絶望しました」

何かが込み上げてきたらしく、言葉を詰まらせる。

しかし、やがて、呼吸を整えると、

「けれども……生きている以上、自分の名前とはそう簡単に縁が切れません。『美雨』という自称だって、もちろんその場しのぎです。家庭裁判所に申し立てる方法もあると聞きましたが、認められるかどうかわからないし、そもそも、面倒な手続きをするくらいなら、いっそ死んでしまった方が楽だと思っていました。そんな時、お二人に出会って、すぐに自分の名前を消す方法があることを知ったのです」

「なるほど。だから、だったのね」

亮子はうなずいた。あまりにも唐突な印象を受けたが、本人にしてみれば、やむにやまれぬ動機が存在していたわけだ。

以前、馬春師匠がお席亭に『間違っても、貞坊が死んだ場所を教えちゃいけねえよ』と釘を刺したという話を聞いたが、その理由もやっと呑み込めた。きっと、梅村貞司さんは神奈川県内の道路で事故を起こし、海へ落下して亡くなったのだ。ただし、もちろん海さんはまだその事実を知らない。

「確かに動機は不純でしたが、紅梅亭で働かせていただいて、落語の勉強をしたいという気持ちがますます強くなりました。嘘ではありません。どうか、弟子にしてください。お願いします！」

「そんなこと、言われても……」

それでもなお、馬伝が逡巡していると、馬春師匠が焦れたのか、怖い顔で睨みつける。

「往生際の悪い野郎だなあ。だったら、こうしよう。俺が名前をつけてやろうじゃねえか」

「ええっ……!? 今、この場で、ですか」

馬伝が驚くのも無理はなかった。入門を許可されたからといって、すぐに名前がもらえるとは限らない。ひどい場合には二年以上待たされた例もある。

「ただし、師匠はあくまでもお前。どうだ、馬伝、俺が名づけ親では不足か？」

「い、いえ、滅相もございません。あの、よろしくお願いいたします」

ここまで言われれば、白旗を上げざるを得ない。

一方、意外な成り行きに、海さんは喜ぶのも忘れ、ほとんど茫然自失の状態だったが、

「おい。入門志願者」

「え……あ、はい」

そう呼ばれて、我に返る。

「その代わり、一つ条件があるぞ」

「そ、そうですか。あの、私にできることなら、何でも……」

「キスさせろ」

「はあ……？」

とんでもない要求を聞き、亮子までもが仰天した。

「お前、男は知ってるのか」

「……いいえ、知りません」

「キスしたことは？」

黙って、首を横に振る。

「だったら、ちょうどいい。今日はうちの女房も出払ってるしな。ほら、俺は体が不自由なんだから、そっちから来るんだよ」

「あの……はい。わかりました」

海さんが立ち上がり、師匠の脇へ行く。

さすがに、亮子はたまりかねて、「あの、師匠、悪い冗談は……」と言いかけたのだが、「お前

は黙ってろ！」と一喝され、口をつぐむしかなかった。

「そばに来ると、やたらと背が高えな。もう少し顔を下げろよ」

海さんが腰を屈め、観念したかのように眼を閉じる。そこへ馬春師匠が自分の顔を近づけていく。

よくは見えなかったが、馬春師匠がそこに何かを塗りつけたようだった。

そう思った瞬間だった。海さんが「キャッ！」と小さく叫び、右手を左の頬にあてる。

（そんな……まさか、本当に……）

「えっ？　これ、何を……」

右手の指先を鼻にあて、海さんが顔をしかめる。

「カラシだよ、カラシ。あらかじめこいつを隠し持ってたんだ」

馬春師匠が笑いながら、『和辛子』と書かれたチューブを掲げる。

「師匠、どうして、こんなお戯れを……」

「俺は大真面目さ。だって、おでんに辛子はつきもんだろう」

「はあ？　あの、すると……」

「師匠から一文字もらって、『山桜亭お伝』。今日から、これがお前の名だ。元の名前で呼ぶやつは誰もいなくなるが、それでもいいか？」

問いかけられると、しかめっ面が見る見るうちに安堵の笑顔に変わっていく。

「は……はい。ありがとうございます！」

「俺に礼なんぞ言っても始まらねえ。お前の師匠はこの男なんだから。挨拶するなら、そっちにしな」

「わかりました。あの、師匠、どうかよろしくお願いいたします」

頭を下げられた馬伝が困ったように笑う。

それから、馬春師匠は、「おい、お伝。こっちにも挨拶しなよ」と、亮子を指差す。

「あ、はい。ええと、『おかみさん』と呼べばよろしいのですか?」

「そう言う一門が多いがな。『お母さん』と呼ぶ場合だってある。亮子はまだ若いんだし、そっちでいったらどうだい」

「えっ……? おかあさん、ですか」

その瞬間、顔色が変わった。

「ですが、私……もう何年も、そう呼んだことがなくて……」

「だったら、なおさら都合がいいじゃねえか。ほら、呼んでみろよ」

「……わかりました」

お伝さんはゆっくり亮子のそばまで歩いてくると、しばらくためらってから、

「あの……お、お母さん、これから、どうかよろしくお願い……」

最後は言葉にならない。見ると、両眼から涙が溢れ、頰を伝っていた。

そんな姿に接して、亮子も胸が詰まり、思わず抱きしめてしまう。

「ちゃんと面倒が見られるかどうか、自信はないけど……本当の娘だと思ってお世話するから、

気兼ねしないでね」

それを聞いたお伝さんがたまりかねたように、大声で泣き出す。

どうしていいかわからず、亮子は華奢(きゃしゃ)で大きな体を、ただしっかり抱き止めているしかなかった。

あとがき

神田紅梅亭寄席物帳シリーズ、五年ぶりの新作を、ようやく皆様のお手元に届けることができました。

二〇〇七年の『道具屋殺人事件』を皮切りに『芝浜謎噺』『うまや怪談』『三題噺示現流幽霊』（いずれも原書房、創元推理文庫）と書き続け、落語を題材としたミステリーとしてやれることはやり尽くしたと、自分なりに考えていました。特に第四作では、自分で書き下ろした「示現流幽霊」という作中の新作落語を実際に柳家小せん（やなぎやこ）師匠に演じていただき、ネットで配信するという贅沢極まりない企画まで実現したため、もうこれ以上ハードルが上がったのでは身がもたないという思いもあり、そこでシリーズを完結させるつもりでした。

ところが、脱稿後、校正作業中にあの東日本大震災に見舞われ、福島市在住の私は、言葉では表現できないほどの苦しみを味わうことになりました。そんな中、衝動的に、あとがきでシリーズの継続を宣言してしまったのです。

けれども、その後、二年経っても、三年経っても、続編を書き出す決心がつきませんでした。

前述の理由に加え、主人公の寿笑亭福の助の真打ち昇進、師匠である山桜亭馬春の高座復帰という二つの大きなテーマにはっきり区切りがついてしまっていたため、シリーズがめざす新たな方向性を見出だせなかったのです。

五年という長い時間がかかりましたが、第五作めを上梓することができたのは、ひとえに担当編集者である石毛力哉氏の熱意の賜物です。いつまでも煮えきらない私の態度に腹を立て、「もういいや。見放してしまえ！」となっていれば、この本が世に出ることは絶対にありませんでした。まずは石毛氏に心から感謝申し上げます。

鈴々舎わか馬を名乗っていた二つ目時代からのおつき合いである柳家小せん師匠には、今回も本当にお世話になってしまいました。小せん師匠は、すでに売れっ子の真打ちとして確固たる地位を築き、活躍を続けていらっしゃいます。そんな師匠にとっては迷惑千万なお願いでしょうが、もし機会があれば、ぜひ作中で馬伝が演じている『横浜の雪』を高座にかけていただきたいと考えています。

台本を読んだ時の小せん師匠の反応は『これは、落語という話芸の範疇には収まりませんね』でしたから、ご苦労をおかけするだろうと思い、本当に心苦しいのですが、最近ますます芸に磨きがかかっている師匠がこの難物をどう料理してくださるか……底意地が悪いと言われるかもしれませんが、想像しただけで、わくわくしてしまいます。

もし実現する際には、原書房にお願いして、『東京かわら版』などに会の広告を出していただきますので、興味のある方はぜひお越しください。

紅梅亭シリーズをお休みしている間に、『神楽坂謎ばなし』『高座の上の密室』『はんざい漫才』の三作を文春文庫に書き下ろしました。これらは神楽坂倶楽部という架空の寄席を舞台にし、落語ではなく、太神楽、手妻、漫才、音曲など、いわゆる『色物』と呼ばれるジャンルの芸人にスポットをあてた作品ですが、紅梅亭シリーズの登場人物にも数多く出演してもらいました。そこで、今回はいわばそのお返しとして、神楽坂倶楽部の席亭自ら、ちらりと顔を出しています。合わせてお読みいただければ、より楽しめるのではないかと思います。

そして、『顔を出す』といえば、本来は谷原秋桜子(たにはらしょうこ)さんがお書きになった『天使が開けた密室』『龍の館の秘密』(創元推理文庫)など倉西美波(くらにしみなみ)シリーズの主要キャラであるはずの立花直海(たちばななおみ)が成長し、美貌の音曲師になって「横浜の雪」に登場しています。なぜそんなことが……その点に興味のある方は、ぜひ前述の『はんざい漫才』を手に取り、あとがきをお読みいただければ幸いです。

あとは、例によって、お詫びとお礼です。

この作品の登場人物・団体等はすべて架空のものですが、『寿笑亭』『万年亭』『寿々目家』などの亭号または家号は実在のものを使わせていただきました。現在使用されているものは避けたつもりですが、もし関係者がいらっしゃれば、無断借用をお詫びいたします。

また、作中で演じられる落語については、必ず複数のテキストを用意し、特定の演者の口演に偏らないよう努力しましたが、特に必要がある場合に限り、その旨を明記した上で、よく似た形で使用させていただきました。

さらに、「『茶の湯』の密室」の中の仮面ライダー鎧武に関する記述は、厳密に言えば時期的な矛盾があるのですが、あくまでも個人的に趣味により、こちらを選びました。もしマニアの方がいらっしゃれば、お詫びするほかありません。

なお、マンション内の見取り図の作成について、富樫実氏のご助力を得ました。また、茶道に関する記述に関しては、森宗典氏にご指導を仰ぎました。お二人に心より感謝申し上げます。

すでにお読みになった読者の皆様はおわかりだと思いますが、紅梅亭シリーズに重要なレギュラーメンバーが一人加わりました。まさか、ここで終わるわけにはいきませんよねえ。何とか、石毛さんにお願いして、今後、彼女の成長を描いていきたいと考えています。

平成二十八年十一月

愛川　晶

参考文献

『落語大百科1』（川戸貞吉　冬青社）

『落語大百科2』（川戸貞吉　冬青社）

『落語大百科3』（川戸貞吉　冬青社）

『圓生古典落語3』（三遊亭圓生　集英社文庫）

『圓生古典落語4』（三遊亭圓生　集英社文庫）

『名作落語全集第一巻　開運長者篇』（今村信雄編　騒人社書局）

『噺のまくら』（三遊亭圓生　朝日文庫）

『落語百選　秋』（麻生芳伸編　ちくま文庫）

『古今東西落語家事典』（平凡社）

『わが家に茶室をつくるには。オンリーワンの茶の湯空間実例集』（淡交社建築部監修　淡交社）

『淡交テキスト10号　夕去の茶事』（淡交社）

『テレビマガジン　平成二十五年十二月号』（講談社）

解説

本書は、二〇〇七年刊行の『道具屋殺人事件』で幕を開けた〈神田紅梅亭寄席物帳〉シリーズの第五作にあたる。前作の『三題噺 示現流幽霊』が出たのが二〇一一年なので、実に五年ぶりの復活、である。作中でも数年の時間が経過していて、登場人物の環境にも様々な変化が起きている。
愛川作品の中に、やはり寄席の世界を扱った〈神楽坂謎ばなし〉シリーズがあるが、本作は時系列で言うと、その神楽坂の物語がはじまる前という時期にあたる。両者の世界観は繋がっているので、未読の方は（他社刊ですが）是非お手にとっていただきたい。

よし、解説っぽいこと、完了。

久しぶりの〈神田紅梅亭寄席物帳〉、お待ちしておりました。前作では、師匠の馬春が高座復帰して、福の助の真打昇進が決まったというところで物語が終わりましたのでね。愛川先生の中では、シリーズ終了を見据えての運びだったようですが、ねえ、その先も気になるじゃないですか。まあ、馬春師匠が喋れるようになると、文字盤を指しての「ガ・テ・ン」等、味わいのある場面は出来なくなってしまうかと懸念もしておりました。

しかし、心配ご無用。五年ぶりの復活でも、従来のアームチェア・ディテクティブの愉しみは健在で、師が動ける分さらなる楽しさが加わりました。未読の方もいるでしょうから具体的な言及は避けますが、本作後半の登場からの活躍は、上質な時代劇でも見るような爽快感があります。しかし、元来の無口というか頑固で、肝心なことはヒントしか教えてくれません。相変わらずです。

福の助さんも真打になり、家庭環境も変化して、名前すら変わって……シリーズ物を久々に出すにしては、読者に優しくないですよね。ましてやおかみさんは「はっちゃん」と前々名で呼んでいるという。我々噺家にはよくあることなので、寧ろリアリティをもって受け入れられるのですが、一般にはちょっと解り難いかも、と思っていたら、そんな状況すら大きな展開の伏線というか材料にしてしまうのですね。推理作家という人種の、情報に対する回収能力には舌を巻きます。

真打昇進時にはパーティーや披露興行があり、師匠や兄弟弟子、先輩後輩、お客様や時にはお席亭とも、嬉しいことや幾分厄介なこともたくさん起こります。ドラマや事件はいくらでも生まれそうなものですけど（家族環境が変わるというのも然り）、そこをすっ飛ばして落ち着いた日常からはじまるというのが、いかにも本シリーズらしいですね。

前作迄でも申し上げておりますが、本シリーズはミステリでありながら、いわゆる《刑事事件》があまり起きない。今回も、過去の背景としてのセンセーショナルな事件や副次的な暴行事案はあるものの、物語のキモとはなっていない。日常のちょっとした不可思議や厄介事からじわじわっと膨らんでいく謎や困難が絡み合っていく、というのも本作の魅力の一つでしょう。

そして、これも過去作の解説で幾度も述べておりますが、触れないわけには参りません。落語の『演じ方』に主眼を置いている、というのが本シリーズの特徴でありましょう。落語のストーリー・内容ではなく、それを「どのように解釈」して「どう演じるか」ということを掘り下げて、噺の完成度を上げたり新解釈をつくったりするのです。小説として、作中の事件を解決するためのものですが、落語を生業とする我々でも膝を打つような解釈もしばしば。著者の、並々ならぬ見識とマニア心を感じるのです。演出細部の改変から大胆な改作ときて、前作ではオリジナルの新作まで登場しましたが、今回も、新作落語を一本きっちり仕上げて作中に織り込んでます。しかも、それをどう演じるかという捻りも加えられて……マニアックな遊び心の重症化、勢いが止まりませんねえ。

勿論、落語に詳しくないとよく解らないという、間違ったマニア方面には陥っておりませんのでね、寄席なんか知らないという方でも安心してお楽しみいただけると思います。

本編終わりで、ますます今後に期待してしまうような展開になりましたのでね、登場人物の立ち位置が動いた今回は〈紅梅亭〉シリーズ第二期のスタートと捉えていいのでしょうか。そんなに待たされることなく、またこの師弟にお会い出来ることを願ってやみません。

柳家小せん

【著者】愛川 晶（あいかわ・あきら）

1957年福島生まれ。筑波大学卒業後、94年に『化身』で第5回鮎川哲也賞を受賞。「美少女代理探偵」シリーズをはじめとして大仕掛けのトリックを駆使した作品には定評がある。主な著書に『六月六日生まれの天使』『巫女の館の密室』、「神田紅梅亭寄席物帳」シリーズに『道具屋殺人事件』『芝浜謎噺』『三題噺 示現流幽霊』など、また『神楽坂謎ばなし』『はんざい漫才』など色物をテーマとしたシリーズは「神田紅梅亭寄席物帳」の姉妹シリーズにもなっている。

ミステリー・リーグ

神田紅梅亭寄席物帳

「茶の湯」の密室

2016年11月29日　第1刷

著者…………愛川　晶

装幀…………川島進
装画…………新川あゆみ

発行者…………成瀬雅人
発行所…………株式会社原書房

〒160-0022 東京都新宿区新宿 1-25-13
電話・代表 03（3354）0685
http://www.harashobo.co.jp
振替・00150-6-151594

印刷…………新灯印刷株式会社
製本…………東京美術紙工協業組合

ISBN978-4-562-05355-1, Printed in Japan